Stefanie Rogge
Seenebel

PIPER

Zu diesem Buch

Heiko Mommensen hat sich auf der Insel Föhr keine Freunde gemacht. Seine Frau hat er geschlagen, die jüngste Tochter vernachlässigt, und den Nachbarn mit einem fiesen Trick um sein Land gebracht. Als Heiko tot aufgefunden wird, haben Kerrin Iwersen und Hark Hansen es daher gleich mit einigen Verdächtigen zu tun. Als dann auch noch die beste Freundin von Heikos jüngster Tochter Nele verschwindet und einen Tag später tot aufgefunden wird, überschlagen sich die Ereignisse. Endlich kann sich Heikos Witwe Anne dazu durchringen, die Polizei in ein seit Jahrzehnten gehütetes Geheimnis einzuweihen, doch es scheint zu spät zu sein: Auch Nele ist verschwunden. Ist sie ebenfalls tot oder verfolgt der Täter mit ihrer Entführung ein anderes Ziel? Ein Wettlauf gegen die Zeit beginnt.

Stefanie Rogge ist in Kiel aufgewachsen und hat in ihrer Kindheit viele Ferien auf Föhr verbracht. Die studierte Juristin arbeitet in einer Anwaltskanzlei und widmet sich in jeder freien Minute dem Schreiben. Mit ihrem Mann und ihren Kindern lebt sie heute in Hamburg, doch ihre Bindung zu Föhr ist nie abgerissen.

Stefanie Rogge

see
nebel

Ein Föhr-Krimi

PIPER

Mehr über unsere Autorinnen, Autoren und Bücher:
www.piper.de

Wenn Ihnen dieser Kriminalroman gefallen hat, schreiben Sie uns unter Nennung des Titels »Seenebel« an *empfehlungen@piper.de*, und wir empfehlen Ihnen gerne vergleichbare Bücher.

Von Stefanie Rogge liegen im Piper Verlag vor:
Iwersen und Hansen ermitteln:
Band 1: Dunkelmeer
Band 2: Gischtgrab
Band 3: Seenebel

Unser Versprechen für mehr Nachhaltigkeit
• Klimaneutrales Produkt
• FSC®-zertifiziertes Papier
• Hergestellt in Europa

FSC
www.fsc.org
MIX
Papier | Fördert gute Waldnutzung
FSC® C021394

Originalausgabe
ISBN 978-3-492-31891-4
April 2023

Redaktion: Birgit Förster
Umschlaggestaltung: www.buerosued.de, München
Umschlagabbildung: www.buerosued.de;
Mauritius Images / Christian Bäck
Gesetzt aus der Athelas
Druck und Bindung: CPI books GmbH
Printed in the EU

Die Ermittler

Hark Hansen, 55

Beruf
Leiter der Polizeidienststelle in Wyk

Wohnort
Wyk, Insel Föhr

Familienstand
Witwer, seine Frau Heike verstarb vor drei Jahren.

Was ihn ausmacht
Hark ist Vollblutinsulaner, Gefühlsmensch, lässt sich als Polizeibeamter oft von seinem Instinkt leiten und fährt damit meist gut. Er geht von April bis Oktober regelmäßig in der Nordsee schwimmen und kann sich nichts Schöneres vorstellen, als mit Bier und Fischbrötchen den Tag an einer Strandbude mit den Füßen im Sand ausklingen zu lassen.

Was ihm wichtig ist
sein Sohn Nils, der in Wyk als Anwalt arbeitet.

Kerrin Iwersen, 32

Beruf

Kriminalhauptkommissarin

Wohnort

Flensburg

Familienstand

seit dem Sommer verliebt in Harks Sohn Nils.

Was sie ausmacht

Kerrin ist ein sportlicher, offener Typ. Sie ist direkt, intelligent und ehrgeizig und verlangt sich oft selbst sehr viel ab. Sie ist auf Föhr geboren und hat bis zum Abitur auf der Insel gelebt. Kerrin liebt ihren Beruf und verbeißt sich in jeden Fall. Da es auf Föhr keine Kripo gibt, übernimmt sie zusammen mit den Föhrer Kollegen die Kriminalfälle auf der Insel und freut sich jedes Mal, in der Heimat unterwegs und in der Nähe von Nils zu sein.

Was ihr wichtig ist

Nils und die Dinge mehr auf sich zukommen zu lassen.

Prolog

Ungewöhnlich behutsam für sein Alter öffnete er die Wohnzimmertür. Obwohl er den Türgriff nur knapp überragte, wusste er ganz genau, was die geschlossene Tür bedeutete. Vorsichtig streckte er seinen kleinen Kopf in das dunkle Zimmer hinein. Die Vorhänge waren zugezogen, schemenhaft konnte er ihre Gestalt auf dem Sofa erkennen. Sie lag ganz still unter einer flauschigen Wolldecke und rührte sich nicht.

Mit tastenden Schritten, um ja keinen Lärm zu machen, schlich er zu ihr. Er wusste, dass er sie nicht stören durfte, damit sie schnell wieder gesund würde, aber er hatte es wieder einmal nicht ausgehalten. Seine Sorge trieb ihn zu ihr. Vielleicht gab es doch etwas, was er tun konnte, damit sie sich dieses Mal schneller erholte.

Er kniete neben ihr nieder, griff ein wenig zögernd nach ihrer schlaffen Hand und streichelte sie unbeholfen. Dabei beobachtete er aufmerksam ihr zur Decke gewandtes Gesicht, in dem die Augen noch immer geschlossen waren. Als sie seine Berührung spürte, zuckten sie. Er hielt den Atem an. Würde sie sich gleich aufsetzen, ihn anlächeln, ihm über den Kopf streichen und fragen, ob er einen Keks wollte?

Tatsächlich öffnete sie die Augen und wandte ihren Kopf in seine Richtung. Hoffnung machte sich für einen winzigen Moment in ihm breit, verschwand aber jäh, als er sah, dass ihr Blick durch ihn hindurchging und sie ihn gar nicht wahrnahm. Eine lautlose Träne rann ihre Wange herunter, doch sie wischte sie nicht weg.

Er richtete sich trotzig auf und sammelte all seinen Mut. Früher hatte sie immer gelacht, wenn er vor ihr getanzt hatte und über seine stämmigen Beinchen gestolpert war. Ein wenig ermutigt bemerkte er, dass ihre Augen ihm folgten. Mit zaghaften Schritten begann er, sich erst um sich selbst zu drehen und dann zu hüpfen und zu springen. Schneller und schneller ging es, er verlor sich ganz in den Bewegungen. Die feste Klammer in seiner Brust löste sich ein kleines bisschen, für einen Augenblick war er ein Kind, das ausgelassen und sorgenfrei herumtollte.

Als er schließlich atemlos vor ihr niedersank, fühlte er sich seltsam getröstet. Ein Blick auf sie zerstörte dieses Gefühl jedoch sofort wieder. Sie sah ihn noch immer nicht, in ihren Gesichtszügen war keine Regung zu erkennen. Niedergeschlagen kletterte er auf das Sofa, kuschelte sich dicht an sie und streichelte ihre Haare. Ob sie es wahrnahm, wusste er nicht.

Er erwachte, als eine Hand ihn sanft an der Schulter rüttelte. Dicht an sie gedrängt, musste er eingeschlafen sein.

»Was machst du denn hier?«, raunte ihm sein Vater leise zu. »Komm mit, wir gönnen ihr noch ein wenig Ruhe, dann geht es ihr morgen bestimmt wieder besser.«

Ein wenig widerwillig löste er sich von ihr. Sie war wach, ihr Kopf zur Decke gerichtet. Als er sich langsam erhob, ohne sie dabei aus den Augen zu lassen, drehte sie sich nicht zu ihm um. War es möglich, mit offenen Augen zu schlafen? Wenn es so wäre, konnte sie ihn gar nicht bemerken. Es wäre dann nicht seine Schuld, und sie würde ihn vielleicht doch lieben. Er beschloss, ihr in den nächsten Tagen noch mehr als sonst zu zeigen, wie sehr er an ihr hing und dass er alles für sie tun würde.

Sein Vater griff nach seiner Hand und drückte sie fest. »Lass uns nach draußen gehen, das Wetter ist herrlich. Ich könnte ein großes Schokoeis vertragen.«

Er nickte und folgte ihm langsam zur Tür. Warum sein Vater kein Wort an seine Mutter richtete, verstand er nicht.

1

Mit großen Schritten eilte Tobi Lange über den Hof. Er hatte gestern bis nach Mitternacht auf dem Traktor gesessen und den Mais gedroschen. Da der Wetterbericht für den heutigen Tag Regen angesagt hatte, hatten sie fertig werden müssen, und so hatte er nur wenige Stunden geschlafen und prompt den Wecker überhört. Nun war es schon fast halb sechs, er war ungeduscht, hatte noch keinen Kaffee getrunken und kam zu spät zum Melken.

Seit zwei Monaten war er als Auszubildender auf dem Hof der Mommensens in der Midlumer Marsch. Es war bereits sein zweites Lehrjahr. In seinem ersten Jahr auf einem Hof auf Amrum hatten sie nur Milchvieh gehabt. Das Zusammenspiel hier zwischen Landwirtschaft und den Tieren gefiel ihm gut. Er liebte die Kühe, aber er genoss es ebenso, auf einem Traktor über die Äcker zu heizen. Auch wenn er zurzeit am laufenden Band Überstunden schob und der Seniorchef, Heiko, nicht immer ganz einfach war. Er konnte das Donnerwetter wegen seiner Verspätung bereits hören. Aber das würde an ihm abprallen. Er wusste, was er konnte. Und dass sie ihn brauchten.

Normalerweise begann sein Dienst erst nach dem Frühstück um 7 Uhr. Das Melken um 5 Uhr war Aufgabe von Heiko Mommensen und seinem Sohn Klaas, der den Hof eines Tages übernehmen würde. Aber da Klaas' jüngster Sohn heute zwei Jahre alt wurde, hatte Tobi angeboten, für ihn zu übernehmen. Er tat das nicht ganz uneigennützig, sondern spekulierte im Gegenzug auf ein ruhiges und entspanntes Wochenende ohne einen weiteren Extraeinsatz. Am letzten Wochenende hatte er im *Olympic*, der Inseldisco in Föhrs Hauptstadt Wyk, ein Mädchen kennengelernt, das er gerne ungestört und ausgiebig treffen wollte.

Als Tobi die Tür zum Stall öffnete, stellte er verwundert fest, dass kein Licht brannte. Auch aus dem Melkstand am anderen Ende des Gebäudes drang kein Schein nach draußen. Sollte Heiko ebenfalls verschlafen haben? Er musste schmunzeln. Wenn das rauskäme, würde es Klaas eine wunderbare Steilvorlage für künftige Auseinandersetzungen mit seinem Vater liefern. Tobi hatte in der kurzen Zeit hier schon viel zu oft mitbekommen, dass der Alte seinem Sohn vorwarf, seine Arbeit nicht ernst zu nehmen, zu weich für die harte Tätigkeit als Landwirt zu sein und auf ein laues Leben zu spekulieren.

Oder wollte Heiko Mommensen Strom sparen? Jetzt Anfang Oktober ging die Sonne erst nach 7 Uhr auf, und so war es noch dämmerig, eigentlich zu dunkel zum Melken.

Tobi tastete nach dem Lichtschalter. Doch als er ihn drückte, geschah nichts. Verwundert blickte er sich um. War der Strom ausgefallen?

»Chef!«, rief er laut, bekam jedoch keine Antwort. Nur ein paar Kühe glotzten ihn wiederkäuend an.

Langsam machte Tobi einige Schritte nach vorn. Eine ungewöhnliche Stille lag über dem Stall. Als seine Augen sich an das Zwielicht gewöhnt hatten, meinte er am Ende der langen Stallgasse, deren Tor jetzt im Herbst wegen des steifen Nordseewindes nachts meist geschlossen war, einen dunklen Schatten auszumachen. Eigentlich sollten zu dieser Zeit der Melkstand geöffnet und die Boxen der Kühe entriegelt sein. Die Tiere würden sich dann gemächlich an der geräumigen Box der Zuchtbullen hinten rechts vorbeischieben, um ihre Milch loszuwerden.

Aber nichts davon geschah. Die Gatter an den Boxen der Kühe waren verschlossen, aus dem Melkstand drang kein Licht nach draußen. Keine einzige Kuh war unterwegs. Tobi fröstelte. Irgendetwas war hier nicht in Ordnung.

Plötzlich hörte er ein Scharren von Klauen. Er kniff die Augen zusammen, um besser sehen zu können. Der Schatten bewegte sich. Sein Herzschlag beschleunigte sich. Sollte es einem der Bullen gelungen sein, aus der Box herauszukommen? Er schüttelte langsam den Kopf. Das war nicht möglich, das Gatter war immer fest verschlossen, darauf achteten sowohl Heiko als auch Klaas peinlich genau. Und auch ihm und der anderen Auszubildenden Fenja hatten sie dies seit ihrem ersten Arbeitstag auf dem Hof im August immer wieder eingebläut. Auch wenn die Mommensens ihre sechs Bullen von Geburt an kannten und einmal in der Woche ihre Box ausmisteten, hielten sie immer Abstand zu ihnen. Wenn es zu einem gefährlichen Zwischenfall mit einem Bullen kam, wollte das Tier meist nur spielen und handelte nicht bösartig. Aufgrund der Masse und des Gewichts der Tiere war das für den menschlichen Spielpartner jedoch lebensgefährlich. Um dies zu verhindern und die natürliche Distanz der Bullen zu den Menschen aufrechtzuerhalten, wurden sie, anders als die Kühe, nicht gestreichelt und liebkost.

Tobi öffnete vorsichtig das Gatter zu der rechten langen Box der Kühe und schob sich an den Tieren vorbei. Eine gewisse Unruhe machte sich unter ihnen breit, sie waren daran gewöhnt, um 5 Uhr gemolken zu werden. Als er sich dem Ende der Stallgasse näherte, sah er, dass das Gatter zur Bullenbox auf dem Boden lag. Eines der Tiere stand in der Stallgasse, stupste ein Bündel vor sich an, blickte dann auf und verharrte reglos. Die anderen fünf starrten ihn aus der Box heraus an.

Tobi stockte der Atem, er spürte plötzlich die Gefahr, die in der Luft lag. Wie in Trance ging er Schritt für Schritt weiter, immer in der Sicherheit der geschlossenen Kuhbox, und blieb schließlich stehen. Sein Gehirn weigerte sich zu verarbeiten, was seine Augen sahen. Nach einer gefühlten Ewigkeit entfuhr ein gellender Schrei seiner Kehle.

2

Als der Wyker Polizeichef Hark Hansen zusammen mit seinen Kollegen Tom Pahl und Christian Jensen auf den Hof der Familie Mommensen fuhr, ahnte er nicht, welch grausamer Anblick ihn erwartete. Er war gerade erst in der Dienststelle am Hafendeich eingetroffen, als Ida Sander, die gute Seele der Inselpolizei, in einem bunt gebatikten Baumwollkleid auf ihn zugestürmt gekommen war.

»Gut, dass du da bist«, hatte sie schon von Weitem gerufen. »Es gibt einen Notfall auf dem Hof der Mommensens bei Midlum. Die Bullen sind ausgebüxt, und der Alte liegt im Stall, ob tot oder verletzt, habe ich nicht verstanden. Die Anruferin, so ein junges Ding, war völlig durch den Wind. Ich habe mit dem Tierarzt in Alkersum, der auch schon von der Familie angerufen worden war, gesprochen. Er hat sich für den Fall, dass die Tiere noch frei herumlaufen, bereits mit einer Betäubungspistole auf den Weg gemacht. Außerdem sollte dort mittlerweile ein Rettungswagen eingetroffen sein. Tom und Christian sitzen auf dem Parkplatz im Streifenwagen und warten auf dich, ihr müsst sofort hinfahren.«

»Vielen Dank, Ida, gute Arbeit«, hatte Hark gesagt

und ohne ein weiteres Wort auf dem Absatz kehrtgemacht. Adrenalin war durch seinen Körper geschossen.

»Moin, Chef«, hatte Christian ihn begrüßt und den Wagen gestartet. »Auf nach Midlum.«

Da niemand gewusst hatte, was genau geschehen war, war die kurze Fahrt über Wrixum und Oevenum schweigend verlaufen. Der grau verhangene Himmel hatte zu der angespannten Stimmung im Auto gepasst. Nach dem Jahrhundertsommer, der bis Ende September angedauert hatte, war Hark fast froh über die abgekühlten Temperaturen. Ein strammer Wind aus dem Westen blies die Wolken über die Insel. Für ihn das typische Inselwetter. Gerne hätte er sich jetzt, bekleidet mit dicker Jacke, Mütze und Gummistiefeln, bei einem ausgiebigen Strandspaziergang ordentlich durchpusten lassen. Aber er hatte geahnt, dass daraus heute nichts werden würde.

Der Rettungswagen parkte mit Blaulicht vor dem großen Stallgebäude. Die beiden Rettungssanitäter standen daneben und blickten ihnen stumm entgegen. Eine Frau saß zusammengesunken auf einer Bank, neben sich ein junges Mädchen, das ihr immer wieder über den Rücken strich.

»Moin«, begrüßte Hark die Anwesenden. »Was ist los? Wo ist Herr Mommensen?«

Einer der Sanitäter zuckte bedrückt mit den Schultern. »Im Stall. Er scheint tot zu sein. Die Zuchtbullen sind wohl aus ihrer Box ausgebrochen und haben ihn totgetrampelt. Sein Sohn Klaas ist mit dem Tierarzt und zwei Nachbarn im Stall, seine Frau Anne sitzt dort drüben. Wir haben ihr ein Beruhigungsmittel gegeben«, murmelte er leise. »Dr. Jannen betäubt gerade den noch frei herumlaufenden Bullen. Sobald das Medikament wirkt und alle Tiere eingeschlossen sind, gehen wir rein.«

In diesem Moment stürmte ein kräftiger Mann in den Dreißigern aus dem Stall. »Sie können jetzt kommen!«, schrie er. »Schnell, beeilen Sie sich!«

Die Sanitäter griffen sofort nach ihren schweren Taschen und liefen los. Als sich auch die beiden Frauen erheben wollten, wurde die Stimme des Mannes ruhiger. »Fenja, bleib bitte mit meiner Mutter hier draußen. Ich bin gleich zurück.« Mit diesen Worten drehte er sich um und verschwand wieder hinter der schweren Holztür. Von Hark und seinen Kollegen hatte er keinerlei Notiz genommen.

»Ihr wartet hier«, raunte Hark Tom und Christian zu. »Ich verschaffe mir mal einen Überblick.«

Im Stall war es mittlerweile hell. Aufmerksam sah Hark sich um. Die Kühe in den Boxen an der langen und geräumigen Stallgasse waren unruhig und stapften hin und her. Sie müssen dringend gemolken werden, dachte er mitleidig. Er kannte sich in der Milchviehwirtschaft nicht aus, konnte sich aber vorstellen, dass es für eine Kuh unangenehm sein musste, mit einem übervollen Euter herumzulaufen.

Am Ende der Stallgasse knieten die Rettungssanitäter neben einem dunklen Bündel auf dem Boden und führten Untersuchungen durch. Fünf Männer standen stumm daneben.

Langsam ging Hark auf sie zu. Er war noch nicht ganz bei der Gruppe angekommen, als einer der Sanitäter aufblickte und den Kopf schüttelte. »Es tut mir sehr leid«, sagte er in Richtung des jungen Mannes, »aber wir können nichts mehr für Ihren Vater tun.«

Die Rettungssanitäter hatten eine Decke über dem Toten ausgebreitet. Der Anblick, der sich ihnen allen geboten hatte, war schlimm gewesen. Die Bullen mussten den Landwirt wie einen Spielball benutzt haben. Heiko Mommensen lag auf dem Rücken, sein blaues Sweatshirt war nach oben gerutscht und erlaubte den Blick auf ein großflächiges Hämatom auf der linken Hüfte. An den Unterarmen waren blutige Abschürfungen zu erkennen. Vielleicht hatte das Tier ihn über den Stallboden geschleift, und er hatte verzweifelt versucht, sich an irgendetwas festzuhalten und hochzuziehen, um dem Angriff nicht mehr ganz so wehrlos ausgeliefert zu sein. Augenscheinlich ohne Erfolg. Am schlimmsten aber war der durch den eng anliegenden Pullover deutlich zu erkennende eingedrückte Brustkorb. Es schien, als hätte der Bulle sich mit seinem Gewicht von ungefähr tausend Kilogramm auf ihn gestützt.

Hark hatte sich vorgestellt und darum gebeten, dass alle den Stall verließen. Tom und Christian würden neben der Leiche Wache halten und Andreas Schneider, den Inselbestatter, informieren.

Als er mit den fünf Männern zurück ins Tageslicht trat, sahen ihnen Anne Mommensen und Fenja mit angstvollen Blicken entgegen. Klaas trat stumm zu seiner Mutter und zog sie in seine Arme. Ihr Rücken bebte, aber außer einem leisen Schluchzen war kein Laut zu vernehmen.

Nach einer Weile lösten sich Mutter und Sohn voneinander. »Ich bin Klaas Mommensen.« Der junge Mann streckte Hark die Hand entgegen und kniff die Augen zusammen, um die Tränen zurückzudrängen. »Das sind meine Mutter Anne und unsere Auszubildende Fenja.«

»Mein aufrichtiges Beileid«, sagte Hark mit einem Kloß im Hals. »Es tut mir furchtbar leid.« Er wandte sich an die anderen vier Männer. »Und wer sind Sie?«

»Unser Tierarzt Dr. Jannen und unsere Nachbarn Meik Schwattke und Timo Hellmann«, antwortete Klaas mit leiser, aber gefasster Stimme. »Sie haben Dr. Jannen und mir geholfen, den betäubten Bullen zurück in seine Box zu wuchten. Und das ist unser anderer Auszubildender Tobi. Er hat meinen Vater heute Morgen gefunden.«

Hark räusperte sich. »Kann ich Ihnen trotz dieses Schocks ein paar Fragen stellen?«

Anne starrte ihn stumm an. Lautlose Tränen liefen ihre Wangen herunter. Ihre blonden Haare waren zu einem lockeren Dutt hochgesteckt und ihr Gesicht kaum geschminkt. Verwundert bemerkte Hark den großen Bluterguss unter ihrem Auge. Er nahm sich vor, später in Erfahrung zu bringen, wie es dazu gekommen war. Jetzt war nicht der richtige Moment für derartige Fragen.

Fenja hatte wieder Annes Hand ergriffen. Sie war ein zierliches Mädchen mit kurz geschnittenen braunen Haaren und wachen dunklen Augen, dem man nicht ansah, dass es sein Geld im Leben mit harter körperlicher Arbeit verdienen wollte. Ihre Gesichtszüge waren fein, und sie blickte voller Mitgefühl zu Anne.

»Selbstverständlich.« Auch Klaas hatte erneut Tränen in den Augen, aber er wischte sie mit einer schnellen Geste beiseite. »Was wollen Sie wissen?«

»Was ist heute Morgen geschehen?«

Mit stockender Stimme berichtete Klaas Mommensen, dass er wegen des Geburtstages seines Sohnes erst gegen 6 Uhr auf den Hof gekommen war. Er hatte Tobi zitternd vor dem Stall vorgefunden und ein paar Minuten gebraucht, bis er verstanden hatte, was wohl geschehen war. Seine Mutter, die zu der Zeit wie jeden Morgen das Frühstück vorbereitet hatte, hatte den Aufruhr auf dem Hof mitbekommen und war mit Fenja nach draußen geeilt. Nachdem sie verstanden hatte, was geschehen war, hatte sie in den Stall stürmen wollen, um bei ihrem Mann zu sein. Nur mit Mühe war es Klaas gelungen, sie davon abzuhalten. Nachdem er seinen Bruder, einen Tierarzt, nicht erreicht hatte, hatte er Fenja gebeten, Dr. Jannen und den Rettungsdienst zu verständigen.

»Können Sie sich vorstellen, wie es zu diesem tragischen Vorfall gekommen ist?«

Klaas schüttelte langsam den Kopf. »Wegen Ennos Geburtstag war alles anders heute Morgen«, erwiderte er langsam. »Meine Frau und ich wollten mit ihm vor der Arbeit Bescherung machen. Unsere Kinder sind Frühaufsteher, sie schlafen nie länger als bis halb sechs. Tobi war so nett und hat meinen Melkdienst übernommen.«

»Ich war leider etwas zu spät und bin davon ausgegangen, dass Heiko bereits mit dem Melken begonnen hatte«, erklärte Tobi mit leiser Stimme. »Aber im Stall war es dunkel, und als ich Licht machen wollte, ging es nicht.«

»Vielleicht sind die Sicherungen rausgeflogen«, mutmaßte Hark.

»Das sind sie in der Tat, ich habe schon nachgesehen und sie wieder eingeschaltet«, sagte Klaas. »Das ist hier aber noch nie passiert. Außerdem lag das Gatter der Bullen am Boden.«

»Haben Sie dafür eine Erklärung?« Hark sah ihn ernst an.

»Nein, gar nicht. Wir achten penibel darauf, dass es immer sicher verschlossen ist. Unsere Zuchtbullen sind keine bösen Tiere, aber trotzdem können sie für Menschen äußerst gefährlich werden. An unserem Hof fahren so viele Touristen mit ihren Fahrrädern vorbei, es wäre nicht auszudenken, was passieren könnte, wenn sie auf unsere Tiere treffen würden.«

»Verstehe. Haben Sie erst einmal vielen Dank. Wir schauen uns jetzt noch einmal genauer im Stall um. Vielleicht wollen Sie mit Ihrer Mutter ins Haus gehen? Wir kommen dann gleich nach.«

»Ich will zu meinem Mann, wir dürfen ihn nicht allein lassen.« Anne erhob sich mühsam.

»Das halte ich für keine gute Idee«, widersprach Hark schnell. »Meine Beamten passen auf ihn auf, und wir sagen Ihnen Bescheid, wenn er abgeholt wird. Dann können Sie sich von ihm verabschieden.« Bittend sah er zu Klaas hinüber, der sofort verstand.

»Das klingt vernünftig, so machen wir es«, sagte er mit weicher, aber unnachgiebiger Stimme, hakte seine Mutter unter und stützte sie, als sie langsam, zusammen mit Tobi und Fenja, in Richtung des Hauses gingen. Anne drehte sich zwar noch einige Male um, ließ sich aber von ihrem Sohn ohne weiteren Widerstand wegführen.

Beklommen blickte Hark ihnen hinterher. »Was denken Sie über diese Sache?«, fragte er dann die beiden Bauern und den Tierarzt, die noch immer unschlüssig im Hof standen.

»Ich kann leider nicht viel beitragen«, erwiderte Dr. Jannen, dem der Schock über die Ereignisse noch deutlich ins Gesicht geschrieben stand. »Als ich ankam, stand der Bulle ruhig in der Stallgasse. Es war kein Problem, ihn zu betäuben. Was vorher geschehen ist, weiß ich nicht, es ist einfach grauenvoll. Ich kann mich an keinen derart tragischen Fall auf Föhr erinnern.«

»Ich auch nicht, aber hier ist etwas nicht ganz koscher«, meldete sich Meik, ein kräftiger Mann Anfang sechzig, zu Wort. »Die Bullen haben das Gatter nicht allein aufbekommen. Der Eisenstift, der eingeschoben wird, um es zu schließen, war herausgehoben, genau so wie man es macht, wenn man es öffnet. Auch wenn das jetzt erschütternd ist: Da hat jemand vergessen, das Tor zu schließen.«

»Ich kann mir nicht vorstellen, dass es vergessen wurde«, widersprach Timo. Er war jünger als Meik und hatte ein wettergegerbtes, tief gebräuntes Gesicht. »Du kennst doch Heiko. Man kann ja einiges über ihn sagen, aber fahrlässig im Umgang mit den Tieren hat er sich nie verhalten. Und Klaas auch nicht.«

»Was ist mit den beiden Auszubildenden?« Hark sah ihn fragend an.

Timo zuckte mit den Schultern. »Fenja ist ein toughes Mädchen. Ihr erstes Lehrjahr war sie bei einem Freund von mir in Niebüll, und der hätte sie am liebsten behalten, aber normalerweise wird ja während der Ausbildung nach jedem Jahr gewechselt. Das Mädel weiß, was es tut. Und von Tobi hat Anne auch immer gut gesprochen. Ich kann mir nicht vorstellen, dass einem von den beiden ein so schlimmer Fehler unterlaufen ist.«

Ein Kribbeln machte sich in Hark breit. Sollte diese Vermutung zutreffen, könnte jemand das Gatter mit Absicht geöffnet haben. »Wir brauchen Ihre Fingerabdrücke, mein Kollege wird sich gleich darum kümmern. Haben Sie alle das Gatter angefasst, um es zu schließen?«

»Nein, nur ich«, entgegnete Meik langsam. »Heiko war ein Mistkerl, aber so etwas hat selbst er nicht verdient«, fügte er leise hinzu.

Hark hatte diesen letzten Satz gedanklich notiert und würde später darauf zurückkommen. Jetzt musste er sich erst einmal selbst einen Eindruck im Stall verschaffen, um zu entscheiden, ob es sich hier um einen Fall für die Flensburger Kriminalbeamten handelte. Sein Sohn Nils würde jubeln, wenn Kerrin Iwersen, die für die Kriminalfälle auf Föhr zuständig war, für ein paar Tage auf die Insel käme. Nils hatte bei Kerrins ersten Ermittlungen im Sommer sein Herz an die attraktive und tüchtige Beamtin, die ebenfalls auf Föhr aufgewachsen war, verloren.

»Ich werde mich jetzt drinnen umsehen und mich später bestimmt noch einmal bei Ihnen melden.« Mit diesen Worten verabschiedete sich Hark von den dreien und ging zurück in den Stall.

»Soll ich in Flensburg anrufen und Kerrin informieren?« Christian sah ihn gespannt an, nachdem Hark ihn und Tom über die ersten Erkenntnisse informiert hatte. Es war kein Geheimnis, dass er sie bewunderte.

Hark schüttelte unwirsch den Kopf. Von Zeit zu Zeit störte er sich an dem übermäßigen Ehrgeiz des Jüngsten in seiner Truppe, und heute war so ein Tag. »Einen Schritt nach dem anderen, mien Jung. So weit sind wir noch nicht. Und außerdem ist das Chefsache.«

Langsam liefen die drei Beamten ans Ende der Stallgasse. Links von ihnen ging es zum Melkstand, rechts war die Box der Bullen. Fünf der sechs Tiere standen am Gatter und beobachteten jede ihrer Bewegungen interessiert, das sechste lag betäubt auf der Seite im Stroh. Was mochte in ihren Köpfen vor sich gehen?, fragte Hark sich unwillkürlich. Spürten sie, was einer oder mehrere von ihnen getan hatten?

Das Gatter war nun ordnungsgemäß verschlossen. Hark besah es sich gründlich, konnte aber nichts Außergewöhnliches feststellen. Meik Schwattke hatte recht: Die Bullen wären nicht in der Lage gewesen, es allein zu öffnen, da musste jemand entweder nachgeholfen oder vergessen haben, es zu schließen.

»Ist das hier ein tragischer Unfall gewesen oder ein kaltblütiges Verbrechen?« Er sah Tom und Christian an. »Was hätte ein Täter, der die Bullen mit Absicht freilässt, gewollt? Er konnte doch nicht sicher sein, dass sie Heiko Mommensen töten würden. Er hätte auch verletzt überleben können. Oder sich unverletzt retten. Und hätte nicht auch eine andere Person den Stall betreten und in Lebensgefahr geraten können? Klaas oder Tobi? Nach einer sicheren Mordmethode hört sich das für mich nicht an.« Er fuhr sich durch die Haare. »Vielleicht ein Verrückter, der mal schauen wollte, was passiert?«

»Das kann ich mir nicht vorstellen. Dann doch eher ein furchtbarer Unglücksfall«, schlussfolgerte Tom. Hark schätzte den erfahrenen Kollegen und seine ruhige und besonnene Art. Er war das Gegenstück zu dem jungen Christian, der oftmals übermotiviert handelte, bevor er nachdachte. Aber dann erstaunlich oft richtiglag, wie Hark zugeben musste. Wenn er in den nächsten Jahren ein bisschen mehr Gelassenheit entwickeln würde, könnte ein sehr guter Polizist aus ihm werden. »Auch wenn jetzt alle beteuern, dass sie niemals das Gatter unverschlossen gelassen hätten, kann es trotzdem passiert sein. Fehler zu machen, ist schließlich menschlich.«

3

Klaas Mommensen und seine Mutter saßen stumm am Küchentisch, als Hark eintrat. Fenja hatte ihm geöffnet und blieb unschlüssig an der Tür stehen.

Vor Mutter und Sohn standen zwei Tassen Kaffee, die sie jedoch nicht angerührt hatten. Die große Küche war funktional eingerichtet, Dekoartikel gab es nicht.

»Ich bin über ein paar Ungereimtheiten gestolpert, über die ich mit Ihnen sprechen muss«, begann Hark die Befragung.

»Klar.« Klaas nickte müde.

»Zunächst eine ganz praktische Frage: Sollen wir uns um jemanden bemühen, der die Kühe melkt?«

»Das machen Tobi und ich«, antwortete Fenja schnell. »Er ist oben in seinem Zimmer, ich sage ihm gleich Bescheid.« Mit diesen Worten verließ sie fast fluchtartig den Raum, wahrscheinlich froh, der gedrückten Atmosphäre entkommen zu können.

»Wir haben uns ein wenig im Stall umgesehen«, fuhr Hark dann fort. »Das Gatter scheint geöffnet worden zu sein. Die Bullen jedenfalls haben es nicht aufgestoßen. Können Sie sich vorstellen, dass jemand vom Hof vergessen hat, es zu schließen?«

»Niemals«, flüsterte Anne kaum hörbar. »Jeder hier weiß ganz genau, wie gefährlich das sein kann. Auch Fenja und Tobi.« Sie wischte sich eine Träne aus dem Gesicht. »Außerdem darf außer meinem Mann und Klaas niemand in die Bullenbox, und für die beiden lege ich meine Hand ins Feuer.«

Klaas nickte. »Mein Vater und ich haben das letzte Mal vor vier Tagen ausgemistet. Das machen wir immer zu zweit und immer mit dem Viehtreiber in Griffweite. Zur Sicherheit. Danach ist das Gatter nicht mehr geöffnet worden.«

»Was ist ein Viehtreiber?« Hark beugte sich interessiert nach vorn.

»Ein langer Stab, mit dem man einen elektrischen Impuls abgeben kann. Das Tier bekommt also einen Stromschlag«, erklärte Klaas.

»Ist so etwas überhaupt noch zugelassen? Es wird heutzutage doch viel mehr auf das Tierwohl geachtet als früher.«

»Das ist richtig«, gab Klaas zu. »Erlaubt sind Viehtreiber, die sich automatisch nach zwei Sekunden abschalten. Sie werden aber tatsächlich nicht mehr von vielen Bauern genutzt, eher von Viehhändlern und Schlachtunternehmen. Aber mein Großvater ist einmal von einem Bullen angegriffen worden, als mein Vater noch ein Kind war, und seitdem gehört er für unsere Familie dazu. Tierschutz hin oder her. Wir haben noch den alten meines Vaters, der muss bestimmt dreißig Jahre alt sein. Allerdings kann ich mich an kein einziges Mal erinnern, dass wir ihn benutzt hätten. Er ist eher eine psychische Stütze, zur Abwehr der Tiere nehmen wir die Forke, die wir beim Ausmisten eh in der Hand halten.«

»Und wo befindet sich dieses Gerät jetzt? Ich würde mir das gerne einmal ansehen.«

»Er hängt an einem Haken direkt vor dem Bullenstall, damit er im Notfall immer in Griffweite ist.«

»Hätte Ihr Vater einen Grund haben können, den Stall der Bullen heute Morgen zu betreten?«

Klaas und Anne schüttelten beide den Kopf. »Er hätte das nicht allein getan. Es war eine unumstößliche Regel bei uns auf dem Hof, dass wir in diese Box nur zu zweit gehen oder zumindest jemand in Rufweite ist«, entgegnete Anne mit brüchiger Stimme. »Heiko wusste, wie gefährlich es werden konnte, und wäre das Risiko nicht eingegangen.«

»Verstehe. Wenn wir einmal davon ausgehen, dass jemand anderes, aus welchem Grund auch immer, das Gatter geöffnet hat«, überlegte Hark weiter, »würden die Bullen ihre Box verlassen?«

Klaas wiegte den Kopf. »Nicht unbedingt sofort. Aber irgendwann würde ihre Neugier sie bestimmt raustreiben.«

»Hätte heute Morgen auch jemand anderes als Erster im Stall sein können?«

»Ich nicht«, erwiderte Anne leise. »Ich stehe erst kurz vor 6 Uhr auf und bereite das Frühstück für alle vor. Wir haben uns die Arbeit auf dem Hof aufgeteilt, und das hat immer gut funktioniert, weil …« Ihre Stimme brach.

»Meine Mutter ist für die Aufzucht der Kälber und den Haushalt zuständig, mein Vater und ich für die Kühe und die landwirtschaftlichen Flächen. Und unsere Auszubildenden müssen überall ordentlich mit anpacken«, sprang Klaas seiner Mutter bei. »Theoretisch hätte ich früher da sein können, weil wir zusammen melken. Aber praktisch fängt er immer vor mir an. Tobi hätte heute natürlich ebenfalls vor ihm im Stall eintreffen können, aber auch das ist schwer vorstellbar, zumal er gestern bis weit nach Mitternacht gearbeitet hat.«

»Werden Sie den Hof eines Tages übernehmen?«, wechselte Hark das Thema.

Klaas nickte. »Ich bin der Älteste und der Einzige, der das will. Landwirt zu sein, ist heutzutage kein Zuckerschlecken, aber ich könnte mir nichts anderes vorstellen.«

»Was ist mit Ihren Geschwistern?«

»Sina betreibt zusammen mit ihrem Mann den Ponyhof unserer Familie bei Nieblum. Olaf ist erst im Sommer nach Abschluss seines Studiums in Kiel als Tierarzt zurück auf die Insel gekommen und arbeitet in einer Praxis in Süderende. Und unsere jüngste Schwester Nele ist eh nie infrage gekommen. Sie hat jahrelang als Aussteigerin auf La Gomera gelebt und ist erst seit wenigen Wochen wieder auf Föhr.«

»Zum Glück wird Klaas' Frau Antonia ihn dabei unterstützen«, ergänzte Anne, die sich wieder gefangen hatte. »Allein kann man so einen Hof nicht betreiben, da muss die Familie schon mitziehen.«

»Wir wohnen mit unseren kleinen Jungs in einer lütten Reetdachkate in Midlum, da habe ich es mit dem Rad nicht weit.«

Hark nickte. In seinem Kopf wirbelten die Gedanken durcheinander. Handelte es sich bei dem Tod von Heiko Mommensen um einen tragischen Unglücksfall oder um eine vorsätzliche Tat? Sollte er Kerrin anrufen? Auch wenn das Gatter nicht absichtlich geöffnet worden war, konnte es sich um eine fahrlässige Tötung handeln. Oder würden die Flensburger ihn auslachen? »Können Sie mir im Stall den Viehtreiber zeigen?«, fragte er Klaas. Vielleicht würde ihn das bei der Beurteilung weiterbringen. Sollte er nicht am Haken hängen, sondern im Bullenstall liegen, könnte das dafürsprechen, dass Heiko Mommensen allen Beteuerungen seiner Familie zum Trotz doch allein in die Box gegangen war.

»Klar.« Der junge Mann stand auf. »Ich bin gleich zurück«, versprach er Anne, die ihn dankbar ansah. Hark konnte verstehen, dass sie im Moment nicht gerne allein blieb.

Im Stall war es nun nicht mehr ruhig. Die Gatter der Kuhboxen waren geöffnet, und die Tiere drängten sich in Richtung des Melkstandes. Tom und Christian standen schützend vor der Leiche von Heiko Mommensen und sorgten dafür, dass keine der Kühe ihm zu nahe kam.

»Sie kommen hier vorn rein, gehen durch, werden gemolken, verlassen den Stand danach auf der anderen Seite und können dann entweder von hinten zurück in ihre Boxen oder durch eine offene Stalltür auf unsere Hausweide laufen. Viele machen davon allerdings keinen Gebrauch, sondern bleiben lieber im gemütlichen Stall und lassen sich das Futter vor die Nase legen«, erklärte Klaas auf dem Weg zur Bullenbox. Hark bemerkte, dass er sich angestrengt bemühte, nicht zu dem zugedeckten Bündel auf dem Boden am Ende des Stalles zu blicken. Vor der Box blieb er stehen und schaute sich verdutzt um. »Das verstehe ich nicht«, sagte er langsam und zeigte auf einen leeren Haken an der Wand. »Hier sollte er sein.« Er sah sich suchend um, entdeckte aber nichts. »Fenja, Tobi, wisst ihr, wo der Viehtreiber ist?«, schrie er rüber in den Melkstand, in dem die Auszubildenden gerade dabei waren, die Kühe zu melken.

»Nee, keine Ahnung!«, brüllte Fenja zurück.

»Genommen haben wir ihn nicht, warum auch?«, rief Tobi hinterher.

»Das ist merkwürdig.« Hark schaute Klaas prüfend an. »Ich würde gerne sichergehen, dass er nicht in der Bullenbox liegt.«

»Tja.« Klaas fuhr sich wenig begeistert durch die Haare. »Allein gehe ich da heute bestimmt nicht rein, aber wir müssten ihn ja eigentlich auch von außen sehen können.« Er trat in die angrenzende Kuhbox und ließ seinen Blick schweifen. Hark kletterte auf das Gatter und tat das Gleiche von der anderen Seite aus. Ohne Erfolg. Kein langer Stab war zu entdecken.

Hark seufzte. Der Täter könnte den Viehtreiber benutzt haben, um die Bullen aus der Box zu treiben, und ihn dann mitgenommen haben, um keine Spuren zu hinterlassen. Immer mehr Indizien sprachen für eine vorsätzliche Tat. Ihm wurde plötzlich heiß. Wenn es tatsächlich so wäre, dann wäre dies hier ein Tatort und sie müssten ihn absperren, um eventuelle Spuren nicht zu zerstören. Aber gleichzeitig mussten die Kühe auch von ihrer Milch befreit werden. »Können Sie sich vorstellen, dass jemand absichtlich die Bullen aus ihrem Stall getrieben hat, um Ihren Vater zu verletzen oder gar zu töten?«, fragte er dann.

Klaas sah ihn erschüttert an. »Sie meinen, dass jemand ihn umbringen wollte?«

Hark nickte. »Es sind zu viele Ungereimtheiten, als dass wir eindeutig von einem Unfall ausgehen könnten. Das geöffnete Gatter, der verschwundene Viehtreiber, die herausgeflogenen Sicherungen. Ich werde meine Kollegen in Flensburg anrufen, die sollen entscheiden, ob sie auf die Insel kommen.«

Als er die Nummer von Kerrin wählte, machte sich plötzlich trotz der schrecklichen Ereignisse dieses frühen Morgens ein erfreulicher Gedanke in ihm breit. Es zeichnete sich immer mehr ab, dass er mit ein wenig Glück heute noch Elena Bruckner, die Rechtsmedizinerin aus Kiel, sehen würde.

4

Mit klopfendem Herzen packte Kerrin Iwersen dicke Pullover und eine Regenjacke ein. Auch wenn Nils und sie jetzt schon drei Monate ein Paar waren, kribbelte ihr Magen immer noch, wenn sie an ihn dachte. Hoffentlich blieb das noch lange so. Sie war nun schon zweiunddreißig Jahre alt, aber bisher hatte keine ihrer Beziehungen lange gehalten, und sie war nie an den Punkt gekommen, an dem sich Gewöhnung hätte einschleichen können. Dafür hatte schon ihr aufreibender Job als Kriminalbeamtin gesorgt, der einen beschaulichen Alltag nicht zuließ. Was der heutige Tag wieder einmal bewies. Obwohl sie frei hatte, hatte Heyden, ihr Chef bei der Kripo in Flensburg, sie aus dem Bett geklingelt. Hark hatte sich bei ihm gemeldet, nachdem er sie nicht erreicht hatte, und von einem Todesfall auf einem Bauernhof berichtet. Da die Umstände nicht eindeutig auf einen Unfall hinwiesen, hatte Heyden entschieden, dass Kerrin nach Föhr fahren sollte. Ihr Kollege Jörn würde erst einmal in Flensburg bleiben, es gab zu viel zu tun, als dass sie ihn auf einen vagen Verdacht hin hätten entbehren können. Aber Hauke und Lukas, das eingespielte Team der Spurensicherung, würden sie begleiten.

Kerrin jubelte innerlich, würde sie so doch außerplanmäßig mit Nils auf ihrer Heimatinsel zusammen sein können. Wie lange, stand in den Sternen, aber zumindest bis morgen würde sie ihren Aufenthalt auf Föhr auf jeden Fall ausdehnen. Sie würden also die ganze Nacht für sich haben.

Eine Stunde später saß sie zusammen mit Hauke und Lukas im Auto und fuhr nach Dagebüll. Nils wusste von ihrem Überraschungsbesuch noch nichts. Er war Anwalt und hatte heute seinen Gerichtstag. Da es auf Föhr kein eigenes Amtsgericht gab, war das Gericht in Niebüll zuständig. Einer der Nachteile des Lebens auf einer Insel, dachte Kerrin, war die Tatsache, dass man für eine Vielzahl von Dingen aufs Festland musste. Nils jedoch störte das nicht, er genoss die wöchentliche Fahrt.

»Glaubst du wirklich, dass es sich um ein Verbrechen handelt?«, wollte Hauke, der am Steuer saß, wissen.

»Ein bisschen undurchsichtig ist es schon«, antwortete Kerrin gedehnt. »Sicherungen rausdrehen und ein Gatter öffnen können Bullen eigentlich nicht. Und sie verstecken auch keinen Viehtreiber.«

»Sicherungen fliegen immer mal raus, wahrscheinlich sind sie uralt«, widersprach Hauke. »Und irgendjemand wird vergessen haben, das Gatter zu schließen. Und gibt es jetzt natürlich nicht zu nach dem, was passiert ist.«

»Könnte sein«, stimmte Kerrin zu. »Muss aber nicht.«

Pünktlich beim Ablegen der 10:40-Uhr-Fähre fing es an zu regnen. Die drei Beamten setzten sich in das Bordrestaurant und bestellten Kaffee. Trotz der fortgeschrittenen Jahreszeit war die Fähre gut gefüllt. Die Touristensaison auf den nordfriesischen Inseln hatte sich in den letzten Jahren immer weiter ausgedehnt. In wenigen Tagen begannen in einigen Bundesländern die Herbstferien, und viele der Pensionen und Ferienwohnungen auf Föhr würden dann noch einmal belegt sein, bevor es ab November ruhiger wurde.

Verträumt blickte Kerrin aus dem Fenster, von dem Regentropfen abperlten, auf die dunkle Nordsee. Rote und grüne Bojen zeigten den Fähren, wo sich die Fahrrinne befand. Obwohl Kerrin überzeugt war, dass die erfahrenen Kapitäne der Wyker Dampfschifffahrtsreederei den Weg auch ohne ihre Hilfe finden würden. Schaumkronen tanzten auf den Wellen und brachen sich an dem massigen Schiff. Die Morgenfähre von Wyk nach Dagebüll fuhr dicht an ihnen vorbei, und einige Touristen an Bord winkten freundlich herüber.

Sie beschloss, nach ihrem Kaffee nach draußen zu gehen und sich den salzigen Wind um die Nase wehen zu lassen. Ein bisschen Regen konnte eine echte Insulanerin nicht davon abhalten.

Mit Hark hatte Kerrin verabredet, dass sie sich auf dem Hof der Mommensens treffen würden. Tom und Christian hatten in der Zwischenzeit im Stall die Bereiche um die Bullenbox und den Sicherungskasten abgesperrt, wo sich der Täter, wenn es ihn denn gegeben hatte, aufgehalten haben musste. Der Inselbestatter war unverrichteter Dinge nach Hause geschickt und Elena Bruckner informiert worden. Sie hatte sich bereit erklärt, nach Föhr zu kommen, um den Toten in Augenschein zu nehmen und zu prüfen, ob er für eine Obduktion in die Rechtsmedizin nach Kiel gebracht werden sollte. Kerrin hatte innerlich lachen müssen, als sie davon hörte, wusste sie doch genau, wie Hark und Elena seit dem Sommer umeinander herumschlichen. Hark, seit drei Jahren Witwer, hatte das erste Mal seit dem Tod von Heike sein Herz für eine Frau geöffnet. Nur leider war es kompliziert. Elena war noch verheiratet, obwohl ihre Ehe seit geraumer Zeit in einer tiefen Krise steckte. Nils und Kerrin hofften beide, dass sie sich bald einen Ruck geben und für Hark entscheiden würde.

Die bei einem Tötungsdelikt üblichen Maßnahmen waren also angeschoben worden, nun mussten sie nur noch in Erfahrung bringen, ob es sich tatsächlich um ein Verbrechen handelte.

Auf dem Hof war es totenstill, als Kerrin, Hauke und Lukas aus dem Wagen stiegen. Kein Mensch war zu sehen.

»Wollt ihr euch dort drinnen schon einmal einen Überblick verschaffen? Ich klingle im Haus und komme dann später nach.«

Hauke nickte und öffnete den Kofferraum, in dem Lukas und er die für die Spurensicherung erforderlichen Gerätschaften verstaut hatten. Kurz darauf waren die beiden im Stall verschwunden.

Mit einem mulmigen Gefühl stand Kerrin vor der geschlossenen Haustür. Auch nach all den Jahren bei der Kriminalpolizei fiel es ihr nicht leicht, Angehörigen gegenüberzutreten, die gerade einen geliebten Menschen verloren hatten. Zum Glück hatte sie zumindest die Todesnachricht nicht überbringen müssen. Nach einem Blick auf das getöpferte Namensschild, auf dem *Heiko und Anne Mommensen* und darunter *Klaas, Sina, Olaf, Nele* stand, wurde ihr plötzlich klar, dass sie die Familie kannte. Sina, die zweitälteste Tochter, war in ihre Parallelklasse gegangen. Sie waren zwar nicht befreundet gewesen, hatten sich aber regelmäßig gesehen. Das ließ sich auf einer so überschaubaren Insel gar nicht vermeiden. Es war jetzt also schon die zweite Ermittlung auf Föhr, bei der sie die Beteiligten privat kannte. Ob das von Vorteil oder eher nachteilig war, wusste sie nicht, aufreibend war es allemal. Segen und Fluch des Insulanerlebens.

Auf ihr Läuten hin öffnete Hark. Fest nahm er sie in die Arme und drückte sie. Kerrin wusste, wie sehr er sich von Anfang an über ihre Beziehung mit Nils gefreut hatte, und sie war wieder einmal gerührt von seiner Zuneigung zu ihr.

»Schlimm, dass wir uns schon wieder wegen eines so traurigen Anlasses sehen, aber trotzdem schön, dass du da bist, mien Deern.« Er nickte in Richtung einer geschlossenen Tür an der Seite eines geräumigen Flurs, in dem eine ganze Armee von mistverkrusteten Gummistiefeln stand. An einer großen Garderobe hingen einige Stalljacken. In diesem Raum schien man sich die im Stall getragene Kleidung auszuziehen, um den Rest des Hauses nicht zu verschmutzen. »Die Ehefrau und der älteste Sohn des Opfers sitzen in der Küche. Die beiden Auszubildenden sind im Stall und arbeiten.«

Kerrin nickte. »Mit der Tochter bin ich zusammen zur Schule gegangen, und Klaas kenne ich auch vom Sehen.« Sie straffte die Schultern. »Dann mal los, wird ja nicht leichter, wenn wir warten.« Mit diesen Worten schritt sie durch den Flur und öffnete die Küchentür.

Anne Mommensen und ihr Sohn blickten ihr stumm entgegen.

Nachdem Kerrin sich der Mutter vorgestellt, Klaas begrüßt und beiden ihr Beileid ausgesprochen hatte, setzte sie sich. Hark holte eine weitere Tasse und schenkte ihr ein.

»Wie ist das denn geschehen?«, fragte sie in ihrer direkten Art, als sie den großen Bluterguss unter Annes rechtem Auge entdeckt hatte.

»Nicht der Rede wert«, entgegnete Anne mit leiser Stimme. »Ich habe gestern geträumt, als ich in Wyk ein paar Besorgungen gemacht habe, und bin gegen ein Straßenschild gelaufen.«

Kerrin warf Klaas einen kurzen Blick zu. Diese Erklärung klang in ihren Ohren nicht allzu plausibel, sondern eher nach einer Ausrede. Ihr Eindruck verstärkte sich, als sie den Ausdruck in seinem Gesicht sah. Für den Bruchteil einer Sekunde meinte sie, Skepsis darin bemerkt zu haben. Zweifelte er die Aussage seiner Mutter ebenfalls an? Was vermutete er stattdessen? Sie beschloss, später, wenn Anne nicht dabei war, bei ihm nachzuhaken und es erst einmal auf sich beruhen zu lassen.

»Wir müssen Sie leider fragen, ob es jemanden geben könnte, der einen Grund hatte, Ihren Mann umzubringen.« Sie versuchte, nüchtern und sachlich zu klingen, um die Wucht dieser Frage ein wenig abzumildern. Wenn das überhaupt möglich war.

Klaas stieß einen tiefen Seufzer aus. Seine Augen schimmerten feucht, und Kerrin spürte, wie sehr er sich zusammenriss, um nicht zu weinen. »Mein Vater war bestimmt kein Heiliger und kein einfacher Charakter. Er ist mit einigen Menschen in seinem Leben aneinandergeraten, aber deswegen bringt man doch niemanden um.«

»Er war fleißig und hat den Hof geliebt. Andere Leute haben ihn nicht sonderlich interessiert. Was sie von ihm hielten, war ihm vollkommen gleichgültig«, ergänzte Anne.

»Sie waren lange verheiratet«, stellte Kerrin fest. »Haben Sie eine glückliche Ehe geführt?«

Anne zuckte mit den Schultern. »Was heißt schon glücklich?«, antwortete sie nachdenklich. »Wir kannten uns seit Kindertagen, meine Eltern hatten auch einen Milchviehbetrieb, den mein Bruder übernommen hat.« Versonnen blickte sie einen Moment aus dem Fenster in den trüben Himmel. »Heiko war vier Jahre älter als ich, ein stattlicher junger Mann, gut aussehend, der Schwarm vieler Mädchen. Das hat mir damals natürlich imponiert, und ich war geschmeichelt, dass er sich für mich interessierte. Wir haben schnell gemerkt, dass wir ähnliche Interessen und Vorstellungen von unserem Leben hatten, und sind zusammengeblieben. Hochzeit, das erste Kind mit zwanzig, der Hof. Damals noch mit Heikos Eltern. Wir haben uns die Arbeit aufgeteilt, und es hat immer gut funktioniert. Heute haben wir fast doppelt so viele Kühe wie vor dreißig Jahren und außerdem landwirtschaftliche Flächen.«

»Das hört sich nach einer Erfolgsgeschichte an.« Kerrin lächelte und wandte sich dann an Klaas. »Und du? Hattest du ein gutes Verhältnis zu deinem Vater? Ich könnte mir vorstellen, dass es nicht ganz einfach war zusammenzuarbeiten.«

»Hat schon geklappt«, antwortete Klaas. »Obwohl es meinem Vater schwergefallen ist loszulassen. Dafür war er wahrscheinlich mit seinen achtundfünfzig Jahren noch zu jung. Ich war immer ein wenig zwiegespalten:

Auf der einen Seite war es eine große Erleichterung, dass er voll mit angepackt hat. So konnte ich mit meiner Familie einmal im Jahr Urlaub machen, und ein freier Tag in der Woche war auch drin. Auf der anderen Seite hat er mich und meine Ideen schon ziemlich ausgebremst. Aber ich habe mir immer gesagt, dass es nicht für immer so sein wird, irgendwann wird dies hier mein Hof sein.« Er stockte. »Doch ich habe natürlich nicht geahnt, dass es so schnell gehen würde.« Nun rann doch eine Träne aus seinem Auge.

Anne ergriff seine Hand und drückte sie stumm. »Du bist nicht allein, ich bin ja auch noch hier«, murmelte sie leise.

»Was ist mit Verwandten, Freunden, gab es da jemanden, mit dem er Streit hatte?«, fragte Kerrin weiter.

»Auseinandersetzungen hatte er mit vielen Menschen.« Anne überlegte einen Moment. »Mit Klaas wegen der Ausrichtung des Hofes, mit Sina und ihrem Mann Patrick wegen der Führung unseres Ponyhofes in Nieblum und ...«

»Ich wusste gar nicht, dass Sie auch einen Ponyhof haben«, unterbrach Kerrin sie erstaunt.

»Das ist mein Erbe. Da mein Bruder unseren Hof übernommen hat, habe ich den kleinen Reiterhof bekommen. Er ist bei Heiko und mir immer ein wenig nebenbei und nicht sonderlich lukrativ gelaufen, aber unsere Zweitälteste und ihr Mann haben das jetzt geändert. Sie sind mit Herzblut und vollem Einsatz dabei und bauen ihn von Jahr zu Jahr weiter aus. Mittlerweile bieten sie Reiterferien für bis zu vierzehn Kinder an.« Stolz schwang in ihrer Stimme mit.

»Und warum gab es Streit mit Ihrem Mann?«

»Weil er sich auch dort immer eingemischt hat«, antwortete Klaas anstelle seiner Mutter. »Das lag wohl in seinem Naturell. Aber Patrick kam damit nicht so gut klar wie ich. Er war halt nicht sein Vater, und Patrick lässt sich nicht so gerne vorschreiben, wie er seine Arbeit zu erledigen hat.«

»Sina hat zwischen den beiden vermittelt, und das hat gut geklappt.« Anne blickte ihren Sohn eindringlich an. »Du klingst so, als hätte es ständig Streit gegeben, und das war ja nun wirklich nicht der Fall.«

Klaas nahm das hin, schien aber nicht überzeugt zu sein.

»Was ist mit Ihren anderen Kindern?«

»Olaf und Heiko kamen gut miteinander aus. Sie sind sich beruflich nicht ins Gehege gekommen, das war wahrscheinlich hilfreich.«

»Und Ihre jüngste Tochter?«

»Die liebe Nele«, entgegnete Klaas. »Sie ist erst seit Kurzem wieder hier, vorher war sie ein paar Jahre auf La Gomera, um sich selbst zu finden.« Seine Stimme troff von Sarkasmus. »Es freut uns alle sehr, dass sie sich nun mit achtundzwanzig Jahren endlich darüber klar werden möchte, was sie mit ihrem Leben anfangen will.«

Kerrin schmunzelte innerlich. Sie erinnerte sich gut an Nele, obwohl sie vier Jahre jünger war. Und das bedeutete als Teenager viel. Sie war wie ein bunter Vogel gewesen, auffällig gestylt und geschminkt. Ganz anders als ihre bodenständigen Geschwister, die meist ein kariertes Hemd, Jeans und auch mal dreckige Gummistiefel zur Schule getragen hatten.

»Lass es«, fuhr Anne mit einer Resolutheit dazwischen, die Kerrin der zarten Frau gar nicht zugetraut hätte. »Nele stand immer ein bisschen im Abseits«, erklärte sie dann. »Sie ist ein ganz anderer Typ als ihre drei Geschwister, interessiert sich nicht sonderlich für Tiere und schon gar nicht für die Landwirtschaft. Sie hat ihre Freizeit lieber in einer Drogerie verbracht und verschiedene Schminksachen ausprobiert oder ist auf Partys gegangen.« Ein Lächeln umspielte ihren Mund. »Mich freut es sehr, dass sie jetzt wieder auf Föhr ist.«

»Wir wünschen ihr alle Glück, damit zumindest die Chance besteht, dass sie uns eines Tages nicht mehr auf der Tasche liegt.«

»Jetzt ist aber Schluss. Du erbst den ganzen Hof und Sina den Reiterhof, da werde ich Nele wohl ein paar Jahre lang finanziell unter die Arme greifen dürfen. Olaf hat damit auch kein Problem.«

Kerrin und Hark hatten sich zurückgelehnt und lauschten interessiert dem Schlagabtausch zwischen Mutter und Sohn.

»Entschuldige«, murmelte Klaas jetzt. »Das ist nicht der richtige Zeitpunkt für diese Unterhaltung.« Er tätschelte die Hand seiner Mutter.

»Und außerhalb der Familie«, brachte Hark das Gespräch wieder auf neutrales Terrain, »gibt es da jemanden, mit dem Heiko Ärger hatte?«

Mutter und Sohn überlegten einen Moment, dann antwortete Klaas. »Meik Schwattke war bestimmt nicht gut auf ihn zu sprechen«, begann er. »Er hat den Nachbarhof betrieben und ...«

»Tut er das nicht immer noch?« Hark sah ihn verwundert an.

Klaas schüttelte den Kopf. »Er wohnt nur noch dort.

Die Ställe und Weideflächen hat mein Vater übernommen, seine Tiere hat er verkauft.«

Kerrin beugte sich interessiert nach vorn. »Und warum hat er einen Groll gegenüber deinem Vater gehegt? Ist bei der Übernahme irgendetwas falsch gelaufen?«

»Aus Meiks Sicht vielleicht schon«, druckste Klaas herum.

»Da konnte Papa doch nichts für«, widersprach Anne.

»Nun mal Butter bei die Fische«, schaltete Hark sich energisch wieder ein. »Es geht um den Tod Ihres Vaters, da hilft uns alles weiter.«

»Meik hat sich verzockt«, fing Klaas langsam an. »Er hatte in den letzten Jahren ziemlich zugebuttert. Landwirtschaft wird halt immer schwieriger. Und dann hat er das Pech gehabt, abends in der Kneipe einen Vermögensberater vom Festland zu treffen, der ihm das Goldene vom Himmel versprochen hat.«

»War aber nichts dran«, fuhr Anne fort. »Seine Frau hat ihm dringend abgeraten, diesem Mann seine Ersparnisse anzuvertrauen, aber da war er wie Heiko, er hat sich nichts sagen lassen. Er hat fest daran geglaubt, dass er mit dieser Geldanlage wieder auf einen grünen Zweig kommen würde.« Sie seufzte. »Hätte er mal auf sie gehört …«

»Dieser Vermögenstyp hat sich die Taschen vollgestopft, aber Meiks Geld war futsch. Anlegerrisiko war das Einzige, was der Verbrecher dazu zu sagen hatte.« Klaas fuhr sich durchs Gesicht. »Na ja, und dann brauchte Meik Geld von der Bank für den Hof. Da er aber schon dreiundsechzig Jahre alt ist und keinen Nachfolger hat, wollte die das nicht so schnell lockermachen, wie es nötig war. Seit der Krise vor ein paar Jahren ist das mit den Finanzierungen nicht mehr so einfach wie früher.«

»Und dann ist dein Vater eingesprungen und hat ihm den Hof abgekauft?«, fragte Kerrin gespannt. Waren sie hier einem Motiv auf der Spur?

»Ja, das hat er«, antwortete Anne für ihren Sohn. »Irgendwann hätte er ja eh verkaufen müssen, nun kam es halt ein paar Jahre früher als geplant dazu. Ich finde nicht, dass Heiko damit etwas falsch gemacht hat. Ist doch besser, wenn der Hof in Insulanerhand bleibt.«

Klaas sah sie zweifelnd an. »Das stimmt, aber beim Preis hat er Meik schon ziemlich gedrückt.«

»Klar, aber da ist sich doch jeder selbst am nächsten. Papa hatte auch nichts zu verschenken«, konterte Anne. »Meik kann mit seiner Familie weiter dort leben. Das hätte wohl kein anderer Käufer mitgemacht.«

»Wir werden mit Meik Schwattke sprechen«, erklärte Kerrin. »Gibt es sonst noch jemanden, der Ihnen einfällt?«

Als Mutter und Sohn stumm den Kopf schüttelten, erhob Kerrin sich. »Vielen Dank für Ihre Offenheit. Wir werden uns jetzt im Stall umsehen. Meine Kollegen von der Spurensicherung sind bereits dort. Sie wissen ja schon, dass einige Teile erst einmal abgesperrt bleiben, bis sie mit ihrer Arbeit fertig sind. Danach werden sie zu Ihnen ins Haus kommen und sich dort umsehen.«

»Eine Frage habe ich noch«, sagte Hark. »Der Stall ist immer offen, oder? Ich habe im vorderen Bereich kein Tor gesehen. Dann könnte also jeder dort rein- und rausspazieren, wie es ihm gefällt.«

»Theoretisch schon, aber ich habe noch nie Fremde, die sich unbefugt bei uns aufhalten, im Stall gesehen.«

»Was passiert jetzt mit meinem Mann?«, wollte Anne mit kaum hörbarer Stimme wissen.

»Die Rechtsmedizinerin aus Kiel ist auf dem Weg und wird mit der nächsten Fähre auf die Insel kommen«, erklärte Kerrin. »Sie wird im Stall die erste Inaugenscheinnahme durchführen und dann entscheiden, wie es weitergehen soll. Wahrscheinlich wird Ihr Mann in Kiel obduziert werden.«

Ein Schluchzer entrang Annes Kehle, und auch Klaas blickte sie entsetzt an. »Ich möchte nicht, dass Sie ihn aufschneiden«, stieß sie hervor. »Es waren unsere Bullen, das ist doch klar, dafür brauchen wir keine Obduktion. Können wir Ihnen das nicht verbieten?«

»Es ist Sache des Staatsanwalts oder des Gerichts, die Obduktion anzuordnen, wenn der Verdacht besteht, dass es sich nicht um einen natürlichen Tod handelte. Und nach den vorliegenden Umständen können wir das leider zum jetzigen Zeitpunkt nicht ausschließen.« Kerrin blickte bedauernd auf Mutter und Sohn. »Es tut mir sehr leid.«

Mit diesen Worten wandten Hark und sie sich zur Tür. Sie würden die beiden jetzt allein lassen und ihnen Raum zum Trauern geben.

5

Tom und Christian hatten sich gefreut, Kerrin wiederzusehen. Während der beiden Fälle im Sommer, die Kerrin als Leiterin der Ermittlungen mit ihnen zusammen auf der Insel aufgeklärt hatte, waren sie sich nähergekommen. Dabei hatte der Umstand, dass Kerrin eine Insulanerin und damit eine von ihnen war, bestimmt geholfen. Tom schätzte ihre ehrliche und schnörkellose Art. Sie war geradeheraus und direkt und redete nicht lange um den heißen Brei herum. Und der ehrgeizige Christian legte sich jedes Mal besonders ins Zeug, um von ihr wahrgenommen zu werden.

Wie von Hark angeordnet, hatten sie im Stall ausgeharrt. Die Leiche durfte nicht unbeaufsichtigt bleiben, bevor Elena Bruckner sie in Augenschein genommen hatte.

»Ich entdecke mein Herz für diese Viecher«, bemerkte Tom grinsend. »Wenn man sie streichelt, versuchen sie, einen mit ihrer Zunge abzuschlecken.«

Kerrin wischte sich unwillkürlich die Hand, mit der sie Tom begrüßt hatte, an ihrer Hose ab. Kühe waren nicht unbedingt ihr Fall. Sie kauten den ganzen Tag, ließen ihre Hinterlassenschaft zurück, wo sie gerade standen, und legten sich dann noch hinein. Besonders niedlich fand sie sie nicht.

Hauke und Lukas waren gerade dabei, Fingerabdrücke rund um den Haken, an dem der Viehtreiber normalerweise hing, und am Gatter der Bullenbox zu entnehmen.

»Das ist eine wahre Fundgrube. Klar, wenn nie geputzt wird.« Hauke seufzte. »Nicht einfach, genaue Abdrücke zu bekommen. Wir brauchen auf jeden Fall Vergleichsabdrücke von allen, die hier im Stall arbeiten oder sich im Haus aufhalten.«

»Bekommt ihr«, beeilte Christian sich zu sagen. »Ich kümmere mich darum.«

»Habt ihr schon etwas gefunden?«, fragte Kerrin, nachdem sie Christian zugenickt hatte.

»Nee, wir arbeiten ja nicht mit Überschallgeschwindigkeit«, entgegnete Hauke leicht pikiert. »Fußabdrücke zu finden, ist wohl aussichtslos bei diesem Gemisch aus Mist und Futter.« Er grinste jetzt. »Aber wir geben natürlich wie immer unser Bestes.«

»Davon bin ich überzeugt.« Kerrin schmunzelte und wandte sich dann zu Hark. Langsam ließ sie sich von ihm durch den Stall führen und versuchte, sich vorzustellen, was sich in den frühen Morgenstunden hier zugetragen haben mochte. Abgesehen von der Frage, wie die Bullen aus ihrem Stall herausgekommen waren, erschien ihr der Tathergang klar. Heiko Mommensen war wie jeden Morgen zum Melken erschienen. Als das Licht nicht funktionierte, war er durch die dunkle Stallgasse in Richtung des Sicherungskastens beim Melkstand getappt und an deren Ende von den freigelassenen Bullen überrascht worden. Eine Flucht wäre nur zurück durch den Stall möglich gewesen. Das große Tor im hinteren Bereich war geschlossen, und Heiko dürfte nicht die Zeit gehabt haben, es zu öffnen, um sich in Sicherheit zu bringen. Sie schauderte. Als Spielzeug von einem oder mehreren Bullen benutzt zu werden, musste eine furchtbare Art zu sterben sein. Einzelheiten dazu würden sie bestimmt in Kürze von Elena Bruckner erfahren.

»Was meinst du?« Fragend blickte sie Hark an. Sie schätzte seine Intuition und Meinung.

Hark dachte einen Augenblick nach, bevor er antwortete. »Ich meine, dass Elena uns gleich bestätigen wird, dass die Bullen ihn getötet haben. Es würde mich sehr überraschen, wenn das anders wäre. Dass die Tiere sich selbst befreit haben, glaube ich nicht. Die Frage ist also, ob tatsächlich jemand schlicht und einfach vergessen hat, das Gatter ordnungsgemäß zu schließen. In dem Fall könnte der Staatsanwalt wegen eines fahrlässigen Tötungsdeliktes ermitteln, du wärst also an Bord. Jedem muss klar sein, dass Bullen für Menschen lebensgefährlich sind. Es könnte aber genauso gut sein, dass jemand das Gatter mit Absicht geöffnet hat. Dann stellt sich mir die Frage, was er oder sie damit bezwecken wollte. Wenn es um den Tod von Heiko Mommensen ging, fände ich diese Art zu töten nicht besonders sinnvoll. Zum einen konnte sich die Person nicht sicher sein, dass Heiko tatsächlich der Erste im Stall sein würde. Auch hätte er schwer verletzt überleben können, und wenn Tobi früher hier gewesen wäre, hätte er einschreiten und ihm helfen können.«

»Hört sich plausibel an«, stimmte Kerrin zu. »Was mich wundert, ist, dass der Viehtreiber nicht mehr da ist. Wenn wir annehmen, dass er tatsächlich immer an dem Haken hängt und jetzt plötzlich verschwunden ist, spricht das für mich für die zweite Alternative. Er könnte benutzt worden sein, um die Bullen aus der Box zu treiben. Und danach konnte der Täter ihn nicht zurückhängen, da er dafür an den Bullen hätte vorbeigehen müssen. Fahrlässigkeit käme in diesem Fall nicht mehr in Betracht.«

Sie waren die Stallgasse herunter zurück zu Tom und Christian gegangen. »Elena müsste in einer knappen Stunde eintreffen. Könnt ihr so lange weiter Wache schieben?« Kerrin blickte die beiden an. »Hark und ich unterhalten uns in der Zwischenzeit mit den Kindern von Heiko Mommensen.«

»Klar«, beeilte Christian sich zu sagen. »Und danach Besprechung am Hafendeich?«

Kerrin musste grinsen. Typisch Christian, er war gleich wieder Feuer und Flamme für den nächsten Fall. »Schauen wir mal, was wir in Erfahrung bringen.« Ihre Intuition sagte ihr, dass Christian richtiglag und sie am Anfang einer neuen Ermittlung standen.

Eine Viertelstunde später fuhren sie auf den Parkplatz des Reiterhofes von Sina und Patrick Menke in Nieblum und stiegen aus. Kerrin kannte den Hof aus ihrer Kindheit, war als kleines Mädchen aber in Alkersum geritten. Als ihr der intensive Pferdegeruch in die Nase stieg, stand diese Zeit ihr plötzlich wieder deutlich vor Augen. Mit leiser Wehmut dachte sie an das Gefühl der Glückseligkeit zurück, das sich jedes Mal in ihr ausgebreitet hatte, wenn sie auf dem Rücken eines Ponys gesessen hatte. Damals hatte sie sich nicht vorstellen können, dass es jemals eine Zeit in ihrem Leben geben könnte, in der sie nicht jede freie Minute in einem Pferdestall verbrachte.

Und nun hatte sie schon seit Jahren nicht mehr an das Reiten gedacht. Mit einem Ruck holte sie sich in die Gegenwart zurück. Sie fühlte sich nicht ganz wohl, der Besuch bei Sina stand ihr bevor.

Auf einem großen Hof vor dem Stall waren an langen Balken einige Ponys angebunden. Drei Mädchen waren damit beschäftigt, sie zu putzen.

»Die Mädels müssen direkt nach der Schule hierhergeradelt sein«, mutmaßte Hark nach einem Blick auf seine Uhr. »Es ist erst eins.«

»Da kannst du von ausgehen, das war bei mir früher nicht anders. Ranzen ins Zimmer geschmissen, Reithose an und ab.« Kerrin lächelte. »Hallo«, wandte sie sich dann an die Kinder. »Wir suchen Sina und Patrick, wisst ihr, wo wir sie finden können?«

»Die sind gerade reingerannt«, antwortete eines der Mädchen bedrückt und zeigte auf ein Haus rechts neben dem Stall. »Sina hat geweint. Wir putzen jetzt die Ponys und warten dann. Um halb zwei haben wir unsere Reitstunde bei ihr. Marlene hat am Donnerstag immer frei.«

»Dann schauen wir mal nach ihnen«, antwortete Kerrin und wollte sich gerade umdrehen, als ein junger Mann, an jeder Hand ein kleines Mädchen, auf sie zutrat.

»Kerrin, bist du es?«, fragte er ein wenig zögernd.

»Peter, das ist ja eine Überraschung«, rief Kerrin aus, als sie ihn erkannte. Peter Riewerts war der zwei Jahre jüngere Bruder von Lia, die in Kerrins Jahrgang gegangen und zu Schulzeiten eine enge Freundin von Sina gewesen war. Lia und Sina waren Landkinder gewesen, am glücklichsten in der Natur oder im Stall. Auch wenn Kerrin leidenschaftlich gern geritten war, hatte sie doch auch das eher städtische Leben in Wyk genossen. Kerrin hatte Peter als einen schüchternen Jungen in Erinnerung, der auf dem Schulhof meist für sich geblieben war. Ganz anders als seine lebhafte Schwester. Allerdings war aus ihm ein attraktiver junger Mann geworden, wie Kerrin feststellte, groß und schlank mit dunklen Haaren und geheimnisvollen grünen Augen, die ein wenig melancholisch in die Welt blickten.

»Was machst du hier? Lebst du wieder auf Föhr? Ich dachte, du seist bei der Polizei auf dem Festland?«

»Ich muss in einer beruflichen Angelegenheit mit Sina sprechen«, wiegelte Kerrin vage ab.

»Ist etwas passiert? Geht es Sina gut?«, wollte Peter nun ein wenig beunruhigt wissen. »Normalerweise ist sie immer hier, um den Kindern beim Putzen und Satteln zu helfen. Lia arbeitet donnerstagnachmittags, darum bringe ich meine beiden Nichten meist zum Reiten. Und ich habe es, anders als meine Schwester, nicht so mit Pferden.« Er grinste ein wenig unbeholfen.

»Nein, mit Sina ist alles in Ordnung, keine Sorge. Sie kommt bestimmt bald.«

»Zum Glück.« Er seufzte erleichtert. »Ich fühle mich schon nicht sonderlich wohl, wenn ich nur hinter einem Pony hergehen muss, Hufe auskratzen möchte ich ganz sicher nicht.«

»Ich werde Sina ausrichten, dass du wartest. Und die Mädchen dahinten helfen euch bestimmt, die Ponys fertig zu machen, dann musst du nicht ran.« Kerrin schmunzelte. »Bis später«, verabschiedete sie sich und drehte sich zu Hark um.

Gemeinsam machten sie sich auf den Weg zum Wohnhaus von Heikos Tochter. »Anne und Klaas haben die Familie anscheinend informiert«, bemerkte sie erleichtert. Also musste sie auch hier die Todesnachricht nicht überbringen.

Auf ihr Klingeln hin öffnete ihnen ein junger Mann. Kerrin schätzte ihn auf Mitte dreißig. Er trug eine braune Reithose und einen Norwegerpulli. Dunkle Locken umrahmten sein Gesicht. Zwei kleine Mädchen mit blonden Lockenköpfen hingen an seinen Beinen. Nachdem Kerrin Hark und sich vorgestellt hatte, bat er sie mit einer müden Handbewegung herein. »Meine Schwiegermutter hat gerade angerufen. Sie können sich sicher vorstellen, dass meine Frau unter Schock steht.«

»Mami weint ganz doll, weil Opa jetzt im Himmel ist«, erklärte die Größere der beiden ernst und griff nach der Hand ihres Vaters.

Patrick Menke ging ihnen voran in die Küche. Sina saß in sich zusammengesunken am Küchentisch. Ihre flachsblonden Haare hatte sie an den Seiten achtlos mit Haarspangen zurückgesteckt. Auch sie trug eine Reithose und dazu ein ausgewaschenes rotes Sweatshirt. Als sie Kerrin und Hark sah, wischte sie sich mit einer schnellen Bewegung die Tränen aus dem ungeschminkten Gesicht.

»Moin, Sina«, begrüßte Kerrin sie. »Mein herzliches Beileid zu dem Tod deines Vaters.«

»Auch von meiner Seite«, fügte Hark hinzu. »Ich bin Hark Hansen von der Föhrer Polizei.«

»Ich wusste gar nicht, dass du wieder auf der Insel bist.« Sina sah Kerrin aus verquollenen Augen an. »Wohnst du nicht auf dem Festland?«

Kerrin nickte. »Ich bin bei der Kripo in Flensburg und heute Morgen auf die Insel gekommen, um die Umstände des Todes deines Vaters zu untersuchen«, erklärte sie.

»Unsere Viecher haben ihn totgetrampelt, warum interessiert sich die Kripo dafür?«

»Es gibt einige Ungereimtheiten, die wir gerne genauer unter die Lupe nehmen würden.«

Sina nickte. »Das war auch mein erster Gedanke.« Tränen stiegen ihr wieder in die Augen. »Ich kann einfach nicht glauben, dass das wirklich passiert sein soll. Von klein auf wurde uns eingetrichtert, dass wir am Bullenstall nichts verloren haben. Und Fenja und Tobi wird das nicht anders ergangen sein, wie ich meinen Vater kenne. Ich kann mir einfach nicht vorstellen, dass irgendjemand das Gatter nicht geschlossen hat.« Sie wischte sich die Tränen aus dem Gesicht. »Es ist ja nicht so wie Zähneputzen am Morgen oder den Müll rausbringen, das kann man schon einmal vergessen. Aber wenn ich in der Box der Bullen bin und sie dann wieder verlasse, lasse ich doch nicht das Gatter offen. So weggetreten kann man doch gar nicht sein.« Sie schluchzte.

Patrick setzte sich neben sie und strich ihr sanft über den Rücken. Die kleinere Tochter kletterte auf ihren Schoß und umschlang sie mit ihren dicken Pummelärmchen. Die größere stand mit hängenden Schultern daneben.

»Das finden wir auch merkwürdig, und deswegen bin ich hier. Wenn wir ausschließen, dass die Bullen das Gatter selbst entriegelt haben oder jemand vergessen hat, es zu schließen, bleibt nur noch die Möglichkeit, dass es mit Absicht geöffnet worden ist.«

Patrick starrte sie mit offenem Mund an. »Unsere beiden Mäuse sollten jetzt vielleicht besser in ihr Zimmer gehen und ein bisschen spielen«, schlug er dann mit belegter Stimme vor und hob seine Tochter vom Schoß ihrer Mutter auf den Boden. »Frida, nimmst du Clara mit?«, bat er die Größere. »Ihr dürft euch auch das Tablet nehmen und eine Folge *Peppa Wutz* schauen. Wenn die vorbei ist, komme ich zu euch hoch.« Ein wenig zögernd nahmen die Mädchen sich an die Hand. Kerrin spürte, dass sie lieber bei ihrer Mutter geblieben wären, aber die Aussicht auf einen Zeichentrickfilm war dann doch zu verlockend. Kurz darauf hörten sie vier kleine Füßchen die Treppe hinaufeilen.

Patrick wandte sich zurück an Kerrin. »Ihr wollt uns damit sagen, dass irgendjemand Heiko umgebracht hat?«

»Da dein Schwiegervater morgens immer der Erste im Stall war, spricht viel dafür, dass es um ihn ging. Ob er tatsächlich sterben sollte, können wir natürlich nicht sagen, der Zusammenstoß mit den Tieren hätte ja auch glimpflicher ausgehen können«, entgegnete Kerrin und wandte sich dann an Sina. »Weißt du, wo bei euch auf dem Hof der Viehtreiber aufbewahrt wird?«

»Klar, am Haken vor der Bullenbox, damit er im Falle eines Falles immer griffbereit ist. Obwohl ich mich nicht daran erinnern kann, dass er jemals gebraucht wurde. Warum?«

»Er ist verschwunden.«

»Das verstehe ich nicht. Wer klaut denn einen Viehtreiber?«

»Vielleicht derjenige, der das Gatter geöffnet und ihn dann im Schutze der Kuhbox benutzt hat, um die Bullen aus ihrer Box zu treiben«, entgegnete Hark trocken. »Und der sie damit wild gemacht hat.«

Sina und Patrick blickten ihn mit schreckensweiten Augen an.

»Kennt ihr jemanden, der deinem Vater so etwas antun könnte?«

Beide schüttelten den Kopf. »Wenn ihr mit meinem Bruder gesprochen habt, wisst ihr ja bestimmt schon, dass er kein einfacher Mensch war. Hast du ihn zu Schulzeiten mal kennengelernt?« Sina sah Kerrin an, die den Kopf schüttelte. »Er hat für den Hof gelebt, andere Menschen waren ihm egal. Und mit dieser Einstellung ist er natürlich ab und an angeeckt.«

»Auch bei Ihnen«, bemerkte Hark und sah Patrick an.

»Wir hatten unsere Reibereien, es war nicht einfach, mit ihm klarzukommen«, gab Patrick zu. »Er selbst hat sich um den Ponyhof nie gekümmert. Das war Annes Aufgabe, und sie hat es nebenbei erledigt. Aber seit Sina und ich ihn übernommen haben, will er plötzlich überall mitmischen, das nervt schon sehr. Oder hat genervt«, fügte er leise hinzu.

»Welcher Art waren Ihre Auseinandersetzungen?«, fragte Hark weiter. »Wollte Herr Mommensen tatsächlich das Tagesgeschehen mitbestimmen, oder hat er nur rumgenörgelt?«

»Über das bloße Meckern ging es deutlich hinaus.« Patrick klang bitter. »Wir sollten den Hof nach seinen Vorstellungen führen. Und die haben sich oft nicht mit unseren gedeckt.«

»Mein Vater war der Meinung, dass die Tiere ruhig ein bisschen mehr gefordert werden könnten. Weniger Ruhezeiten während des Reitschulbetriebes, kürzere Weidezeiten, zumindest in der Hauptsaison.«

»Und das wollten wir beide nicht. Da ist es dann teilweise schon zur Sache gegangen und laut geworden.«

»Was genau bedeutet das?«, bohrte Hark weiter nach.

»Nun ja«, fing Patrick an, bevor seine Frau antworten konnte. »Mein Schwiegervater war sich nicht zu schade, zu drohen, uns den Hof wieder wegzunehmen, wenn wir ihn wirtschaftlich nicht so führten, wie er es sich vorstellte. Ich bin kein Insulaner, sondern Sinas wegen hergezogen. Wenn Heiko das tatsächlich wahr gemacht hätte, wäre das für mich schlimm gewesen. Ich hätte nicht gewusst, womit wir auf Föhr unseren Lebensunterhalt verdienen sollten. Wir hätten wahrscheinlich die Insel verlassen müssen und …«

»Jetzt hör doch mal auf«, unterbrach Sina ihn mit zitternder Stimme. »Der Hof gehört meiner Mutter, und sie hätte das niemals zugelassen. Er hat nur mit den Ketten gerasselt, das weißt du doch. Ich verstehe nicht, warum wir ausgerechnet jetzt so über ihn sprechen müssen.« Ihre Stimme brach.

»Oh, mein Schatz!«, rief Patrick betroffen aus. »Entschuldige bitte. Du hast recht, das war taktlos von mir. Bei diesem Thema gehen immer die Pferde mit mir durch.« Er nahm sie in die Arme.

»Ich habe noch eine ganz andere Frage«, sprang Kerrin zum nächsten Punkt. Auf den Konflikt zwischen dem Opfer und seinem Schwiegersohn würden sie später bestimmt noch einmal zurückkommen. »Deine Mutter hat einen Bluterguss im Gesicht. Weißt du, wie sie den bekommen hat?«

Sina schaute sie betroffen an und warf dann Patrick einen schnellen Blick zu. »Keine Ahnung«, antwortete sie schließlich gedehnt.

»Wirklich nicht?«

»Vielleicht ein Unfall im Stall«, vermutete Sina nach kurzem Überlegen vage. »Frag sie doch einfach.«

Kerrin sah zu Patrick hinüber, der auf den Tisch starrte. Sie spürte ganz deutlich, dass Sina und er versuchten, etwas vor ihnen zu verbergen. Genauso wie sie wahrgenommen hatte, dass Klaas ebenso wie sie nicht an den Zusammenstoß seiner Mutter mit dem Verkehrsschild geglaubt hatte. Da Anne nicht hier war, würde sie Sina und Patrick jedoch nicht so einfach davonkommen lassen wie ihn. »Wir sind hier, um herauszufinden, wie dein Vater zu Tode gekommen ist«, begann sie. »Dazu müssen wir möglichst viel über ihn und sein Leben erfahren. Ich habe den Eindruck, dass ihr beiden eine Vermutung habt, wie deine Mutter sich verletzt haben könnte. Ob das für uns tatsächlich relevant ist, weiß ich nicht, aber entscheiden sollten wir das und nicht ihr. Ich frage also noch einmal: Habt ihr eine Idee, wie es zu der Gesichtsverletzung deiner Mutter gekommen sein könnte?«

Sina schaute Patrick an, der fast unmerklich ein wenig unschlüssig die Schultern hob. »Ich weiß es wirklich nicht«, fing sie schließlich an. »Als ich sie vor drei Tagen das letzte Mal gesehen habe, hatte sie noch keinen Bluterguss. Vielleicht ist sie irgendwo gegengelaufen oder gestürzt.« Sie stockte kurz und schien sich dann einen Ruck zu geben. »Früher ist es manchmal vorgekommen, dass meinem Vater die Hand ausgerutscht ist. Das letzte Mal, von dem ich weiß, ist allerdings viele Jahre her. Seitdem war bei meinen Eltern Ruhe eingekehrt. Sie hatten ihre Grenzen abgesteckt, jeder hatte seinen Bereich und hat den anderen in Ruhe gelassen. Für den Hof haben sie gut zusammengearbeitet, waren ein starkes Team und erfolgreich, in ihrer Ehe haben sie nebeneinanderher gelebt und versucht, sich nicht gegenseitig ins Gehege zu kommen.«

»Und das war früher anders?«

Sina nickte. »Mein Vater konnte sehr aufbrausend sein, und wenn er sich geärgert hat, hat meine Mutter schon mal eine Ohrfeige abbekommen.« Sie strich sich eine Haarsträhne aus dem Gesicht und seufzte. »Im Laufe der Jahre ist er aber ruhiger geworden, und meine Geschwister und ich sind davon ausgegangen, dass diese Gewalttätigkeiten der Vergangenheit angehörten.«

»Würdest du sagen, dass sie eine unglückliche Ehe geführt haben?«

Sina blickte Kerrin nachdenklich an. »Mein Vater nicht. Für ihn war diese Art der Bindung ausreichend. Er hat seine Kraft und Stärke aus dem Hof gezogen und wollte eine Frau an seiner Seite, die ihn mit ihm zusammen bewirtschaftet. Und die hatte er.« Sie seufzte. »Bei meiner Mutter war das, glaube ich, anders. Sie hätte sich bestimmt eine innigere Form der Partnerschaft gewünscht. Einen Mann, mit dem sie sich über ihre Gedanken, Hoffnungen, Sorgen austauschen, mit dem sie lachen und weinen kann. Den hatte sie definitiv nicht. Aber ich denke, dass sie sich mit der Situation arrangiert und das Gute daraus gezogen hat. Wahrscheinlich sieht es in vielen Ehen in der Generation unserer Eltern ähnlich aus.«

»Verstehe«, entgegnete Kerrin mitfühlend. Es war traurig, wie wenig man doch über die Menschen in seinem Umfeld wusste. Da waren Sina und sie jahrelang zusammen zur Schule gegangen, und sie hatte nicht geahnt, was für Konflikte sie zu Hause ertragen musste. Wenn das schon auf Föhr so war, wie musste es erst in der Großstadt sein?

6

Kerrin und Hark hatten sich kurz darauf von Sina und Patrick verabschiedet. Patrick wollte sich um seine Töchter kümmern, und Sina musste den Mädchen auf dem Hof eine Reitstunde geben. Ihr angestelltes Stallmädchen Marlene hatte heute frei und ging nicht an ihr Handy. Danach wollte sie zu ihrer Mutter fahren.

Sie waren gerade in ihren Wagen gestiegen, als Harks Telefon klingelte und Elena anrief. Sein Herz machte einen Sprung. Trotzdem meldete er sich betont gelassen. Er wusste, dass Nils und Kerrin über ihn und Elena geredet hatten und sich fragten, wie es mit ihnen weitergehen würde, und wollte ihnen keine neue Nahrung für weiteren Gesprächsstoff liefern.

Elena war mittlerweile auf Föhr eingetroffen, und sie verabredeten, sich auf dem Hof der Mommensens zu treffen, bevor Kerrin und er die weiteren Kinder von Heiko und Anne befragen würden.

Als sie eintrafen, kniete Elena bereits in weißer Schutzkleidung und Überschuhen neben der Leiche. Kerrin und Hark zwängten sich ebenfalls in die bereitliegenden Anzüge.

»Heute Morgen sind wir alle hier herumgetrampelt und jetzt das«, murmelte Hark.

»So ist das manchmal, wenn nicht gleich klar ist, dass es sich um einen Tatort handelt«, beruhigte die Rechtsmedizinerin ihn lächelnd und erhob sich. Sie umarmte erst Kerrin herzlich und streckte sich dann zu Hark empor, um ihm einen Kuss auf die Wange zu geben.

»Schön, euch beide zu sehen«, sagte sie fröhlich. »Das Tolle an unserer Zusammenarbeit ist immer wieder, dass ich beim Aufstehen morgens noch keinen blassen Schimmer habe, dass ich an diesem Tag einen Ausflug an die Nordsee machen darf. Obwohl der Anlass auch dieses Mal ziemlich schrecklich ist.« Sie wurde ernst und blickte hinunter zu dem Toten. »Ich kann jetzt schon sagen, dass er von einem oder mehreren Bullen attackiert und schwer verletzt worden ist. Ob das auch die Todesursache war, ist hier im Stall nicht eindeutig feststellbar, aber ich gehe davon aus.« Sie kniete sich hin. »Man kann ganz deutlich den eingedrückten Brustkorb erkennen. Da muss ein Bulle mit seinem Gewicht draufgestanden haben, oder er hat ihn an die Stallwand gepresst. Dadurch werden innere Organe gequetscht worden sein. Seht ihr den getrockneten Auswurf hier?« Sie zeigte auf das Kinn des Toten. »Ich tippe auf ein Lungenödem infolge einer Lungenquetschung. Genaueres erfahrt ihr, wenn er bei mir auf dem Tisch gelegen hat.«

»Kümmerst du dich um den Transport?«, fragte Hark. Er bemühte sich, sich nicht vorzustellen, was diese vorläufige Diagnose für das Opfer bedeutet haben musste.

»Ist alles schon organisiert. Er verlässt heute Nachmittag die Insel und wird nach Kiel gebracht.«

»Könntest du vorher im Haus klingeln? Wir haben der Witwe versprochen, dass sie sich von ihrem Mann verabschieden kann.« Er sah sie bittend an.

»Natürlich.« Elena lächelte ihn an. »Sehen wir uns noch?«

Hark schaute zu Kerrin hinüber. »Da muss ich die Chefin fragen«, erwiderte er schmunzelnd.

»Wenn du uns vor deiner Abfahrt in der Dienststelle am Hafendeich besuchst, ja.« Kerrin grinste. »Aber jetzt muss Hark mit mir die Ermittlungen vorantreiben.«

»Das lasse ich mir nicht entgehen.« Elena winkte ihnen zum Abschied zu und beugte sich dann wieder über Heiko Mommensen.

Kerrin und Hark wollten gerade in ihren Wagen steigen und sich auf den Weg zu Olaf Mommensen nach Süderende machen, als ein alter Golf auf den Hof fuhr. Eine junge Frau mit langen, von Sonne und Salzwasser ausgebleichten Haaren, die ihr in Wellen über die zarten Schultern fielen, stieg aus. Sie trug eine verwaschene Jeans mit einigen dekorativen Löchern, Turnschuhe und eine hellblaue Bomberjacke über einem schlichten weißen T-Shirt. In ihrem braun gebrannten Gesicht leuchtete ein knallroter Lippenstift. Eine sehr attraktive Frau, schoss es Hark durch den Kopf. Nach ihr drehen sich bestimmt die Männer auf der Straße um.

Überrascht blieb sie stehen, als sie Kerrin sah. »Wir kennen uns doch!«, rief sie aus.

»Das stimmt, ich war mit Sina in einer Klasse. Kerrin Iwersen.« Kerrin reichte ihr die Hand. »Es tut mir sehr leid, was mit deinem Vater passiert ist.«

»Danke.« Ihr Gesicht verdüsterte sich. »Das spricht sich ja selbst für Inselverhältnisse schnell herum.«

»Nicht ganz.« Kerrin erklärte, warum sie hier war, und stellte Hark vor. »Du willst bestimmt zu deiner Mutter. Wäre es okay, wenn wir euch zehn Minuten geben und dann nachkommen? Dann können wir gleich mit dir sprechen und müssen nicht noch einmal herkommen.«

»Klar, aber fünf Minuten sind ausreichend.« Mit diesen Worten verschwand sie im Hausinneren.

Hark schaute ihr verdutzt hinterher.

Kerrin musste grinsen. »Genau so habe ich Nele in Erinnerung. Immer top angezogen und perfekt geschminkt. Und nun auch noch tiefbraun, da macht sie schon was her, oder?«

»Auf jeden Fall. Aber was mich wundert, ist ihr Verhalten, so kurz nach dem Tod ihres Vaters. Ich hatte nicht den Eindruck, dass sie sonderlich erschüttert war.«

»Das sieht man den Menschen nicht unbedingt an«, widersprach Kerrin. »Ich habe schon so viele verschiedene Reaktionen auf die Todesnachricht eines Angehörigen erlebt. Von lautem Geschrei über stilles Weinen, völlige Apathie, hektisches Kaffeekochen und Plätzchenanbieten war alles dabei.«

»Stimmt schon«, gab Hark zu. »Vielleicht fällt es mir nur auf, weil sie ganz anders als der Rest der Familie wirkt.«

Kerrin schaute auf ihre Uhr. »Die Zeit ist um. Dann lass uns mal wieder klingeln.«

Nele öffnete ihnen und führte sie in die Küche. Anne saß immer noch an dem gleichen Platz wie bei ihrem ersten Gespräch und blickte ihnen starr entgegen. Tiefe Schatten lagen unter ihren Augen.

»Ich habe schon gehört, dass Sie mit Nele sprechen wollen. Wenn Sie mich nicht brauchen, würde ich gerne einen Moment nach oben gehen und allein sein.«

»Natürlich, das ist kein Problem.« Kerrin und Hark setzten sich und nahmen dankend den Kaffee entgegen, den Nele ihnen anbot, nachdem sie ihre Mutter einmal fest in den Arm genommen und versprochen hatte, gleich nachzukommen.

»Wie kann ich euch helfen? Meine Mutter hat mir gerade erzählt, dass ihr von einem Verbrechen ausgeht.« Anders als bei ihrem Zusammentreffen auf dem Hof wirkte sie nun getroffen und erschüttert. »Das hat sie falsch verstanden, oder?«

»Es ist noch zu früh, um dazu etwas Abschließendes sagen zu können, aber es gibt einige Umstände, die uns stutzig machen«, erwiderte Kerrin sachlich.

»Aber wer sollte meinem Vater so etwas antun? Das ergibt doch überhaupt keinen Sinn.« Tränen schimmerten in Neles Augen, wurden von ihr aber schnell wieder weggeblinzelt.

»Hast du eine Idee, wer einen Grund gehabt haben könnte?«, stelle Kerrin die Gegenfrage.

Nele schüttelte den Kopf. »Ich habe die letzten Jahre nicht auf Föhr gelebt und war so selten wie möglich zu Besuch. Deswegen weiß ich nicht, was mein Vater in der letzten Zeit so getrieben hat und ob es mit jemandem Ärger gab.«

»Wir haben schon von Klaas und Sina erfahren, dass er kein einfacher Mensch war und auch nicht immer gut zu deiner Mutter gewesen ist«, tastete Kerrin sich sacht vor.

Nele lächelte sie spöttisch an. »Du sprichst den Bluterguss an. War ja klar, dass deswegen bei den beiden alle Lampen angehen. Aber anstatt einfach mal mit Mama zu sprechen, geht es wieder hintenherum. Typisch.« Sie schnaufte. »Die Gewalt zwischen meinen Eltern hat schon vor vielen Jahren aufgehört. Eingesetzt dafür haben sich meine Geschwister allerdings nicht, sie haben wie immer den Kopf eingezogen, um ja nicht bei meinem Vater anzuecken. Ich war in der zwölften Klasse, als ein Streit zwischen den beiden richtig krass ausgeartet ist. Papa ist danach abgedampft, ich habe Mama verarztet, und dann haben wir uns hingesetzt und die halbe Nacht geredet. Sie war damals fast so weit, ihn zu verlassen, und es wäre ihr wahrscheinlich gar nicht allzu schwergefallen. Nur der Hof hielt sie davon ab. Bei allen Problemen mit meinem Vater hing sie sehr daran, und sie hätte ihn bei einer Trennung verlassen müssen.« Nele seufzte. »Nach viel Bier und einigen Kurzen hat sie sich schließlich entschieden, zu bleiben – unter der Voraussetzung, dass er nie wieder die Hand gegen sie erhebt.« Nele trank einen großen Schluck Kaffee und blickte einen Moment gedankenverloren aus dem Fenster, bevor sie fortfuhr: »Das hat sie ihm genau so am nächsten Tag gesagt. Sie muss ziemlich überzeugend gewesen sein, denn von dem Tag an hat es aufgehört. Mein Vater hatte wohl tatsächlich Angst, sie zu verlieren. Nicht weil er sie so unsterblich geliebt hat, sondern weil sie zusammen für den Hof ein gutes Team waren. Er wusste genau, was ihr Weggang bedeutet hätte.« Ihr Blick war weich geworden. »Ich war damals so unglaublich stolz auf sie. Zwar hätte ich ihr eine Trennung gewünscht, weil sie dann die Chance gehabt hätte, sich noch einmal in den Richtigen zu verlieben. Etwas, das sie nie erleben durfte, war

Papa doch mehr oder weniger ihr erster Mann gewesen. Aber für sie wäre das nicht der richtige Weg gewesen. Sie wollte ihr Leben hier auf dem Hof verbringen. Ich bin mir ziemlich sicher, dass sie gegangen wäre, wenn mein Vater sie noch einmal geschlagen hätte. Da sie immer noch hier ist, scheint es also seit elf Jahren ohne Prügelei zu gehen.«

»Also glaubst du, dass sie tatsächlich gegen ein Verkehrsschild gelaufen ist?«

»Warum nicht? Kennen wir doch alle, dass wir träumend durch die Gegend laufen oder dabei völlig versunken auf unser Handy gucken, oder?« Sie zuckte mit den Schultern.

»Wie war dein Verhältnis zu deinem Vater?«

Neles Miene verdüsterte sich. »Ich weiß gar nicht, ob wir überhaupt je ein Verhältnis hatten. Meine Mutter hat mir erzählt, dass ich schon als Baby auf seinem Schoß immer geschrien habe. Wahrscheinlich war er deshalb so genervt von mir, dass er sich danach nie mehr richtig für mich interessiert hat.« Sie sah plötzlich traurig aus. »Wir haben nie einen Draht zueinander gefunden. Ich habe nicht die gleichen Interessen wie er, dreckige Kühe machen mich nicht glücklich, und er hat meine Welt nicht verstanden. Die Konsequenz davon war, dass er meine Geschwister immer vorgezogen hat und ich der Liebling meiner Mutter wurde. Das war für meine Beziehung zu Klaas, Sina und Olaf natürlich auch nicht optimal. Ich war oft eifersüchtig auf sie, weil ich von meinem Vater auch wahrgenommen werden wollte. Und sie fühlten sich wahrscheinlich von meiner Mutter zurückgesetzt.« Sie zuckte mit den Schultern. »Aber das sind alles olle Kamellen, die mit dem Tod meines Vaters nichts zu tun haben.«

»Wir versuchen immer, uns ein umfassendes Bild zu machen. Oft bringt irgendein kleines Puzzleteil, das die Beteiligten völlig unwichtig finden, den Durchbruch«, erläuterte Kerrin. »Willst du jetzt dauerhaft auf Föhr bleiben?«, wechselte sie dann das Thema.

Nele zuckte mit den Schultern. »Kann schon sein, so genau weiß ich es noch nicht. Mein Leben ist bisher immer irgendwie dahingeplätschert, und ich habe das Gefühl, ich muss es jetzt endlich mal in die Hand nehmen. Mal schauen, wohin mich das führt. Über den Winter kann ich erst einmal in der Ferienwohnung einer Freundin in Wyk wohnen, und bis zum Frühling habe ich hoffentlich einen Plan.«

Kurz darauf fuhren Kerrin und Hark von Midlum nach Süderende. Olaf lebte in dem kleinen Dorf im Westen von Föhr und arbeitete dort als Tierarzt in der Praxis von Dr. Martin Gruber.

»Ich kenne ihn noch von früher«, erzählte Kerrin, als sie losfuhren. »Dr. Gruber hat die Pferde auf meinem Reiterhof in Alkersum versorgt. Für mich war er damals schon alt, er ist mittlerweile bestimmt über siebzig.«

Süderende war mit seinen knapp zweihundertdreißig Einwohnern zwar eines der kleinsten Dörfer der Insel, aber neben Nieblum auch das schönste, fand Hark. Die Einheimischen legten viel Wert auf die Erhaltung der hübschen reetgedeckten Kapitänshäuser und die Pflege ihrer Bauerngärten. Und so blühte es auch jetzt im Herbst überall noch bunt.

Die Tierarztpraxis lag am Ortsrand in Richtung Dunsum. Hark und Kerrin wollten es als Erstes dort probieren. Da Olaf bei seiner Mutter nicht aufgetaucht war, gingen sie davon aus, dass er trotz der Todesnachricht arbeiten würde. Und sie hatten recht. Die Sprechstundenhilfe bat sie, kurz im Wartezimmer Platz zu nehmen, da Dr. Mommensen noch einen Hund versorgte.

Wenige Minuten später führte sie sie in das Behandlungszimmer. Olaf Mommensen war ein schlaksiger Mann mit blonden verstrubbelten Haaren, der ihnen mit traurigen Augen entgegenblickte. Ein ganz anderer Typ als sein kräftiger und durchtrainierter Bruder Klaas, fuhr es Hark durch den Kopf.

»Moin, Olaf, ich bin Kerrin, vielleicht erinnerst du dich noch an mich«, begrüßte Kerrin ihn. »Ich war zwei Klassen über dir in einem Jahrgang mit Sina.«

Der junge Mann nickte langsam. Nachdem Kerrin erklärt hatte, warum Hark und sie da waren, bat Olaf sie mit einer müden Handbewegung, auf den Besucherstühlen vor seinem Schreibtisch Platz zu nehmen. »Ich fühle mich wie in Watte gepackt, nichts dringt mehr durch«, sagte er leise.

»Solltest du nicht besser Schluss machen für heute?« Kerrin sah ihn besorgt an. »Unter diesen Umständen hat Dr. Gruber doch bestimmt nichts dagegen, oder?«

»Er übernimmt gleich, damit ich zum Hof kann. Seit heute Vormittag klappert er die Ställe ab, das konnten wir nicht verschieben. Und das Wartezimmer ist voll, das habt ihr ja selbst gesehen.« Er schluckte. »Könnt ihr mir sagen, was genau geschehen ist? Klaas und Sina habe ich vorhin nicht erreichen können, und meine Mutter war ziemlich wirr und hat etwas von einem Mord gefaselt. Und jetzt sitzt die Kripo in meinem Behandlungszimmer. Das ist doch verrückt und ...« Seine Stimme wurde schrill.

»Das können wir«, beeilte Kerrin sich zu sagen. »Nach unseren ersten Untersuchungen scheint dein Vater von euren Bullen getötet worden zu sein.«

»Aber das ist doch Blödsinn«, unterbrach Olaf sie. »Was sollte mein Vater denn frühmorgens im Bullenstall machen? Dann ist Melkzeit und anschließend Frühstück. Erst danach kommen die Viecher an die Reihe.«

»Er war nicht in ihrer Box. Das Gatter der Bullen war geöffnet, als dein Vater gefunden wurde.«

Olaf schaute sie mit offenem Mund an. »Das verstehe ich nicht. Niemand würde vergessen, es zu schließen.«

»Das haben deine Mutter und deine Geschwister auch ausgesagt. Unsere Spurensicherung schaut gerade, ob sie irgendetwas im Stall findet, was uns weiterhelfen könnte. Kannst du dir vorstellen, dass jemand es absichtlich geöffnet hat, um deinem Vater zu schaden?«

Olaf schüttelte stumm den Kopf und sagte dann mit dumpfer Stimme: »Das ergibt alles überhaupt keinen Sinn.« Tränen standen nun in seinen Augen.

»Wie war Ihr Verhältnis zu Ihrem Vater?«, mischte Hark sich in das Gespräch ein.

»Okay«, antwortete Olaf leise. »Nicht besonders herzlich, dafür war er einfach nicht der Typ, den Part hat meine Mutter übernommen. Aber wir sind gut miteinander ausgekommen.«

»Von Ihren Geschwistern haben wir gehört, dass es häufig zu Auseinandersetzungen gekommen ist.«

»Das stimmt. Klaas und er sind ständig aneinandergerasselt. Ich kann beide verstehen. Meinen Vater, weil er es sich verbeten hat, dass sein Sohn ihm erklärt, wie der Hof zu bewirtschaften ist. Und Klaas, weil er seine modernen Ideen nicht durchsetzen konnte.« Er seufzte.

»Das ist doch ein klassischer Konflikt, oder nicht? Erfolgreiche Väter, die ihre Söhne kleinhalten wollen, und Söhne, die sich das nicht gefallen lassen möchten.«

»Welche Intensität hatten diese Streitereien?«, wollte Kerrin wissen.

»Keine Ahnung, ich war ja nicht dabei.« Olaf zuckte mit den Schultern. »Es muss aber ganz schön zur Sache gegangen sein. Antonia, Klaas' Frau, hat mir vor ein paar Wochen einige Details erzählt.« Er knetete nervös seine Hände. »Wir haben uns abends zufällig getroffen und dann ein Glas Wein zusammen getrunken. Klaas war wohl manchmal kurz davor, alles hinzuschmeißen.«

»Was hätte er dann getan?«

»Das war genau der Punkt, weswegen er es nie gemacht hat. Er liebt diesen Hof und wusste schon als kleiner Junge, dass er ihn später mal übernehmen wollte. Zum Glück hatten Sina und ich kein Interesse daran, das hätte ansonsten ernsthafte Probleme gegeben. Für mich war immer klar, dass ich weg von der Insel und studieren wollte. Dass ich nun zurückgekommen bin, war eigentlich nicht geplant.«

»Wieso hat es dich denn wieder hierher verschlagen?«

»Vor ein paar Monaten ist Martin mir in Kiel über den Weg gelaufen, und wir kamen ins Plaudern. Da er sich in absehbarer Zeit zur Ruhe setzen will und ich kurz vor meinem Abschluss stand, hat er mir ein gutes Angebot gemacht. Und irgendwie fühlte es sich nach den Jahren in Kiel richtig an zurückzukommen.«

»Sie sagten, Sina und Sie hätten den Hof nicht übernehmen wollen«, hakte Hark nach. »Was war mit Nele?«

»Nele?« Olaf schaute ihn überrascht an. »Sie hätte es niemals gewollt, und mein Vater hätte ihn ihr niemals überlassen. Die beiden haben sich nicht gut verstanden, Nele war ein Mamakind. Und sie war jahrelang auf La Gomera und hat gar nichts gemacht, weil …«

»Wovon hat sie denn dort gelebt?«, unterbrach Hark ihn.

»Sie hat wohl ein bisschen gejobbt, als Kellnerin und in einer Surfbude. Und Geld von unserer Mutter bekommen. Sie hat ihr monatlich einen großzügigen Betrag überwiesen.«

»War das für Sie in Ordnung?«

»Ich konnte schlecht etwas dagegen sagen, weil meine Eltern ja auch mein Studium finanziert haben. Trotzdem fand ich es nicht okay. Ich habe mit der Unterstützung eine Ausbildung gemacht, mit der ich mein Leben lang auf eigenen Füßen stehen kann. Nele hat davon nur in den Tag hineingelebt.«

»Haben Sie oder Ihre Geschwister mit Ihrer Mutter mal darüber gesprochen?«

»Nein, das hätte keinen Zweck gehabt. Auf Nele lässt sie nichts kommen, sie hat ihr schon immer alles durchgehen lassen.«

»Hattest du ein gutes Verhältnis zu deinen Geschwistern?« Kerrin sah Olaf neugierig an.

»Zu Klaas und Sina schon, auch wenn es nicht besonders eng ist. Zu Nele nicht, wir sind einfach zu verschieden.«

»Und die Beziehung deiner Eltern, wie war die?«

»Okay, würde ich sagen. Sie sind schon ewig verheiratet, da kann man keine Verliebtheit mehr erwarten, aber sie haben sich immer gut ergänzt.«

»Hat es Gewalt zwischen ihnen gegeben?«

Olaf sah sie erstaunt an. »Was soll diese Frage? Willst

du andeuten, dass meine Mutter etwas mit dem Tod meines Vaters zu tun hat?«

»Sie hat einen Bluterguss im Gesicht, und wir fragen uns, woher der stammt«, erklärte Kerrin ruhig.

»Keine Ahnung, aber von ihm bestimmt nicht. Die Zeiten sind lange vorbei.«

»Ich würde gerne bald mit Antonia sprechen, der Frau von Klaas«, erklärte Kerrin auf dem Weg zum Wagen. »Zum einen, weil sie uns mehr über das Verhältnis von Klaas zu seinem Vater erzählen kann. Zum anderen, weil Olaf nervös wirkte, als er von ihrem Treffen berichtet hat. Vielleicht war es gar nicht so zufällig.«

Hark schaute sie erstaunt von der Seite an. »Das ist mir gar nicht aufgefallen.«

»Du bist ja auch ein Mann.« Kerrin grinste.

»Apropos Mann«, erwiderte Hark, während er auf die Rundföhrstraße Richtung Wyk lenkte. »Weiß mein Sohn schon, dass du hier bist?«

Kerrin schüttelte den Kopf. »Er ist bei Gericht, da kann ich ihn schlecht erreichen. Also werde ich ihn heute Abend überraschen.«

»Da wird er sich aber freuen.« Hark war glücklich, dass Kerrin und Nils zueinandergefunden hatten. Kerrin brachte frischen, fröhlichen Wind in ihre kleine Männerfamilie, zu der sie seit dem Tod von Heike geworden waren. Es war ihm, als hätte Kerrin schon immer zu ihnen gehört, und er war nur traurig, dass seine Frau sie nicht mehr kennengelernt hatte. Er wusste genau, dass sie und Kerrin sich wunderbar verstanden hätten.

Zwanzig Minuten später fuhren sie auf den Parkplatz vor der Dienststelle am Hafendeich. Hark beobachtete, wie Kerrin sich streckte und ihren Blick über den Hafen schweifen ließ. Einige Boote dümpelten im Wasser, von einem Fischerboot wurde fangfrischer Fisch verkauft. Gerne hätte er dort zwei Stücke Dorsch erstanden und heute Abend für sich und Elena zubereitet. Aber dafür war jetzt keine Zeit, und Elena würde dann voraussichtlich schon auf dem Rückweg nach Kiel sein.

Seufzend wandte er sich an Kerrin. »Lass uns reingehen, Ida erwartet dich bestimmt schon sehnsüchtig.«

7

Er hatte nicht damit gerechnet, sie so schnell wiederzusehen. Wie eine Furie war sie plötzlich über ihn hergefallen, hatte ihn wüst beschimpft und damit gedroht, ihr alles zu offenbaren. Sie hatte anscheinend nicht erkannt, worum es ging, aber das war ihm egal. Sie war egal. Obwohl sie zu seinem Leben gehört hatte, würde es ihm nicht schwerfallen, ohne sie weiterzumachen. Riskieren, dass sie jetzt noch alles zerstörte, würde er ganz sicher nicht.

Seit Tagen standen die Bilder und die Gefühle, die sie hervorgerufen hatte und die ihn geleitet hatten, vor ihm. Kein Vorwurf, den sie jetzt ausstieß, konnte ihn treffen oder seinen Entschluss nachträglich infrage stellen. Es gab ein allem übergeordnetes Ziel, allein darum ging es. Und er würde alles, was sich dem in den Weg stellte oder eine Bedrohung darstellte, vernichten. Ohne Rücksicht auf menschliche Befindlichkeiten.

Mit ruhigen und klaren Worten hatte er ihr erklärt, dass ihre Aufregung umsonst war. Sie hatte durch ihr Verhalten dafür gesorgt, dass die Dinge im Gleichgewicht bleiben konnten, und durfte stolz auf sich sein. Dabei musste sie es nun bewenden lassen. Er hatte gehofft, sie mit seinen Worten zu erreichen, sie zu seiner Verbündeten zu machen, aber er war sich nicht sicher, ob er das geschafft hatte. Hatte sie ihm etwas vorgespielt? Konnte er sich ihrer Loyalität wirklich sicher sein? Oder galt sie doch jemand anderem? Dem Menschen, der schlussendlich für all das, was geschehen war, verantwortlich war? Auf seine Hoffnung würde er sich nicht verlassen, er musste sicher sein. Und dafür gab es leider nur einen Weg.

Er wischte sich die Hände an seiner Hose ab. Wie immer, wenn er aufgeregt war, waren sie schweißnass. Voller Unbehagen erinnerte er sich an die Hänseleien in der Schule. Diese Erinnerungen waren so weit weg, in den dunkelsten Ecken seines Bewusstseins vergraben gewesen, aber nun krochen sie wieder hervor, kämpften sich zurück ins Licht.

Wütend umklammerte er seinen Kopf mit den Händen, wiegte sich hin und her. Wieder einmal war er allein auf der Welt, verantwortlich wegen seiner Schuld und ohne Hilfe und Unterstützung von anderen. Er hasste dieses Gefühl der Ohnmacht, hatte es immer gehasst. Aber diesmal würde er nicht zulassen, dass es wieder Besitz von ihm ergriff. Diesmal würde er handeln.

8

Mit ausgestreckten Armen kam Ida auf Kerrin zu und drückte sie an sich. »Schön, dich wieder bei uns zu haben, mien Deern!«, rief sie aus. »Ich habe deinen Schreibtisch bei Hark vorbereitet, weil du ja allein hier bist. Da müssen Tom, Jan und Fabian eben zusammenrücken und Christian aufnehmen«, erklärte sie resolut und ging Kerrin und Hark voran. Kerrin durchströmte ein warmes Gefühl. Ida war für sie der Inbegriff einer Insulanerin. Herzlich und zupackend, resolut und geradeheraus, ohne Schnörkel.

»Was sagen denn unsere geschätzten Kollegen zu deinen Raumverteilungsplänen?«, fragte Hark schmunzelnd auf dem Weg. Obwohl er als Dienststellenleiter Idas Vorgesetzter war, wäre er niemals auf die Idee gekommen, ihre Vorschläge infrage zu stellen. Er wusste genau, was sie alle an ihr hatten, und hütete sich davor, sie zu verärgern.

»Die gewöhnen sich schnell daran«, wischte Ida den Einwand hinweg. »So, du lebst dich kurz ein, und ich koche Kaffee für alle. Kekse stehen schon auf dem Tisch im Besprechungszimmer.« Mit diesen Worten eilte sie weiter und ließ Kerrin und Hark vor der geöffneten Tür stehen.

»So eine wie Ida gibt es wirklich nicht noch mal auf der Welt.« Kerrin lächelte und ließ sich dann an Christians Schreibtisch nieder, den sie bei ihren ersten Ermittlungen im Sommer auf Föhr schon genutzt hatte. Aus dem Nebenzimmer hörte sie die vier Kollegen sprechen.

»Tom und Christian sind also zurück«, stellte Hark fest.

Kerrin sah auf die Uhr. Es war mittlerweile 16 Uhr. »Ich werde Heyden anrufen und berichten, was wir bis jetzt erfahren haben. Mal schauen, was er vorschlägt. Heute schon zurück aufs Festland fahren möchte ich auf gar keinen Fall.«

Kerrins Vorgesetzter hörte ihren Schilderungen aufmerksam zu und bestimmte dann, dass sie zumindest bis zum nächsten Tag bleiben solle. »Rede mit der Schwiegertochter, mit Freunden, wenn sie denn welche hatten, mit denen sie sich regelmäßig getroffen haben, und mit den Nachbarn, vor allem mit Meik Schwattke. Wenn der sich übers Ohr gehauen gefühlt und durch Heiko Mommensen seinen Hof verloren hat, ist das ein Eins-a-Motiv. Und mit Bullen ausgekannt hat der sich auch.«

Erleichtert legte Kerrin auf und beschloss schon jetzt, morgen dafür zu sorgen, dass für sie auch noch eine zweite Nacht auf der Insel herausspringen würde.

»Wenn Ida Kekse und Kaffee vorbereitet hat, sollten wir uns mit den anderen kurz besprechen und ...«, fing sie an, als die Tür geöffnet wurde und Elena ihren Kopf hereinsteckte.

»Hallo, ihr zwei«, sagte sie lächelnd. »Ich bringe Hauke und Lukas mit. Wir sind fertig auf dem Hof und wollen die Fähre um 17:40 Uhr nehmen. Bekommen wir bei euch einen Kaffee?«

»Und Kekse«, antwortete Hark lachend. »Ida übertrifft sich immer selbst, wenn Kerrin da ist.«

Kurz darauf saßen sie in großer Runde im Besprechungszimmer. Ida hatte nicht zu viel versprochen. Ein großer Teller mit verschiedenen Plätzchen stand in der Mitte des Tisches. Als alle Platz genommen und ordentlich zugegriffen hatten, grinste Hauke in die Runde. »Da wir jetzt alle endlich mal wieder so harmonisch beisammensitzen, kann ich euch sagen, dass ihr unserer Meinung nach einen neuen Fall habt.«

»Wie meinst du das?«, fragte Kerrin elektrisiert. »Damit kommst du erst jetzt raus?«

»Ich wollte die allgemeine Wiedersehensfreude nicht trüben.« Er feixte, wurde aber schnell wieder ernst. »Wir haben versucht, Fingerabdrücke im Stall zu nehmen, aber da dämpfe ich gleich mal die Erwartungen. Es wird schwer, etwas Brauchbares zu bekommen. Die Gatter und das Schloss werden naturgemäß nie gewischt, und das macht es für uns problematisch. Auch mit Fußabdrücken, Müll oder sonstigen Hinterlassenschaften kann ich nicht dienen.«

»Irgendetwas werdet ihr aber doch gefunden haben. Mach es nicht so spannend.«

»Unseren geübten Augen entgeht nichts. Wir sind natürlich auch die Stallgasse entlanggegangen und haben dabei Reste eines ungefähr einen halben Zentimeter dicken Seils entdeckt. Es war in knapp dreißig Zentimetern Höhe um einen Pfosten in der Mitte der Stallgasse gebunden und abgeschnitten worden.«

Die Beamten am Tisch schauten ihn verständnislos an. »Und was soll uns das sagen?«, fragte Fabian Lorenzen, der meist mit Jan Tolk in einem Team arbeitete.

Fabian war oft brummig und lachte selten, war aber ein ausgezeichneter Polizist, sodass die anderen über seine schlechte Laune, die er bevorzugt an den Kollegen ausließ, meist hinwegsahen.

»Zunächst einmal gar nichts«, gab Hauke zu. »Es kam uns aber komisch vor, und wir haben Klaas Mommensen darauf angesprochen. Und voilà – er war äußerst verwundert und konnte sich nicht erklären, woher es stammt.«

»Und welche Schlüsse ziehst du daraus?« Kerrin hatte schon in unzähligen Ermittlungen mit Hauke und Lukas zusammengearbeitet und kannte sie gut. Sie waren gründlich und genau, entdeckten auch die kleinste Spur und verhalfen den Ermittlern so oft zu dem entscheidenden Durchbruch.

»Wir haben weitergesucht und sind fündig geworden. Vielmehr Lukas.« Er sah zu seinem Kollegen hinüber. »Willst du fortfahren?«

»An dem Pfosten auf der gegenüberliegenden Seite der Stallgasse haben wir Fasern eines Seils gefunden. Es muss dort abgerissen und nicht abgeschnitten worden sein. Noch sind sie natürlich nicht untersucht, aber es könnte sich um die Enden desselben Seils handeln und ...«

»Also hat es jemand quer über die Stallgasse gespannt«, schlussfolgerte Christian eifrig.

»Was hätte das für einen Sinn? Das hätte Heiko doch merken müssen, als er in Richtung Melkstand ging.«

»Wenn es am Boden lag und nicht gespannt war, nicht unbedingt«, widersprach Christian Hark. »Das Licht ging nicht, und es war dunkel. Der Täter könnte es hochgezogen haben, als Heiko am Ende der Gasse war. Auf diese Weise hätte er ihn bei einer Flucht vor den Bullen zu Fall bringen können. Damit war dem Mann der einzig mögliche Fluchtweg versperrt.«

»Dann müsste der Täter im Stall gewesen sein, als Heiko heute Morgen kam.« Kerrin lief ein Schauder den Rücken herunter. »Und bei einem Zusammenprall mit den Tieren wäre sein Tod sehr wahrscheinlich gewesen, weil er sich nicht hätte in Sicherheit bringen können. Wann bekommen wir genaue Ergebnisse?«

»In zwei bis drei Tagen, denke ich. Mit ganz viel Glück finden wir heraus, wo es gekauft worden ist.« Lukas nahm sich einen weiteren Keks und lehnte sich zurück. »Im Wohnhaus haben wir Fingerabdrücke genommen und das Handy von Heiko Mommensen beschlagnahmt. Außerdem haben wir den Computer der Familie, den er für den Betrieb genutzt hat, mitgenommen. Der Sohn braucht ihn schnell zurück, wir werden ihn uns also als Erstes vornehmen.«

Kerrin dachte einen Augenblick nach. »Wenn wir annehmen, dass der Täter das Seil im Stall angebracht hat, handelt es sich um eine vorsätzliche Tat. Und damit um Mord.« Sie drehte gedankenverloren an einer Haarspitze. »Der Täter muss Kenntnis von den Abläufen im Betrieb der Mommensens gehabt haben. Klaas hat ausgesagt, dass sein Vater jeden Morgen vor ihm im Stall war. Wenn es dem Täter um Heiko gegangen ist, muss er das gewusst haben. Er ist also nah dran an der Familie.« Sie blickte in die Runde. »Nach allem, was wir bisher von den Mommensens gehört haben, war unser Opfer ein schwieriger Mann. Es gab Probleme mit dem Sohn, dem Schwiegersohn und einem Nachbarn. Da müssen wir ansetzen. Und klären, ob es weitere Personen gab, die Ärger mit ihm hatten. Hark, wir fahren gleich noch einmal zu Anne Mommensen. Wahrscheinlich sind ihre Kinder bei ihr, dann haben wir sie alle zusammen. Christian und Tom, könnt ihr bitte die Hintergründe von allen, mit denen wir schon gesprochen haben, recherchieren? Ist irgendjemand schon einmal in unseren Systemen aufgetaucht, gibt es sonst etwas, was wir noch nicht wissen? Wir werden die Alibis erfragen, die könnt ihr dann bitte auch überprüfen.«

»Wird gemacht.« Christian nickte.

»Und Jan und ich schieben wieder Dienst nach Vorschrift, richtig?« Fabian blickte Kerrin aus verkniffenen Augen an.

»Richtig«, antwortete Hark für sie. »Wie du ja selbst weißt, ist unsere Sommerunterstützung nicht mehr hier, also werdet ihr gebraucht.«

Eine halbe Stunde später hatten Elena, Hauke und Lukas sich verabschiedet. Elena hatte versprochen, Heiko Mommensen am nächsten Morgen als Ersten zu obduzieren und sich danach telefonisch zu melden. Als sie berichtet hatte, wie Anne Mommensen sich weinend von ihrem Mann im Stall verabschiedet hatte, hatte Kerrin eine Gänsehaut bekommen. Auch wenn sie nach den Aussagen der Kinder den Eindruck gewonnen hatte, dass Heiko und Anne keine innige und liebevolle Ehe geführt hatten, schien sie doch eine gewichtige Herzenssache zusammengehalten zu haben – die jahrzehntelange gemeinsame Bewirtschaftung des Hofes, an dem sie beide hingen. Kerrin war überzeugt, dass so etwas für Menschen den Kern einer zufriedenen Ehe ausmachen konnte. Das Herzflattern und die Schmetterlinge der Anfangszeit verschwanden mit den Jahren, an ihre Stelle musste etwas anderes treten, um langfristig zusammenbleiben zu wollen. Wenn es keine enge und fürsorgliche Beziehung war, konnte es die Verwirklichung eines gemeinsamen Vorhabens als Team sein.

Hark und sie machten sich erneut auf den Weg nach Midlum. Das kleine Dorf, an dessen Rand einige Bauernhöfe lagen, die sogenannten Aussiedlerhöfe, befand sich genau wie Alkersum und Oevenum an der Grenze zwischen der Geest im Südwesten der Insel und der Marsch im Nordosten. In der leicht hügeligen Geest mit ihren sandigen und trockenen Böden befanden sich alle Ortschaften von Föhr, da sie über dem Meeresspiegel und damit relativ hochwassersicher lag. Ackerbau war in diesem Teil von Föhr erst seit der Erfindung des Kunstdüngers möglich. Die Marsch wurde schon immer als Grasland und Viehweide genutzt. Heute gab es auch hier Ackerbau, da durch die Eindeichung der nördlichen Hälfte von Föhr verhindert wurde, dass die Böden regelmäßig mit salzwasserhaltigem Wasser überschwemmt wurden.

Der Hof vor dem Wohnhaus der Mommensens war zugeparkt. Hark musste das Auto an der Straße abstellen.

»Es scheinen sich tatsächlich alle um die Mutter versammelt zu haben.«

»Das macht es für uns einfacher«, stellte Hark pragmatisch fest.

Auf ihr Klingeln hin öffnete ihnen Nele. »Ihr seid es schon wieder«, begrüßte sie sie wenig enthusiastisch und ging ihnen voran in das Wohnzimmer der Familie. In diesem geräumigen Raum gab es zwei große Sofas, die Platz für sechs Leute boten, und zusätzlich zwei Sessel.

In der Mitte stand ein großer Tisch, auf dem sich Becher, zwei Kaffeekannen, eine Plastikflasche mit frischer Kuhmilch und ein Zuckerpott befanden. Man merkte, dass dieses Haus bis zu dem Auszug der Kinder eine Großfamilie mit vier Kindern und zwei Auszubildenden, die meist ebenfalls hier lebten, beheimatet hatte.

Olaf und Sina saßen nebeneinander auf einem Sofa, Nele nahm gegenüber neben ihrer Mutter Platz. »Setzt euch«, forderte sie Kerrin und Hark auf und wies auf die Sessel. »Becher sind auf dem Tisch, bedient euch. Wir stehen alle kurz vor einem Herzinfarkt nach den Unmengen Koffein heute, wird bald Zeit für etwas Härteres.«

Ihre Schwester Sina warf ihr einen missbilligenden Blick zu, kommentierte ihre Worte aber nicht. »Gibt es etwas Neues?«, wandte sie sich stattdessen mit leiser Stimme an Kerrin. »Oder warum seid ihr noch einmal hier?«

»Ist Klaas auch da?«, fragte Kerrin statt einer Antwort.

»Er ist im Stall.« Anne sah sie müde an. »Das Leben auf dem Hof muss weitergehen, die Kühe werden ab 17 Uhr gemolken.« Sie seufzte. »Zum Glück übernimmt Fenja heute die Kälberfütterung, ich schaffe das einfach nicht.« Sie knetete das Taschentuch in ihrer Hand. »Morgen muss es dann wieder irgendwie gehen. Obwohl ich wirklich nicht weiß, wie wir das ohne Heiko schaffen sollen.«

»Es wird schwer, aber wir bekommen das hin«, versuchte Olaf sie zu beruhigen. »Wir sind alle auf der Insel und packen mit an.«

Sina nickte. »Wir sind eine Familie, Mama. Olaf und ich lassen euch nicht im Stich. Und Nele auch nicht.«

Anne lächelte ihre Tochter traurig an, sagte aber nichts.

Kerrin räusperte sich. »Die Spurensicherung hat etwas entdeckt, allerdings wissen wir noch nichts Eindeutiges.« Sie berichtete von dem Seil.

Anne und ihre Kinder sahen sie verstört an. »Das kann doch nicht sein, dass jemand das alles sorgfältig geplant hat«, brachte Sina schließlich hervor und sah Hilfe suchend zu Olaf hinüber. Der schüttelte nur stumm den Kopf.

»Und ich habe mich noch gestern mit ihm gezofft.« Nele hatte Tränen in den Augen. »Wenn ich das geahnt hätte, aber jetzt …«

»Was wäre dann anders gewesen? Es war bei euch doch normal, dass ihr euch streitet.« Sinas Ton war nun hart.

»Du musst dich gerade melden. Seit du mit Patrick den Reiterhof führst, ist es bei euch doch auch nur noch ein Hauen und Stechen gewesen«, konterte Nele. »Genauso wie bei Klaas. Also komm endlich runter von deinem hohen Ross. Der Einzige, der mit ihm klargekommen ist, war Olaf, und der gibt nicht solche dämlichen Kommentare von sich.«

»Du hast doch keine Ahnung. Du warst die letzten Jahre am Strand und hast Mamas Geld verprasst. Achtundzwanzig Jahre alt und keine Ausbildung, wie gut, dass du zumindest dein Abi hast.«

Kerrin und Hark warfen sich einen Blick zu. Die Wut und Aggression, die zwischen den Schwestern aufblitzte, waren mit Händen zu greifen.

Anne richtete sich mühsam auf. »Ich möchte, dass ihr jetzt alle geht.« Ihre Stimme klang zitterig, aber ihr Blick war fest. »Papa ist erst ein paar Stunden tot, und ihr schafft es trotzdem nicht, eure ewigen Auseinandersetzungen hintanzustellen. Dort draußen scheint jemand zu sein, der ihm das angetan hat, und das bricht mir das Herz. Egal, was er alles falsch gemacht hat, das hat er nicht verdient.«

»Vielleicht können wir dazu beitragen, wieder ein bisschen Ruhe reinzubringen«, schlug Kerrin vor. Sie wollte nicht, dass die Runde sich auflöste. Bei diesen ehrlichen Unterhaltungen erfuhr man oft mehr als in langen Vernehmungen.

»Es tut mir leid, Mama«, sagten Sina und Nele wie aus einem Mund und blickten sich dann an.

»Frieden für heute?«, schlug Nele versöhnlich vor.

»Von mir aus«, antwortete Sina ein wenig widerstrebend.

Kerrin spürte, dass Sinas Groll auf Nele tiefer saß als Neles Ärger über die ältere Schwester. Vielleicht hatte Sinas Zurücksetzung durch die Mutter schwerer gewogen als Neles Benachteiligung durch den Vater.

»Wir haben ja schon erfahren, dass die Verhältnisse innerhalb der Familie nicht ganz einfach waren. Gab es außerhalb dieses Kreises neben Meik Schwattke weitere Personen, die mit Ihrem Mann und eurem Vater eine Rechnung offen hatten?«

Alle schüttelten langsam den Kopf. »Da fällt mir niemand ein«, erwiderte Anne als Erste. »Heiko hatte nicht allzu viele Kontakte. Einige Rinderhalter haben sich regelmäßig auf ein Bier und einen Köm getroffen, und da ist er auch hingegangen. Zumindest bis zum Kauf von Meiks Hof. Danach war er nur noch ein- oder zweimal dort. Meik hatte wohl Stimmung gegen ihn gemacht, und das wollte er sich nicht antun.«

»Hat ihn das getroffen?« Kerrin sah sie interessiert an.

»Er hat es zwar nicht zugegeben, aber ich glaube, schon.« Anne zuckte mit den Schultern. »Ich habe ihm gesagt, dass sich die Wogen mit der Zeit schon wieder glätten würden. Danach haben wir nicht mehr darüber gesprochen.«

»Und andere Freunde? Gibt es Paare, mit denen Sie sich regelmäßig getroffen haben?«

»Sie meinen, wir, als Paar?«

Kerrin nickte.

»Ja, die Bohns und die Wilkes, beides Landwirte aus Utersum. Aber richtig eng sind wir nicht mit ihnen, haben uns ab und an im *Krog* in Midlum oder im Gasthof in Utersum getroffen. Ich habe regen Kontakt zu den Landfrauen, da sind Gabi Bohn und Luise Wilke auch dabei.«

»Wir werden mit ihnen und mit den Männern von der Rinderhalterrunde sprechen müssen«, informierte Kerrin sie. »Warum stand es um den Hof von Meik Schwattke eigentlich so schlecht, dass er ihn verkaufen musste?«, wechselte sie dann das Thema. »Bei Ihnen läuft es ja gut.«

»Tja, wir haben halt gut gewirtschaftet. Und wir verlassen uns nicht nur auf das Milchvieh und die Zucht, sondern auch auf die Landwirtschaft. Wenn es an einer Stelle mal eng wird, können wir das eher verknusen.«

»Verstehe. Und Meik Schwattke hatte nur die Kühe?«

Anne nickte. »Das ist eh hart, aber auf einer Insel noch viel mehr. Alles, was wir hier brauchen, muss per Lkw mit der Fähre rübergeschafft werden, also auch das Viehfutter und sämtliche Betriebsmittel. Und das kostet. Für einen vollen Lkw müssen Sie sechshundert bis achthundert Euro rechnen, da kommen im Jahr ganz schnell einige Tausend Euro zusammen. Wir Bauern schließen uns da schon zusammen, um Ladungen zu teilen, aber es verursacht natürlich trotzdem Kosten, die die Betriebe auf dem Festland nicht haben. Wir bauen unser Futter fast komplett selbst an und müssen wenig zukaufen, das war bei Meik anders.«

Kerrin nickte. So schön das Inselleben auch war, die Idylle der Abgeschiedenheit von der Welt hatte unbestreitbar Nachteile.

»Wo waren Sie heute Nacht bis ungefähr 6 Uhr?«, übernahm Hark jetzt.

Die Mitglieder der Familie Mommensen sahen ihn erstaunt an. »Verdächtigen Sie etwa uns?«, sprach Olaf schließlich aus, was wohl alle dachten.

»Reine Routine«, beeilte Kerrin sich zu sagen.

»Ich war im Bett und habe geschlafen«, fing Anne an. »Heiko und ich hatten getrennte Schlafzimmer. Zum einen, weil er immer vor mir aufgestanden ist und ich nicht so früh geweckt werden wollte, zum anderen, weil er geschnarcht hat. Einen Zeugen habe ich natürlich nicht.«

»Ich war auch im Bett. Da ich allein wohne, kann das ebenfalls niemand bestätigen«, erklärte Olaf.

»Wo soll man zu dieser Uhrzeit auch sonst sein?« Sina strich sich eine Haarsträhne hinter das Ohr. »Ich habe allerdings ein Alibi: meinen Mann und meine kleine Tochter, die nachts immer noch zu uns ins Bett kriecht.«

»Ich nicht, ich war allein und habe geschlafen.« Nele blickte herausfordernd in die Runde.

9

Als Kerrin und Hark um kurz nach sechs in den Stall traten, herrschte dort geschäftiges Treiben. Die Kühe schoben sich nach dem Melken quer durch die Stallgasse zurück in ihre Boxen. Aus dem Melkstand konnte man die lauten Stimmen von Klaas und Tobi hören, die die Tiere aufforderten weiterzulaufen. In einem kleinen Seitentrakt des Stalles, in dem die Kälber untergebracht waren, trafen sie auf Fenja, die gerade dabei war, ein kleines Kälbchen mit der Flasche zu füttern.

»Es ist gestern Mittag auf die Welt gekommen«, erläuterte sie. Als sie Kerrins erschrockenen Blick bemerkte, fügte sie hinzu: »Wir müssen sie recht schnell nach der Geburt von der Mutter trennen, damit das Muttertier wieder in den normalen Betrieb zurückkann. Das ist schon etwas traurig, aber in der konventionellen Haltung geht es leider nicht anders.« Sie zeigte auf die Boxen, die aufgereiht nebeneinanderstanden. Jede der kleinen weißen Hütten hatte einen mit Streu gefüllten eingezäunten Bereich davor, in dem staksige Kälber standen und sie neugierig anglotzten. »In diesen Boxen stehen sie die ersten Wochen. Wenn sie gut allein trinken können, kommen sie auf die andere Seite in unseren Kindergarten.« Sie zeigte auf eine geräumige Box, in der sich einige Tiere tummelten. »Dort haben sie dann Kontakt zu den gleichaltrigen Tieren, mit denen sie ihr ganzes Leben bei uns verbringen werden. Hier sind auch noch die kleinen Bullen, mit denen die Mommensens weiterzüchten wollen, mit dabei. Sie werden erst später von den weiblichen Tieren getrennt.«

»Und Bullen, mit denen nicht gezüchtet werden soll?«

»Die werden bereits vorher verkauft. Genauso wie die weiblichen Tiere, die sie nicht behalten wollen. Das ist ein Standbein ihres Geschäfts, mit dem sie Geld verdienen.« Sie zuckte mit den Achseln. »Die Tiere haben es gut hier, die Mommensens kennen jede Kuh mit Namen und haben eine Beziehung zu ihnen. Das habe ich auf einem anderen Hof ganz anders erlebt. Deswegen gefällt es mir hier auch so gut.«

»Obwohl Heiko Mommensen viel Wert auf Profit gelegt hat?«, fragte Hark nach, der sich an das Gespräch mit Patrick erinnerte.

»Klar, er ernährt mit dem Hof seine Familie, da muss er ja etwas abwerfen. Trotzdem sehen sie die Tiere als Lebewesen und nicht nur als Mittel zum Geldverdienen.«

»Haben Sie Streit zwischen Heiko und anderen Personen mitbekommen?«

»Keine Ahnung«, druckste sie ein wenig herum. »Mit Klaas ist es schon mal lauter geworden, aber das ist ja auch normal zwischen Vater und Sohn, denke ich.«

»Was meinen Sie mit *lauter geworden*? Können Sie das näher beschreiben? Worum ging es bei den Auseinandersetzungen?«

Fenja zuckte mit den Achseln. »Um den Hof meistens, worum auch sonst? Und um Klaas' Arbeitsmoral. Es gab Tage, da konnte er es dem Alten einfach nicht recht machen.«

»Was waren denn die Streitpunkte beim Hof?«, bohrte Hark weiter nach. »Wir haben schon gehört, dass Heiko den Modernisierungswünschen seines Sohnes nicht sonderlich aufgeschlossen gegenübergestanden hat.«

»Ja, das stimmt wohl. Es kostet ja meistens auch Geld, etwas zu verändern, und das muss gut überlegt sein.«

»Und was hatte er an der Arbeitsmoral seines Sohnes auszusetzen?«

»Das habe ich auch nie so ganz verstanden. Klaas liebt den Hof, das spürt man ganz deutlich. Aber er hängt auch sehr an seiner Frau und den Kindern und ist nicht bereit, sein Familienleben für die Arbeit zu vernachlässigen. Wahrscheinlich hat Heiko das gestört. Außerdem ist Klaas morgens meist nicht so zeitig zur Stelle, wie der Alte das wollte. Eigentlich melken die beiden zusammen, aber in der Praxis ist Heiko mindestens die erste halbe Stunde allein da.« Sie zuckte mit den Achseln. »Klaas hat mehrfach angeregt, nicht um 5 Uhr, sondern erst um halb sechs anzufangen, aber das wollte er nicht. ›Es war schon immer so und wird auch so bleiben‹«, imitierte sie Heiko Mommensen und stockte dann.

»Und weiter?« Kerrin sah sie eindringlich an. Sie spürte, dass Fenja etwas auf der Zunge gelegen hatte, was sie aber wieder runtergeschluckt hatte. »Gab es andere Streitpunkte?«

Die Auszubildende sah sie verunsichert an. »Ich habe in meinem ganzen Leben nicht getratscht, und ich werde jetzt nicht damit anfangen, deswegen …«

»Es geht hier nicht ums Tratschen, sondern um die Aufklärung eines nicht eindeutig geklärten Todesfalls«, sagte Kerrin mit ruhiger Stimme. »Und da sind wir auf umfassende Aussagen von allen Menschen, die mit dem Opfer in Kontakt standen, angewiesen. Also teilen Sie uns bitte mit, was Sie wissen, und überlassen Sie uns die Beurteilung, ob es für uns wichtig ist oder nicht. Wenn es das nicht sein sollte, können Sie sicher sein, dass niemand von uns erfährt, was Sie gesagt haben.«

Fenja sah sie ernst an. »Also gut. Es ging nicht nur um die Arbeitsmoral von Klaas und den Stellenwert, den seine Familie für ihn hatte. Ich habe ein paarmal mitbekommen, dass Heiko abfällig über seine Frau Antonia gesprochen hat. Klaas ist dann jedes Mal an die Decke gegangen und explodiert. Wenn es um den Hof ging, haben sie sich meist schnell wieder eingekriegt, aber bei Antonia hing der Haussegen schon mal einen ganz Tag lang schief.«

»Was hatte er denn an seiner Schwiegertochter zu bemängeln?«

»Im Kern ging es immer um das Gleiche. Heiko fand, dass sie sich endlich auf dem Hof einbringen müsste. Die Jungs der beiden sind zwei und drei Jahre alt und werden von Antonia betreut. Was zur Folge hat, dass sie sich hier fast nie blicken lässt. Heiko war der Ansicht, dass das nicht in Ordnung sei, Anne habe gleich nach den Geburten der vier Kinder wieder mit angepackt, und das habe immer gut funktioniert. Für ihn war seine Schwiegertochter nicht die Richtige, um zusammen mit Klaas den Hof zu führen.«

»Harter Tobak.« Kerrin schaute Fenja nachdenklich an. »Ich kann gut verstehen, dass Klaas wütend geworden ist bei diesen Vorwürfen gegen seine Frau.«

Fenja nickte. »Ich auch. Obwohl ich nicht verstehe,

warum Antonia nicht zumindest den dreijährigen Finn vormittags in den Kindergarten bringt. Aber sie hat sich wohl vorgenommen, sie beide jeweils bis zum Beginn der Vorschule mit fünf zu Hause zu behalten.«

»Das ist heutzutage wohl eher ungewöhnlich, aber da sollte man sich nicht einmischen«, stellte Hark trocken fest. »Mit Eltern über die Betreuung ihrer Kinder zu diskutieren, ist immer heikel. Wie hat Klaas das gesehen? War er einer Meinung mit seiner Frau? Sie hätte die Jungs ja auch mitbringen können. Wenn man im Stall arbeitet, können kleine Kinder sich dort doch bestimmt gut beschäftigen.«

»Seinem Vater gegenüber hat er zumindest lautstark die gleiche Position vertreten wie seine Frau. Was er wirklich dachte, weiß ich natürlich nicht, so eng sind wir nicht miteinander. Er ist ja mein Chef. So wie er für den Hof lebt, könnte ich mir aber schon vorstellen, dass er sich wünschen würde, dass Antonia ein wenig mehr Elan bei dessen Bewirtschaftung zeigt.«

»Wir werden noch einmal mit ihm sprechen. Ohne Ihre Aussage ihm gegenüber zu erwähnen«, fügte Kerrin hinzu, als sie Fenjas erschrockenen Blick bemerkte. »Wo waren Sie heute Nacht bis ungefähr 6 Uhr?«

»Ich habe wie jeden Tag bis kurz vor sechs geschlafen, geduscht und wollte dann zum Frühstück runtergehen. Aber das fiel ja aus. Tobi kann das bezeugen. Wir wollen immer zur gleichen Zeit ins Bad.«

»Wo sind Sie und Tobi untergebracht? Im Haus der Familie?«

Fenja nickte. »Es gibt einen Hintereingang, der direkt zu einer Treppe in den ersten Stock führt. Dort haben wir unsere Zimmer. Heiko und Anne wohnen auf der anderen Seite des Hauses, dazwischen liegen die alten Kinderzimmer.«

»Ist Ihnen in den letzten Tagen und der letzten Nacht irgendetwas Ungewöhnliches aufgefallen? Im Stall oder in der Nähe des Hofes?«

Sie schüttelte den Kopf. »Nein, ich falle aber auch jeden Abend gegen halb elf ins Bett und bin sofort weg. Die Mommensens nehmen uns ganz schön ran, da bin ich abends ziemlich erledigt. Ansonsten war alles wie immer.«

Kurz darauf drückten Kerrin und Hark sich an den Kühen vorbei, die mit leeren Eutern den Melkstand verließen. Sie gingen die Stufen in den tiefer gelegten Bereich herunter, in dem Klaas und Tobi gerade dabei waren, die Melkmaschinen an den Eutern der letzten Tiere anzubringen, bevor sie Feierabend machen konnten.

»Wir würden gerne gleich mit euch beiden sprechen«, ließ Kerrin sie wissen.

Klaas nickte. »Tobi, ich mache den Rest, dann kannst du schon mit den beiden rausgehen. Sobald ich hier fertig bin, komme ich nach.«

Kerrin und Hark ließen sich mit Tobi auf der Bank vor dem Stall nieder, auf der heute Morgen Anne Mommensen in dem Bemühen, den ersten Schock über den Tod ihres Mannes zu verdauen, gesessen hatte.

»Wir wollen Sie nicht lange aufhalten, Sie sind bestimmt völlig erledigt nach diesem Tag.«

»Das stimmt.« Tobi knetete nervös seine Hände. »Ich habe es noch gar nicht richtig realisiert, dass Heiko nicht mehr da ist. Wie soll das hier bloß ohne ihn werden? Das schaffen wir nie allein.« Er seufzte. »Heiko war mit ganzem Herzen dabei, er hat eigentlich rund um die Uhr gearbeitet, so jemand kann doch nicht einfach ersetzt werden.«

»Wo waren Sie heute Nacht bis ungefähr 6 Uhr?«

»Zwischen Bett und Bad, wo sonst? Frühstück ist gegen halb sieben, und zu spät zur Arbeit darf hier niemand kommen.«

»Wir haben von Auseinandersetzungen zwischen Heiko und Klaas gehört. Können Sie das bestätigen?«

»Leider ja.«

Die Schilderungen von Tobi deckten sich mit denen von Fenja. Vater und Sohn hatte es augenscheinlich nicht gestört, ihre Wortgefechte vor Dritten auszutragen.

»Ist Ihnen darüber hinaus noch irgendetwas aufgefallen? In der letzten Nacht, aber auch in den Tagen davor? Fremde Menschen, die hier nicht hingehören, zum Beispiel.«

Tobi überlegte einen Moment. »Nein, leider nicht«, erwiderte er schließlich. »Wenn das alles war, würde ich mich jetzt gerne verabschieden. Ich muss dringend unter die Dusche und etwas essen.«

Kerrin und Hark blieben auf der Bank sitzen. Es war mittlerweile fast 19 Uhr. Auf dem Föhrer Land ohne Straßenlaternen war der Himmel schwarz, nur vereinzelt blitzten Sterne durch die dunklen Wolkenformationen, die sich über den Himmel schoben.

Kerrin kuschelte sich tief in ihre Jacke. Sie fröstelte und freute sich auf den Abend. »Hoffentlich hat Nils nichts vor«, sagte sie leise zu Hark. »Vielleicht hätte ich ihn heute Nachmittag doch einmal anrufen sollen.« Sie seufzte. »Aber bei all der Aufregung habe ich gar nicht mehr daran gedacht.«

»Bestimmt nicht«, beruhigte Hark sie. »Und wenn doch, rufst du ihn an, findest heraus, wo er ist, und überraschst ihn dort.«

Schweigend blickten sie in den bereits dunklen Himmel. Außer dem gelegentlichen Klappern der Gatter, wenn eine der Kühe dagegenstieß, war kein Laut zu hören. Auch wenn auf der Insel wie überall Verbrechen verübt wurden, schien die Welt hier noch in Ordnung zu sein, dachte Kerrin. Obwohl sie wusste, dass das Leben auch auf Föhr nicht mehr so beschaulich wie zu ihren Schulzeiten war. Die Zahl der Touristen war in den letzten Jahren immer weiter gestiegen und die Saison immer länger geworden. Waren die Insulaner früher noch von Ende Oktober bis zum Frühling mit wenigen Ausnahmen unter sich gewesen und hatten die Chance gehabt, sich von dem Ansturm der Sommermonate zu erholen, zog sich die Saison nun fast über das gesamte Jahr. Zwar war die Auslastung in den Wintermonaten geringer, aber über Weihnachten, Silvester und zum Biikebrennen im Februar erreichten sie fast das Niveau der Hauptsaison.

Das Biikebrennen hatte auf den nordfriesischen Inseln eine lange Tradition. Bereits seit dem 17. Jahrhundert wurden zum Auszug der Walfänger und Seefahrer aufs Meer große Feuer entzündet, um ihnen den Weg zu weisen und Glück für eine gesunde Heimkehr zu wünschen. Heute gab es keine gefährliche Seefahrt mehr, und so wurde mit ihnen in erster Linie der Winter vertrieben. Eine Vielzahl von Feuern loderte dann über die ganze Insel verteilt, zum Aufwärmen für die Menschen gab es Glühwein und Teepunsch.

Als Klaas sich neben ihnen niederließ, riss Kerrin sich aus ihren Gedanken.

»Danke, dass du noch kurz Zeit für uns hast.« Sie sah ihn prüfend an. Die Aufregungen dieses Tages hatten sich in sein Gesicht gegraben. Eine tiefe Furche zog sich über seine Stirn, dunkle Schatten lagen unter seinen Augen. »Wir machen es kurz.«

»Passt schon«, entgegnete Klaas mit müder Stimme. »Ich bin zwar völlig erledigt, aber gleichzeitig rast mein Herz. Ich glaube nicht, dass ich so bald zur Ruhe kommen werde.« Er strich sich durch die Haare. »Obwohl ich wirklich gerne zu Antonia und meinen Jungs möchte.« Eine Träne löste sich aus seinen Augen.

»Sie ist zu Hause, oder?«, fragte Kerrin vorsichtig nach. »Bei deiner Mutter war sie nicht.«

Klaas nickte. »Mit den Kleinen. Sie müssen ins Bett. Ich möchte nicht, dass sie mehr als nötig von der ganzen Sache mitbekommen. Sie werden sowieso merken, dass etwas nicht stimmt, das passiert noch früh genug.«

»Wie ist das Verhältnis zwischen deinen Eltern und deiner Frau?«

»Okay, würde ich sagen«, antwortete er gedehnt. »Es ist nie ganz einfach, mit den Schwiegereltern zusammenzuarbeiten.«

»Welche Aufgaben bekommt Antonia denn auf dem Hof?«, fragte Kerrin weiter.

»Sie wird die Kälber übernehmen, denke ich.«

»Aber die versorgt zurzeit doch deine Mutter. Oder habe ich das falsch verstanden?«

»Nein, das stimmt. Antonia ist im Moment mit den Jungs zu Hause. Die beiden sind noch klein und brauchen sie. Wenn sie größer sind und in die Schule kommen, wird sie einsteigen und meine Mutter entlasten. Bis dahin packt sie mit an, wenn Not am Mann ist. Als Springerin sozusagen.«

»Ist sie vielleicht so lange in Elternzeit, weil sie mit deinem Vater nicht sonderlich gut klargekommen ist?«

»Das stimmt so nicht, die beiden hatten schließlich kaum Berührungspunkte. Außerdem hatte sie immer vor, in drei Jahren hier anzufangen.« Er stockte. »Dass mein Vater dann nicht mehr da sein würde, konnten wir schließlich nicht ahnen. Antonia möchte einfach die Kleinkindzeit der beiden komplett miterleben, und ich respektiere ihre Entscheidung.«

»Etwas anderes bleibt Ihnen ja auch nicht übrig«, stellte Hark trocken fest. »Einen Springer werden Sie in der nächsten Zeit ohne Ihren Vater wahrscheinlich brauchen, da muss sie dann doch früher ran als geplant«, mutmaßte er weiter. »Waren Ihre Eltern mit Ihrem Lebensentwurf einverstanden, oder hätten sie sich schon jetzt mehr Einsatz von Ihrer Frau gewünscht?«

»Meine Mutter hätte sich bestimmt darüber gefreut, aber sie hat es akzeptiert. Mein Vater war da etwas krasser.« Klaas zuckte mit den Schultern. »Aber das ist allein unsere Entscheidung«, fuhr er mit fester Stimme fort. »Es war ja keine Voraussetzung für unsere Eheschließung, dass Antonia mit mir den Hof führen wird. Natürlich freut es mich sehr, dass sie das will, und es wäre wahrscheinlich schwierig geworden, wenn sie nicht dazu bereit gewesen wäre«, räumte er ein. »Aber geheiratet hätte ich sie trotzdem. Einfach, weil sie meine absolute Traumfrau ist.« Seine Augen strahlten jetzt. »Ich würde alles tun, um sie glücklich zu machen. Und wenn sie nun die ersten Jahre mit Finn und Enno genießen möchte, gönne ich ihr das von Herzen. Auf unsere Lebenszeit gerechnet, ist das doch lächerlich.«

»Was ist mit der Beziehung deiner Eltern? Kannst du uns dazu etwas erzählen? Du hast wahrscheinlich am meisten von den beiden mitbekommen, weil du hier auf dem Hof gearbeitet hast.«

Klaas sah sie ratlos an. »Was willst du denn wissen? Ob sie sich jeden Abend einen Gutenachtkuss gegeben haben?«

Kerrin musste lachen. »Nein, das nicht.« Sie wurde wieder ernst. »Waren sie glücklich miteinander oder nicht? Gab es Konflikte zwischen den beiden, die über ein normales Maß hinausgingen? So etwas in der Art. Ich hatte bei unserem Gespräch heute Vormittag den Eindruck, dass du bei dem Bluterguss deiner Mutter nicht an einen Zusammenstoß mit einem Straßenschild geglaubt hast. Und da habe ich mich gefragt, was du vermutest und ob es Gewalt zwischen deinen Eltern gab.«

»Es war alles okay zwischen ihnen. Als Landwirt hat man wenig Zeit nebenher. Freie Tage gibt es nicht, weil die Tiere auch am Sonntag Hunger haben und gemolken werden müssen und die Felder abhängig vom Wetter und nicht von den Wochentagen bestellt werden. Wenn es gut organisiert ist, springt eine Woche Urlaub im Jahr raus. Es bleibt also kein Raum für ausschweifende Ehedramen.«

»Und der Bluterguss?«

»Ich glaube an die Sache mit dem Verkehrsschild. Dass mein Vater meiner Mutter eine gelangt hat, kann ich mir nicht vorstellen. Heute nicht mehr.«

Kerrin ließ es dabei bewenden. Nachdem Klaas ihnen bestätigt hatte, dass er regelmäßig erst zwischen Viertel nach fünf und halb sechs am Morgen zum Melken erschien und das auch kein Geheimnis war, kam sie noch einmal auf das Seil zu sprechen, das mutmaßlich in der Stallgasse gespannt worden war.

»Ich kann mir das überhaupt nicht erklären«, gab er zu. »Von uns ist es jedenfalls nicht.« Er blickte hilflos von Kerrin zu Hark. »Das würde ja bedeuten, dass irgendjemand das alles sorgfältig geplant hat. Warum bloß? Was könnte mein Vater demjenigen getan haben, dass er ihn ermordet?«

»Das ist die alles entscheidende Frage, auf die wir bisher noch keine überzeugende Antwort haben.«

Um kurz vor 8 Uhr ließ Hark Kerrin in der Badestraße aussteigen. Sie hatten vereinbart, dass sie sich am nächsten Morgen mit den Kollegen am Hafendeich treffen würden, um die weiteren Schritte zu besprechen. Jetzt war erst einmal Feierabend.

Aus dem gegenüberliegenden Wäldchen hörte Kerrin ein lautes Schnabelgeklapper. Trotz ihrer Ungeduld lief sie die wenigen Schritte zu dem Storchengehege an der Ecke zur Feldstraße. Vor knapp dreißig Jahren hatte ein Insulaner ein Jungtierpaar auf die Insel gebracht. Und die hatten sich im Laufe der Jahre vermehrt. Heute lebten bereits um die dreißig Störche auf der Insel. Mangels eines ausreichenden Angebots an Fröschen und Würmern aus Süßwasser pickten die Föhrer Störche auch gerne einmal im Wattenmeer nach Krabben. Gebannt beobachtete Kerrin eine Weile die Unterhaltung zweier Störche. Der eine legte den Kopf in den Nacken und klapperte mit seinem in der Dunkelheit leuchtenden orangen Schnabel. Sobald er verstummte, antwortete der Zweite auf die gleiche Weise. Mit menschlicher Unterstützung überwinterten einige der Störche sogar auf Föhr und sparten sich die lange Reise in den Süden. Andere würden sich in Kürze auf den langen Weg machen.

Kerrin riss sich von dem Anblick los und ging zurück zur Badestraße. Vor dem Haus, in dem Nils wohnte, blieb sie stehen und atmete einmal tief durch. Ihr Herz flatterte vor Aufregung. Nils war der erste Mann in ihrem Leben, mit dem sie sich ein *Für immer* vorstellen konnte. Ihre vorherigen Beziehungen waren meist an ihrem unsteten Leben, dem Schichtdienst, unzähligen Überstunden und dem Arbeiten in der Nacht und am Wochenende gescheitert. Niemals zuvor hatte sie sich wirklich bemüht, Privates und Berufliches unter einen Hut zu bekommen oder wäre bereit gewesen, im Job auch einmal kürzerzutreten. Ihr Ehrgeiz, die Karriereleiter immer weiter hochzusteigen, war stets größer gewesen. Doch mit Nils war das anders. Seit sie ein Paar waren, spukte plötzlich immer wieder die Frage, wie es weitergehen sollte, durch ihren Kopf. Sie in Flensburg und er auf Föhr. Wenn sie zusammenblieben, mussten irgendwann Entscheidungen getroffen werden, die ihrer beider Leben rapide ändern würden. In wenigen Monaten wurde sie dreiunddreißig Jahre alt. Für sie stand fest, dass sie eines nicht allzu fernen Tages Kinder haben wollte, ewig wollte sie damit nicht mehr warten. Aber Eltern, die an verschiedenen Orten lebten, konnte sie sich für ihr Baby nicht vorstellen. Sie seufzte und zwang sich zurück in die Realität. Vor ihrem inneren Auge erschien Nils, der ihr liebevoll die Haare hinter die Ohren strich und versicherte, dass alles kommen würde, wie es sollte. Sie liebte ihn für seine Leichtigkeit dem Leben gegenüber und nahm sich wieder einmal vor, ihm darin nachzueifern.

Mit einem Lächeln im Gesicht drückte sie den Klingelknopf. Nichts geschah. Auch nach dem dritten Klingeln wurde die Tür nicht geöffnet. Enttäuscht griff sie nach ihrem Handy und wählte Nils' Nummer. Aber sie hatte kein Glück, die Mailbox sprang sofort an. Resigniert griff Kerrin in ihre Tasche. Bereits kurz nach ihrem Kennenlernen im Sommer hatte Nils ihr einen Schlüssel zu seiner Wohnung überlassen. Sie hatte noch nicht oft davon Gebrauch gemacht, aber nun steckte sie ihn ins Schloss.

Erschrocken prallte sie zurück, nachdem sie die Tür geöffnet hatte. Mit einem breiten Grinsen im Gesicht stand Nils vor ihr.

»Überraschung«, rief er aus und zog sie an sich.

Nach einer innigen Umarmung und einem langen Kuss führte Nils sie ins Wohnzimmer. Kerzen leuchteten überall und tauchten den Raum in ein romantisches Licht. Der Tisch war festlich gedeckt. Es gab eine Brotzeit mit Krabben- und Thunfischsalat, einer Käseplatte und Tomaten und Mozzarella. Alles Köstlichkeiten, die Kerrin liebte. Daneben stand eine bereits geöffnete Flasche Rotwein.

Überwältigt blieb sie stehen und blickte Nils fragend an.

»Du bist auf Föhr, mein Schatz, hier weiß jeder alles«, feixte er. »Als ich gehört habe, was bei den Mommensens passiert ist, und dich nicht erreichen konnte, habe ich eins und eins zusammengezählt und bei Ida auf dem Revier angerufen. Deinem Gesichtsausdruck nach zu urteilen, hat sie dichtgehalten.« Er schloss sie wieder in seine Arme. »Ich kümmere mich in den nächsten Tagen um unser leibliches Wohl, und du trägst dafür Sorge, dass diese Ermittlungen sich lange hinziehen. Einverstanden?«

Statt einer Antwort reckte Kerrin sich zu ihm hoch und gab ihm einen zärtlichen Kuss.

10

Müde trat Kerrin am nächsten Morgen um halb acht vor die Tür. Sie hatte sich entschieden, zu Fuß zum Hafendeich zu gehen und sich von dem frischen Nordseewind wecken zu lassen. Der Himmel war noch ein wenig verhangen, aber hier und dort war schon ein strahlendes Blau zu erahnen. Es würde ein schöner herbstlicher Tag werden.

Nur mühsam hatte Kerrin sich von Nils lösen können. Der gestrige Abend war wundervoll gewesen. Sie hatten lange gegessen, waren dann aufs Sofa umgezogen, hatten die Flasche Wein geleert und Arm in Arm geredet und geredet. Als Kerrin endlich auf die Uhr gesehen hatte und sie ins Bett gegangen waren, war es schon nach Mitternacht gewesen. Und auch da waren sie noch lange nicht zur Ruhe gekommen.

Und das rächte sich nun. Sie spürte deutlich den Alkohol und den fehlenden Schlaf. Mit großen Schritten ging sie voran und sog die salzige Luft tief in ihre Lunge. Die Badestraße lag ruhig vor ihr, nur vereinzelt fuhr ein Auto vorbei, langsam, um nicht auf den Bodenerhöhungen aufzusetzen. An der Süderstraße bog sie rechts ab. Sie wollte sich beim Bäcker ein süßes Brötchen für den Weg kaufen. Nach einem lustigen Schnack mit dem Bäcker und seiner Schwester schlenderte sie etwas langsamer durch die noch menschenleeren Straßen der Wyker Innenstadt bis zur Hafenstraße und weiter zum Hafen. Sie fühlte sich zufrieden und in sich ruhend, ein Zustand, der sich bei ihr fast immer einstellte, sobald sie Föhrer Boden betrat. Sie konnte wohl noch so lange auf dem Festland leben, diese Insel würde für alle Zeiten ihre Heimat sein und ihr Geborgenheit schenken.

Ein Schwarm Möwen flog laut schreiend auf, als sie am Hafenbecken ankam. Kerrin duckte sich, damit keines der Tiere sich in ihren Haaren verfing. Leider hatten viele der Nordseemöwen ihre Scheu vor den Menschen schon vor langer Zeit verloren. Schuld daran waren die Touristen, die es sich nicht verkneifen konnten, sie mit Leckereien zu versorgen.

Deutlich wacher öffnete Kerrin die Tür zur Dienststelle. Sie war fast überrascht, als Ida nicht sofort auf sie zustürmte. Einsam lagen die Eingangshalle und der lange Flur vor ihr. Als sie in Harks Büro trat, das zumindest für den heutigen Tag auch ihres sein würde, saß er bereits an seinem Schreibtisch und unterhielt sich mit Ida. Die gute Seele der Föhrer Polizei war auch heute farbenfroh gekleidet. Zu einem langen gebatikten Rock trug sie ein lila Sweatshirt und rote Turnschuhe. Kerrin musste innerlich grinsen. Idas Modegeschmack entsprach überhaupt nicht ihrem eigenen, aber sie fiel damit auf, das musste man ihr lassen. Im Gegensatz zu Kerrin mit ihren Jeans und Turnschuhen.

»Moin, ihr beiden«, begrüßte sie sie fröhlich.

»Moin, Kerrin.« Ida strahlte sie an. »Wir haben gerade über den Bullenmord gesprochen. Schreckliche Sache, das Ganze. Meine Schwester kennt Anne seit der Schulzeit, das hat sie nicht verdient.«

»Das ist ja interessant mit deiner Schwester, vielleicht kommen wir da noch einmal drauf zurück.«

»Na, meine Lütte, ausgeschlafen?« Hark sah sie unschuldig an.

»Was denkst du denn?« Kerrin grinste. »Ist der Rest der Truppe auch schon da?«, fragte sie dann.

»Tom und Christian sitzen drüben, Jan und Fabian haben heute erst um 12 Uhr Schichtbeginn.«

»Kein Problem. Dann kann Fabian wenigstens nicht rumnörgeln, wenn er Dienst nach Vorschrift machen muss«, entgegnete Kerrin mit einem Hauch von Sarkasmus in der Stimme. Sie trat an die Verbindungstür zum Zimmer von Tom und Christian, sagte Hallo und bat die beiden dann zu sich nach drüben.

»Soll ich dir einen Tee holen?«, wollte Ida von Kerrin wissen. Als sie Toms Blick bemerkte, fügte sie süffisant hinzu: »Ihr holt euch eure Getränke schön selbst. So weit kommt es noch, dass ich hier anfange, euch zu bedienen.«

»Ich nehme lieber einen Kaffee.« Kerrin hörte diesem Schlagabtausch amüsiert zu. »Vielen Dank, Ida.«

Als alle mit warmen Getränken versorgt waren, schaute Kerrin in die Runde.

»Es scheint sich herauszukristallisieren, dass wir es mit einem vorsätzlichen Verbrechen und nicht mit einem tragischen Unfall zu tun haben.«

»Wir haben gestern Fingerabdrücke von allen genommen, die im Stall arbeiten oder im Wohnhaus ein und aus gehen«, begann Christian in seiner gewohnt forschen Art zu berichten. »Anne, Klaas, die anderen Kinder nebst

Ehepartnern und die Auszubildenden. Und von Meik Schwattke und Timo Hellmann. Sie sind bereits durch unsere Systeme gelaufen, aber es gab keine Treffer. Niemand ist bisher bei der Polizei auffällig geworden. Wir haben sie an die Spusi in Flensburg weitergeleitet. Hauke und Lukas melden sich bestimmt, wenn sie sie ausgewertet haben.«

»Klar, sie sind ja keine Anfänger.« Tom verdrehte ein wenig genervt die Augen.

»Die Alibis der Familienmitglieder und von Fenja und Tobi bringen uns nicht weiter.« Kerrin blickte in die Runde. »Uns fehlt der richtige Ansatzpunkt. Heiko scheint kein sonderlich sympathischer Mann gewesen zu sein, aber das allein reicht nicht für ein Mordmotiv. Hark und ich werden gleich die restlichen Befragungen machen. Habt ihr schon etwas über die Beteiligten in Erfahrung bringen können?« Sie blickte zu Tom und Christian.

»Die Recherchen laufen. Wir setzen uns gleich wieder ran«, informierte Christian sie.

»Okay, das war es dann erst einmal. An die Arbeit.«

»Lass uns zuerst zum Ponyhof nach Nieblum fahren«, schlug Kerrin vor. »Wer weiß, wie eingespannt Marlene nachher mit den Reitstunden ist.«

»Dich zieht es nur wieder zu den Pferden.« Hark grinste.

Kerrin knuffte ihn in die Seite. »Gib Gas und quatsch nicht.«

Gemächlich fuhr Hark aus Wyk heraus. Über den Fehrstieg ging es am Flugplatz und Golfclub vorbei den Grevelingstieg entlang Richtung Nieblum. Die Straße und auch die Fahrradwege waren fast leer, ein untrügliches Zeichen dafür, dass die Insel sich vor dem bevorstehenden neuerlichen Ansturm in den Herbstferien ein wenig geleert hatte und der Winter nahte.

Auf dem Parkplatz des Ponyhofes parkte nur ein Auto, ein in die Jahre gekommener Passat. Der Fahrradständer war leer.

Da auf dem Hof keine Ponys angebunden waren, betraten Kerrin und Hark den Stall. Tief sog Kerrin den Geruch nach Tier und Leder ein. Aus einer der Boxen am Ende der Stallgasse ertönte ein leises Singen.

»Hallo, ist jemand hier?«, rief Hark.

Das Singen verstummte. »Hier hinten.« Eine junge Frau Anfang zwanzig in Reithose und Stiefeln trat aus einer der Boxen. »Wie kann ich Ihnen helfen?« Sie strich sich die Hände an der Hose ab und kam ihnen entgegen.

»Sind Sie Marlene?« Als sie nickte, stellte Kerrin Hark und sich vor. »Haben Sie einen Augenblick Zeit für uns?«

»Klar.« Sie sah Kerrin aus wachen stahlblauen Augen an und zupfte sich ein Stück Stroh aus ihren zerzausten blonden Haaren. »Odin spielt beim Ausmisten gerne mit mir«, erklärte sie lächelnd. »Geht es um Heiko? Ich habe gehört, dass er ermordet worden sein soll.«

»Das wissen wir noch nicht mit Sicherheit. Kannten Sie ihn?«

»Klar, er war der Vater meiner Chefin, und ich habe ihn bei uns auf dem Hof hin und wieder gesehen. Privat kannte ich ihn nicht.«

»Arbeiten Sie schon lange hier?«

»Ich bin jetzt im zweiten Jahr meiner Ausbildung zur Pferdewirtin.«

»Das hört sich toll an«, erwiderte Kerrin. »Kam Heiko Mommensen oft hierher?«

»Nicht jeden Tag, aber schon regelmäßig, so alle zwei bis drei Wochen.«

»Und was hat er hier gemacht? Wollte er nur seine Tochter besuchen und einen Kaffee trinken, oder hat er mit angepackt?«

»Die Boxen ausgemistet hat er jedenfalls nicht, und auf dem Rücken eines Pferdes habe ich ihn auch nie gesehen. Aber ganz normale Besuche eines Vaters bei seiner Tochter waren es ebenso wenig. Wenn ich mal etwas mitbekommen habe, ging es immer um den Hof, die Finanzen, wie man den Ertrag steigern kann, mehr Ferienkinder, weniger Angebot, billiger einkaufen, so ein Zeug halt.«

»Und da waren sich Vater und Tochter nicht immer einig?«

»Nee, nicht wirklich. Sina und Patrick legen viel Wert auf eine erstklassige Betreuung der Kinder, es gibt Bioessen, regelmäßige Ausflüge, damit die Ferienkinder nicht nur reiten, sondern auch etwas von Föhr sehen. Sie wollen ihnen die ganze Insel näherbringen, zeigen, wie schön es bei uns ist. Und das kostet natürlich ein bisschen, ohne dass der Unterbringungspreis für eine Woche steigen würde. Wir können ja nicht teurer als die Konkurrenz werden, sonst kommt keiner.« Sie seufzte. »Außerdem ist für sie zweimal am Tag eine Reitstunde oder ein Ausritt vorgesehen, nicht nur einmal. Was natürlich dazu führt, dass die Inselkinder in der Saison nicht allzu viel reiten können und der Hof damit auf diese Einnahmen verzichten muss. Das war für Heiko völlig inakzeptabel.«

»Aber Sina und Patrick haben sich durchgesetzt?«

»Anscheinend, es hat sich letzten Endes ja nichts geändert«, antwortete Marlene.

»Wie waren die Auseinandersetzungen? Wurde lautstark gestritten oder eher leise diskutiert?«

»Das kann ich Ihnen nicht sagen«, entgegnete Marlene leicht verunsichert. »Ich habe schließlich nicht bei jeder Unterhaltung danebengestanden.«

Kerrin sah sie eindringlich an. »Wenn Sie über den Inhalt der Auseinandersetzungen Bescheid wissen, muss Ihnen doch auch bekannt sein, wie sie geführt wurden.«

»Na ja, es war manchmal schon etwas lauter, vor allem, wenn Patrick dabei war.« Sie stockte.

»Und weiter?«, mischte Hark sich ein. »Sie können uns wirklich alles sagen, wir tratschen es nicht herum. Jede für Sie noch so unbedeutende Kleinigkeit könnte uns helfen, diesen Fall zu lösen.«

»Ich habe wirklich nicht gelauscht, aber es war oft einfach nicht zu überhören, worum es ging. Heiko kam immer morgens früh, dann frühstücken die Kinder, und im Stall ist es noch ruhig.« Sie strich sich mit einer fahrigen Geste die Haare aus dem Gesicht. »Ich mag Patrick sehr, er ist ein cooler Chef, und ich will ihn nicht in die Pfanne hauen.«

»Das verstehen wir. Wenn Sie einfach nur die Wahrheit sagen, werden Sie das auch nicht tun.«

»Also gut.« Marlene gab sich einen Ruck. »Vor ein paar Wochen ist ein Streit ziemlich ausgeartet. Heiko konnte sehr aufbrausend sein, und an diesem Tag war es besonders schlimm. Als ich in den Stall gekommen bin, hat Patrick sich die Nase gehalten, und ich habe gesehen, dass er geblutet hat. Heiko stand daneben. Ich habe gefragt, was passiert sei und ob ich helfen könne, aber die beiden haben mich rausgeschmissen und gesagt, es sei alles in Ordnung.«

»Worum es ging, haben Sie nicht mitbekommen?«

Marlene schüttelte bedauernd den Kopf. »Danach habe ich Heiko hier nicht mehr gesehen.«

»Sind Sina und Patrick drüben im Haus?«

»Nein, sie sind zusammen einkaufen gefahren. Heute ist in vielen Bundesländern der letzte Schultag vor den Herbstferien. Ab morgen sind wir noch einmal ziemlich ausgebucht, bevor es dann ruhiger wird.«

»Und Anne Mommensen, war die auch mal da?«

»Klar. Aber sie kam wirklich, um mit ihrer Tochter Kaffee zu trinken. Und auszureiten. Das machen die beiden regelmäßig. Bei Ebbe ins Watt, ansonsten durchs Gelände.«

Kerrin und Hark wollten gerade ins Auto steigen, als Nele Mommensen neben ihnen anhielt und ausstieg.

»Moin«, begrüßte sie Kerrin und Hark kurz und machte Anstalten, an ihnen vorbeizulaufen.

»Willst du zu Sina?«, fragte Kerrin trotzdem.

»Ja, ich muss mich beeilen, ich habe gleich eine Verabredung und bin eh schon spät dran.«

»Ich kann dir den Druck nehmen, deine Schwester ist nicht da«, erklärte Kerrin. »Sie macht zusammen mit Patrick den Großeinkauf für die Ferienkinder.«

»Mist«, entfuhr es Nele. »Ich hätte gerne etwas mit ihr geklärt. Dann muss das halt warten. Gibt es schon etwas Neues?«

Als Kerrin verneinte, stieg sie schnell wieder in ihren Wagen und brauste kurz darauf vom Hof.

»Komisches Mädchen«, meinte Hark noch kopfschüttelnd, als schon das nächste Auto auf den Hof fuhr. Kaum hatte es angehalten, rissen die Nichten von Peter Riewerts, die sie gestern schon getroffen hatten, die hinteren Türen auf und stürmten in Richtung Stall. Die weiteren Insassen folgten ihnen langsamer. Peter aus dem Fond, Lia von der Fahrer- und eine ältere Frau von der Beifahrerseite.

»Da sehen wir uns ja schon wieder«, begrüßte Kerrin Peter und wandte sich dann an seine Schwester. »Moin, Lia, lange nicht gesehen.«

»Hey, Kerrin. Peter hat mir schon erzählt, dass er dich gestern getroffen hat. Und von Sina weiß ich, warum du auf der Insel bist.« Ihre Miene verdüsterte sich. »Eine schlimme Geschichte ist das. Ich wollte Sina und Patrick ein wenig unter die Arme greifen mit den Vorbereitungen für den Ansturm morgen, Mama hilft mir dabei.«

»Hallo, ich bin Frauke Riewerts, die Oma der beiden Wirbelwinde.«

»Kerrin Iwersen, ich bin mit Ihrer Tochter zusammen zur Schule gegangen«, stellte Kerrin sich vor.

»Peter passt netterweise auf, dass die Mädels nicht zu viel Blödsinn im Stall machen.« Frauke Riewerts lächelte. »Marlene wäre ansonsten bestimmt überfordert mit den beiden.«

Peter nickte ein wenig gequält. »Das bekomme ich schon hin.«

Seine Mutter sah ihn liebevoll an. »Er hat es nicht so mit den Pferden.« Sie war das Ebenbild ihres Sohnes, groß gewachsen, mit dunkelbraunen Haaren, die sie in einem kinnlangen Bob trug. Ihre grünen ausdrucksstarken Augen dominierten das Gesicht. »Dann wollen wir mal«, forderte sie ihre Tochter auf. »Ich würde gerne heute Mittag wieder zu Hause sein und mit Papa zusammen essen.«

»Die körperliche Auseinandersetzung haben uns Sina und Patrick eiskalt verschwiegen«, stellte Hark trocken fest, als sie schließlich vom Parkplatz des Ponyhofes fuhren. »Sie dachten wohl, dass wir es nicht herausbekommen würden.«

»Jetzt verstehe ich auch, warum sie bei der Frage nach Gewalt in der Ehe ihrer Eltern erst so gemauert haben. Wenn Heiko seinem Schwiegersohn gegenüber handgreiflich geworden ist, kann er genauso gut seine Frau geschlagen haben. Von wegen, das ist lange her und kein Thema mehr.«

»Was für eine verkorkste Familie!« Hark seufzte. »Wir müssen die beiden auf unsere Liste für heute setzen.«

»Machen wir. Als Nächstes Antonia Mommensen oder Meik Schwattke?«, stellte Kerrin Hark vor die Wahl.

»Meik Schwattke.«

Der Hof des Nachbarn von Heiko und Anne Mommensen lag ruhig in der Sonne, die sich mittlerweile durchgesetzt hatte. Außerhalb von Midlum gab es einige Aussiedlerhöfe in der Marsch. Die Bauern hatten das Dorf vor vielen Jahren aus Platzgründen verlassen und sich in dessen Umland neu angesiedelt.

Auf ihr Klingeln hin öffnete ihnen eine stämmige Frau mit kurzen Haaren und einem rundlichen Gesicht. »Ja, bitte?«, fragte sie kurz angebunden.

Nachdem Kerrin ihr Anliegen vorgetragen hatte, bat sie die Beamten herein und ging ihnen voran in eine geräumige Küche. Auf dem großen Tisch standen noch zwei Frühstücksgedecke. »Mein Mann ist oben, ich hole ihn. Setzen Sie sich, ich gebe Ihnen Tassen, dann können Sie sich einen Kaffee nehmen.«

Kurz darauf saßen Meik Schwattke und seine Frau Ulla bei ihnen am Küchentisch. »Haben Sie herausgefunden, wie es zu diesem furchtbaren Unglück kommen konnte?« Meik sah Kerrin erwartungsvoll an, nachdem sie sich vorgestellt hatte.

»Wir müssen im Augenblick leider davon ausgehen, dass wir es mit einem vorsätzlichen Tötungsdelikt zu tun haben.«

Meik und Ulla Schwattke starrten Kerrin entgeistert an.

»Aus diesem Grunde machen wir uns gerade ein Bild von Heiko Mommensen. Was für ein Mensch ist er gewesen, wer waren seine Freunde und wer seine Feinde?«

»Da Sie wahrscheinlich schon gehört haben, dass wir keine Freunde waren, kommen Sie beim Thema Feinde zu uns?«, fragte Meik verblüfft. »Glauben Sie etwa, wir hätten etwas mit seinem Tod zu tun?«

»Das ist ja lächerlich.« Ulla blickte empört von Kerrin zu Hark.

»Wir stehen ganz am Anfang unserer Ermittlungen und müssen mit allen Personen sprechen, die Kontakt zu ihm hatten«, versuchte Hark, die Wogen zu glätten. »Sie helfen uns sehr bei unserer Arbeit, wenn Sie unsere Fragen beantworten.«

»Selbstverständlich«, erwiderte Meik schnell. »Wir haben nichts zu verbergen. Ich würde uns allerdings nicht als Feinde von Heiko ansehen.«

»Warum nicht?«, fragte seine Frau herausfordernd.

»Ich würde ihn eher als Mann bezeichnen, der in meinem Leben keinen Platz hat und den ich in unserem Haus nicht begrüßen möchte«, antwortete er ruhig.

»Auf dem Hof musst du ihn aber dulden«, brummte Ulla und schwieg dann wieder.

»Wir haben schon gehört, dass Heiko Mommensen Ihnen den Hof zu einem recht niedrigen Preis abgekauft hat.«

»So kann man es nennen. Leider bin ich in einer Notsituation gewesen und hatte keine andere Wahl. Die Bank hatte mich einfach im Regen stehen gelassen und war zu keinerlei Hilfe mehr bereit. Da unsere Kinder den Betrieb nicht übernehmen wollten, habe ich in dem Moment gedacht, dass es vielleicht gar nicht verkehrt wäre zu verkaufen. Ulla und ich würden das erste Mal in unserem Leben Zeit haben, könnten verreisen, machen, worauf wir Lust hätten. Aber hier auf der Insel einen Käufer zu finden, war schwerer, als ich gedacht habe.« Er seufzte. »Da ich unter Zeitdruck stand und nicht wochenlang warten konnte, blieb unter dem Strich nur Heiko.«

»Der unsere schwierige Lage schamlos ausgenutzt hat«, warf Ulla Schwattke böse ein.

»Ohne ihn hätten wir noch schlimmer dagestanden. Dann hätte uns die Zwangsversteigerung gedroht«, widersprach Meik ihr.

»Ach was, so schnell geht das nicht. Irgendetwas hätte sich schon ergeben. Fakt ist, dass wir nun kein Geld für teure Fernreisen haben. Nach vierzig Jahren Arbeit müssen wir jeden Cent umdrehen.«

»Ganz so schlimm ist es ja nun auch nicht. Unsere Kinder brauchen keinen Unterhalt mehr, und Heiko lässt uns hier mietfrei weiterleben, das ist doch schon etwas.«

»Weil er das Haus zurzeit nicht braucht«, giftete Ulla. »Stell ihn bloß nicht als Wohltäter hin.«

»Wo waren Sie in der Nacht auf gestern bis zum Morgen?«, beendete Kerrin den Schlagabtausch zwischen den Eheleuten.

»Im Bett, wo sonst?«, antwortete Ulla. »Konstruieren Sie sich jetzt ein Mordmotiv für uns?« Sie schüttelte den Kopf. »Das ist absurd. Ich habe mir gewünscht, Heiko nie mehr sehen zu müssen, weil meine Wut auf ihn so groß ist, aber deswegen bringe ich ihn doch nicht um. Und meinen Mann hören Sie ja. Er nimmt ihn ja fast noch in Schutz.«

»Ihre Freunde von den Rinderhaltern sehen das nicht ganz so locker wie Sie, oder?«

Meik wiegte bedächtig den Kopf. »Das stimmt schon. Ich habe ihnen natürlich erzählt, was Sache ist, und das hat einige wohl ziemlich aufgebracht.«

»Und dazu geführt, dass Heiko in der letzten Zeit bei Ihren wöchentlichen Treffen nicht dabei war?«

»Das kann schon sein. Aber das hätte er selbst klären müssen, ich wollte mich bestimmt nicht für ihn einsetzen. Er war ein egoistischer Mann, der in erster Linie sich selbst und seinen Vorteil gesehen hat. Mir tut nur Anne leid. Es ist wirklich ein Wunder, dass sie es mit diesem Typen all die Jahre ausgehalten hat.«

»Nun ist sie ihn ja los«, warf Ulla kalt ein. »Sie wird schon schnell begreifen, dass sie ohne ihn besser dran ist.«

»Nun lass mal gut sein«, bat Meik seine Frau mit einem leichten Vorwurf in der Stimme. »So ein Ende hat auch Heiko nicht verdient. Können wir Ihnen sonst noch weiterhelfen?«

»Sie haben sich vor dem Verkauf nicht privat mit den Mommensens getroffen, oder?«

»Natürlich nicht«, antwortete Ulla für ihren Mann.

»Ich habe Heiko bei den Treffen der Rinderhalter gesehen, aber ansonsten nicht.«

»Und Anne ist genau wie ich bei den Landfrauen«, fügte Ulla hinzu. »Wir kommen regelmäßig zusammen und schnacken auch mal. Anne ist eine liebe Seele, ganz anders als ihr Mann.«

11

Anne hatte sich in ihren dicken Norwegerpulli gekuschelt, Gummistiefel angezogen und war mit dem Fahrrad über Alkersum nach Nieblum an den Strand gefahren. Es war Ebbe, und es zog sie ins Watt.

Sie wusste, dass sie den Hof zumindest für eine Weile verlassen musste, um das Chaos in ihrem Inneren zu ordnen. Fenja war ein patentes Mädchen und würde sich gut um die Kälber kümmern. In ihrem Kopf kreisten die Gedanken unaufhörlich, sie hatte das Gefühl, seit dem gestrigen Morgen überhaupt nicht mehr zur Ruhe gekommen zu sein.

Im Watt mit seiner Weite und Stille, nur unterbrochen von Möwengeschrei und dem Rauschen der Nordsee, war sie schon immer im Einklang mit sich gewesen. In jeder schwierigen Situation ihres Lebens hatte es sie hierhergezogen, und immer hatte sie sich auf dem Weg zurück zum Hof getröstet gefühlt.

Am Strandaufgang blieb sie einen Moment stehen. Früh am Freitagmorgen war sie hier allein. Sie ließ ihren Blick schweifen und entdeckte lediglich weit in der Ferne zwei Menschen, die in die entgegengesetzte Richtung liefen. Sie würden sie nicht stören.

Ein kräftiger, aber nicht kalter Wind wehte über das Dünengras, das sich darunter bog, der Geruch von Seetang stieg ihr in die Nase. Mit einem tiefen Seufzer schritt sie aus und lief schon kurz darauf über den zunächst festen und dann immer glitschigeren Wattboden, in den sie tief einsank. Es dauerte eine Weile, bis er wieder fest wurde. Bald würde Niedrigwasser sein, das Wasser hatte sich schon fast bis zur Fahrrinne zurückgezogen.

Von Ebbe zu Ebbe dauerte es ungefähr zwölf Stunden und fünfundzwanzig Minuten, was der Grund dafür war, dass sich die Zeiten von Hoch- und Niedrigwasser jeden Tag ein wenig verschoben. Ein Segen, hatte Anne schon als Kind gedacht, weil so zu jeder Tages- und Nachtzeit einmal Ebbe und einmal Flut war. Sie hatte immer beides geliebt, durchs Watt zu tollen und im Schlick zu spielen, aber auch zu schwimmen und sich von den sanften Wellen treiben zu lassen. Die Einwohner der Nordseeinseln waren gesegnet, dass die Gezeiten bei ihnen so ausgeprägt waren.

Anne lief bis zum Wasserrand und von dort parallel zu Land und Wasser weiter. Sie spürte, dass das Karussell in ihrem Kopf sich mit jedem Schritt langsamer drehte.

Seit die Erkenntnis, dass Heiko von ihren Bullen getötet worden war, zu ihr durchgedrungen war, hatte sie sich innerlich wie betäubt gefühlt. Er war ein Leben lang an ihrer Seite gewesen. Auch wenn sie sich oft gewünscht hatte, dass ihr Leben anders verlaufen wäre, hatte sie sich mit den Jahren damit abgefunden und auch die guten Seiten gesehen. Ihre vier Kinder, der Hof, die Sicherheit, die er bedeutete, die Freude an der Arbeit mit den Tieren. Und die Verlässlichkeit, die Heiko ihr bot. Keine leidenschaftliche Liebe, keine Glücksgefühle, aber seit vielen Jahren Konstanz in ihrem Alltag. Sie hatten sich arrangiert, und sie hatte gelernt, damit zufrieden zu sein. Bis zur vorletzten Woche.

Die Geschehnisse der letzten zwei Wochen hatten sie aus ihrem gewohnten Alltag herauskatapultiert, ihr gezeigt, dass sie all die Jahre den Kopf in den Sand gesteckt hatte in der Hoffnung, dass trotz der Lügen alles gut sein würde. Aber das war es nicht gewesen, und nun war es anders gekommen.

Mit leerem Kopf beobachtete sie zwei Möwen, die sich am Boden balgten und schließlich wegflogen.

Die Polizeibeamten schienen von einer vorsätzlichen Tat auszugehen. Anne spürte, dass sie recht hatten. Gab es dafür eine Erklärung, die nicht so verheerend war wie der Gedanke, der seit gestern Morgen wieder und wieder durch ihren Kopf raste? Die letzten vierundzwanzig Stunden hatte sie in einem Schockzustand verbracht, verstärkt noch durch das verabreichte Beruhigungsmittel, der sich jetzt zu lösen begann. Sie konnte wieder klar denken und die Ereignisse richtig einordnen.

Heiko war tot. Was auch immer sie jetzt unternahm, sie konnte an dieser unumstößlichen Tatsache nichts mehr ändern. Musste sie der netten Kriminalbeamtin offenbaren, was sie vermutete? Aber wem wäre damit geholfen? Heiko brächte es nicht zurück, über ihre Familie aber würde die Wahrheit wie ein Tsunami hinwegfegen.

War sie es Heiko schuldig? Liebevolle Zuneigung hatte es zwischen ihnen nur in der ersten Zeit gegeben, sie hatte schon nach der Geburt von Klaas aufgehört. Damals war es auch zu den ersten Handgreiflichkeiten gekommen. Zunächst lautes Geschrei mit einem leichten Schubser, der im Laufe der Monate fester und fester wurde. Und irgendwann war ihm die Hand ausgerutscht. Nicht oft, es lagen meist Wochen dazwischen, aber es kam immer wieder vor. Jahrelang. Bis zu dem einen Abend, als sie ihn vor die Wahl gestellt hatte. Er würde aufhören, oder sie würde gehen. Und es hatte funktioniert. Noch heute staunte sie darüber.

Aber der Preis dafür war hoch gewesen. Sie hatte immer gewusst, dass Heiko sie auf keinen Fall verlieren wollte, zu wichtig war sie für den Erfolg des Hofes. Um in seinem Jähzorn nicht mehr auszurasten, hatte er sich von ihr abgewandt. Etwas anderes war ihm nicht übrig geblieben, wenn er gefährliche Situationen vermeiden wollte. Ihre Beziehung hatte sich seitdem nur noch auf die Arbeit beschränkt. Anfangs war Anne erleichtert darüber gewesen, mit den Jahren jedoch oft auch ein wenig traurig. Wie anders hatte sie sich ihr Leben einmal vorgestellt, voller Liebe und Zuneigung, eine glückliche Ehe führend. Aber sie hatte sich immer schnell verboten, diese Gedanken weiterzuspinnen, sich vorzustellen, was hätte sein können. Es war nicht so gekommen, und damit musste sie sich abfinden. Und das hatte sie getan. Bis jetzt.

Das Klingeln ihres Telefons riss sie aus ihren Gedanken. Nele. Einen kurzen Augenblick überlegte sie, es läuten zu lassen, aber dann nahm sie doch ab. Sie wusste, dass ihre jüngste Tochter sich um sie sorgte, und wollte dieses Gefühl nicht noch verstärken.

Als sie jedoch hörte, was Nele ihr zu sagen hatte, zog sich ihr Magen zusammen und ihr Herz begann zu hämmern. Hatte sie sich geirrt? Sollte es doch noch nicht vorbei sein?

12

Es wundert mich schon ein bisschen, wie locker Meik Schwattke den Verkauf seines Hofes nimmt«, stellte Hark auf dem kurzen Weg von dem Aussiedlerhof zu Antonia Mommensen fest.

Kerrin sah ihn zweifelnd an. »Das könnte auch eine große Show für uns gewesen sein, um nicht verdächtig zu erscheinen«, gab sie zu bedenken. »Wir sprechen später mit den anderen Rinderhaltern, mal sehen, was die dazu zu sagen haben.«

Die kleine weiß getünchte Reetdachkate von Klaas und Antonia lag im Herzen von Midlum. Der schmale Vorgarten, durch den sich ein mit groben Pflastersteinen gebauter Weg zur Haustür schlängelte, war durch einen blau angemalten Holzzaun vom Bürgersteig getrennt. Ein verlassenes Bobby-Car und ein Laufrad standen an der Hauswand.

Auf ihr Läuten hin erschien zunächst niemand. Kerrin und Hark wollten sich gerade umdrehen und zum Auto zurückgehen, als plötzlich ein lautes Getrappel im Haus zu hören war. Kurz darauf öffnete ihnen eine junge Frau mit zerzaustem braunem Haar, das sich rechts und links aus einem Pferdeschwanz löste. Auf dem Arm trug sie einen kleinen Jungen mit dreckigen Gummistiefeln, ein etwas größeres Kind lugte neugierig hinter ihrem Bein hervor.

»Sie sind bestimmt von der Polizei, kommen Sie herein.« Mit einer einladenden Geste bat sie sie, durch den Flur voranzugehen. »Und ihr beiden zieht eure Stiefel aus«, forderte sie ihre Kinder auf. Kerrin blickte sich um. Der Boden war voller Dreck. »Die Jungs waren im Garten. Leider konnte ich sie nicht dazu bewegen, ihre Schuhe auszuziehen, bevor sie durch das ganze Haus gelaufen sind.« Sie seufzte. »Gehen Sie doch bitte in die Küche, Kaffee steht auf dem Tisch. Ich bringe die Rabauken nach nebenan, dort können sie spielen, und wir haben ein bisschen Ruhe. Wenn alles gut läuft«, fügte sie mit leisem Sarkasmus in der Stimme hinzu.

Die Küche von Antonia und Klaas war gemütlich eingerichtet und strahlte eine herzliche Geborgenheit aus. An zwei Wänden waren blau gestrichene Bänke angeschraubt, auf denen bunte Kissen lagen. Buntstifte und bekritzelte Blätter lagen auf dem Tisch davor, Bauklötze in einer Ecke. Am Kühlschrank klebten Fotos der Kinder, lachende Jungen am Strand, mit Schaufeln in den Händen, und auf einem Feld, ehrfürchtig neben einem großen Traktor.

Auf einem Regal über der Arbeitsfläche standen getöpferte Becher. Hark nahm zwei und schenkte Kerrin und sich Kaffee ein. Sie hatten gerade einen Schluck getrunken, als Antonia sich mit einem leisen Seufzer zu ihnen setzte.

»Ich hoffe, uns bleiben einige Minuten, bevor die beiden wieder hier sind.«

Antonia Mommensen war eine schöne Frau. Ihr völlig ungeschminktes Gesicht war fein geschnitten, das braune Haar hatte sie gezähmt und erneut zu einem Pferdeschwanz gebunden. Sie trug Jeans und ein dunkelblaues Sweatshirt. Aber sie hatte einen leicht herrischen und berechnenden Zug um die Mundwinkel, fand Kerrin. Wie eine Frau, die in der Regel ihren Willen durchsetzte.

»Sie verstehen sicher, dass es bei uns gerade drunter und drüber geht. Als Klaas gestern endlich nach Hause gekommen ist, haben die Jungs zum Glück schon geschlafen. Bisher haben sie nichts von alldem mitbekommen. Ich bemühe mich sehr, mir nichts anmerken zu lassen, keine Ahnung, ob das klappt.« Sie hob die schmalen Schultern.

»Wie war Ihr Verhältnis zu Ihrem Schwiegervater?«, begann Kerrin die Befragung.

»Okay, würde ich sagen. Wir haben uns nicht allzu oft gesehen, große Familientreffen sind nicht so das Ding von Klaas' Eltern.«

»Was sind Sie eigentlich von Beruf? Haben Sie vor der Geburt Ihrer Kinder gearbeitet?«

»Klar, in einer Boutique in Wyk als Verkäuferin.«

»Dann hatten Sie bisher also keinerlei Berührungspunkte mit der Landwirtschaft?« Kerrin sah Antonia erstaunt an.

Die junge Frau schüttelte den Kopf.

»Aber für die Liebe sind Sie bereit umzusatteln«, stellte Hark fest.

»So ist es seit unserer Verlobung vorgesehen. Sobald die Kinder in der Schule sind.«

»Wir haben gehört, dass Heiko nicht so begeistert darüber war, dass es noch so lange dauert.«

»Das Thema begleitet uns nun schon seit Jahren, daran haben wir uns gewöhnt. Und er sich auch, ändern konnte er es ja eh nicht. Wichtig ist, dass Klaas und ich an einem Strang ziehen.«

»Taten Sie das, oder hätte Ihr Mann sich die Situation auch anders gewünscht?« Hark sah sie eindringlich an.

Antonias Augen verdüsterten sich für einen Moment, aber dann lächelte sie verbindlich. »Das ist unsere gemeinsame Entscheidung gewesen. Die paar Jahre mit den Jungs wird mir die Familie wohl zugestehen.«

Kerrin betrachtete die junge Frau nachdenklich. »Das hört sich für mich eher so an, als wenn Klaas die Kröte geschluckt hat, weil er langfristig bekommt, was er will.«

»Wenn das wirklich feststeht. Oder ist es erst einmal nur eine Idee?«, bohrte Hark weiter nach.

»Planen Sie Ihr Leben jahrelang im Voraus?«, konterte Antonia ungerührt. »Wir haben es so besprochen. Ob die nächsten Jahre etwas anderes bringen, weiß ich nicht. Das werden wir sehen.«

»Immerhin können Sie jetzt ausschließen, dass Sie jemals mit Heiko Mommensen zusammenarbeiten müssen.«

»Das ist richtig.« Antonia hatte nun eine gewisse Schärfe in der Stimme. »Ich verstehe allerdings nicht, was unsere Familienplanung mit dem Tod meines Schwiegervaters zu tun haben soll.«

»Wir wollen uns nur ein umfassendes Bild von dem Opfer und seinen Beziehungen machen, reine Routine in einer Ermittlung«, erklärte Kerrin ruhig. »Hatte denn Ihre Entscheidung, sich noch ein paar Jahre Zeit zu lassen, bevor Sie anfangen, auf dem Hof zu arbeiten, auch etwas mit Heikos Charakter zu tun? Die meisten Eltern geben ihre Kinder ja spätestens mit drei Jahren in den Kindergarten und warten nicht bis zur Vorschule.«

»Was wollen Sie hören?« Antonia sah sie bitter an. »Natürlich hätte ich mir einen netteren Menschen als Schwiegervater gewünscht, und ein Leben als Bäuerin war auch nicht unbedingt mein Traum. Aber es ist nun einmal so, wie es ist. Ich liebe Klaas und habe ihn geheiratet und nicht seine Familie. Mit dem Alten wäre ich schon klargekommen. Ob jetzt oder in drei Jahren, spielt eigentlich keine Rolle, oder? Außerdem hatte ich nie vor, meine Kinder so früh abzuschieben, das hat mit meinem Schwiegervater gar nichts zu tun.«

»Das Problem hat sich ja nun, wie gesagt, erledigt«, wiederholte Hark nüchtern. »Ihr Mann liebt Sie sehr und kann Ihnen keinen Wunsch abschlagen, das haben wir in unserem Gespräch mit ihm deutlich spüren können.«

»Und ich liebe meinen Mann«, entgegnete Antonia ruhig.

»Wie kommen Sie mit den Geschwistern Ihres Mannes klar?«, wechselte Kerrin das Thema.

»Ganz gut, würde ich sagen. Sina ist eine coole Frau, und auch Olaf ist ein netter Typ. Nele kenne ich kaum.«

»Olaf berichtete, dass Sie sich vor einiger Zeit mal auf ein Glas Wein getroffen hätten.«

»Hat er das?« Antonia sah Kerrin erstaunt an.

»Sie sollen erzählt haben, dass Klaas manchmal mit seiner Arbeit auf dem Hof gehadert und auch schon mal darüber nachgedacht hat, alles hinzuschmeißen, weil die Zusammenarbeit mit seinem Vater oft anstrengend war.«

»Da hat Olaf etwas übertrieben, ganz so stimmt das nicht. Der Hof ist alles, was Klaas jemals wollte, er würde ihn nie aufgeben. Außerdem sichert er unsere Lebensgrundlage. Richtig ist, dass mein Mann oft genervt von seinem Vater war. Dann hat er bei seinen regelmäßig wiederkehrenden Standpauken einfach auf Durchzug geschaltet.«

»Sind Sie sich da sicher? Vielleicht hat er ja doch mit dem Gedanken gespielt, weil er gespürt hat, dass Sie Vorbehalte hatten, mit Heiko zusammenzuarbeiten?«

»Das ist lächerlich. Wir haben eine Verabredung, und Klaas hatte keinerlei Grund, daran zu zweifeln.«

»Schwierige Verhältnisse«, sagte Hark, als sie aus Midlum hinausfuhren. Sie hatten sich bei Timo Hellmann angemeldet. Da Hark mit dem Milchbauern bereits gesprochen hatte und er zu der Runde der Rinderhalter gehörte, wollten sie bei ihm starten und nach dem Gespräch entscheiden, ob sie mit weiteren Bauern sprechen würden.

»Das stimmt. Wir müssen Klaas und Antonia auf dem Schirm behalten. Ich nehme ihr nicht ab, dass sie in einigen Jahren auf dem Hof angefangen hätte, sondern glaube, dass sie Klaas hinhält. Auch wenn der Betrieb ohne Heiko viel mehr Arbeit macht, haben die beiden durch seinen Tod also doch etwas gewonnen. Wenn wir annehmen, dass er zumindest ein Grund war, warum Antonia dort nicht arbeiten wollte, hatten Klaas und vielleicht auch sie einen Grund, ihn aus dem Weg zu räumen.«

»Aber bringst du aus so einem Grund deinen eigenen Vater um?« Hark sah Kerrin zweifelnd an.

»Wenn du deine Frau über alles liebst und Angst hast, deinen Lebenstraum nicht verwirklichen zu können oder, noch schlimmer, sie gar zu verlieren, vielleicht.«

Der Betrieb von Timo Hellmann lag ebenfalls außerhalb von Midlum und unterschied sich erst einmal nicht sehr von dem der Mommensens. Das Wohnhaus lag direkt neben dem lang gezogenen Stall. Von den Boxen rechts und links der Stallgasse glotzten sie wiederkäuende Kühe träge an.

»Herr Hellmann, sind Sie hier?«, rief Hark laut in den Stall hinein und bekam sofort eine Antwort.

»Jo, bin da.« Timo Hellmann trat aus einer der Boxen. »Ich schaue gerade nach unseren schwangeren Frauen.« Er wischte sich die Hände an seiner fleckigen Hose ab.

Hark stellte Kerrin vor. »Wir würden gerne noch einmal mit Ihnen über Heiko Mommensen sprechen.«

»Klar, gegen eine Kaffeepause habe ich nichts einzuwenden.« Timo grinste sie an und ging voran in Richtung Wohnhaus.

»Setzen Sie sich«, forderte er sie in der Küche auf und holte drei Kaffeebecher. »Ich habe mir schon gedacht, dass Sie noch einmal kommen. Gibt es schon neue Erkenntnisse?«

Hark schüttelte den Kopf. »Wir haben gehört, dass es zwischen Meik Schwattke und dem Opfer nicht zum Besten stand. Können Sie uns dazu etwas sagen?«

»Reden Sie doch mit Meik darüber, der weiß bestimmt mehr als ich.« Timo Hellmann trank vorsichtig einen Schluck des heißen Kaffees.

»Wir haben bereits mit ihm und seiner Frau gesprochen. Er erzählte uns, dass die Rinderhalter der Insel sich regelmäßig treffen und Heiko seit dem Verkauf des Schwattke-Hofes nicht mehr dabei war.«

»Das kann schon sein«, brummte Timo. »Aber da habe ich nichts mit zu schaffen.«

Kerrin sah ihn nachdenklich an. Es war offensichtlich, dass der Bauer sich nicht wohl dabei fühlte, sich über die Auseinandersetzungen anderer auszulassen. Dies, gepaart mit der wortkargen Art eines typischen Insulaners, der nur sagte, was unbedingt nötig war, machte eine Vernehmung nicht gerade einfach. »Wir hatten den Eindruck, dass Herr Schwattke den Verkauf seines Hofes an Heiko Mommensen eher locker genommen hat.«

Timo Hellmann sah sie erstaunt an. Treffer, dachte Kerrin. »Seine Frau war wütend darüber, aber er hat auch die Vorteile gesehen.«

»Tja, was soll ich dazu sagen?« Timo dachte einen Augenblick nach. »Das hat ihn schon beschäftigt, aber er will wohl nicht schlecht über einen Toten reden. Bei unseren letzten Treffen klang das anders.«

»Also hat es ihm mehr ausgemacht, als er uns weismachen wollte?«, bemerkte Hark. »Hätte mich auch gewundert, wenn es anders gewesen wäre.«

»Es war eine ganz miese Nummer von Heiko, Meik so über den Tisch zu ziehen. Wir Bauern sind nicht unbedingt alle befreundet, aber loyal zueinander. Wir treffen uns regelmäßig auf ein Bier und einen Köm und quatschen über die Betriebe, unsere Tiere, das Wetter, alles Mögliche halt. Wenn dann einer den anderen so behandelt, stößt das allen auf. Das haben wir Heiko spüren lassen, und deswegen ist er wahrscheinlich nicht mehr gekommen.« Er verstummte.

»Hätte es für Meik Schwattke denn gar keine andere Möglichkeit gegeben?«

»Wenn er mehr Zeit gehabt hätte, schon. Aber die Gläubiger saßen ihm im Nacken, und die Bank hat komplett abgeblockt. Der Verkauf musste schnell über die

Bühne gehen, und da war nur Heiko da.« Er raufte sich die Haare. »Wir anderen haben noch überlegt, zusammenzulegen und ihm erst einmal auszuhelfen, aber ehrlich gesagt war das den meisten von uns zu riskant. Mir auch«, fügte er leise hinzu. »Wir Landwirte haben alle nichts mehr zu verschenken, und wir hätten uns nicht darauf verlassen können, das Geld wiederzusehen. Dafür lief der Betrieb von Meik zu schlecht.«

»Und dann haben Sie Heiko bei den nächsten Treffen spüren lassen, was Sie von ihm hielten?«

»Wird wohl so gewesen sein. Traurig war keiner von uns, dass er nicht mehr dabei war. Obwohl sich das mit der Zeit bestimmt wieder eingerenkt hätte.«

»Hatte Heiko in Ihrer Gruppe einen engeren Freund?«

Timo überlegte einen Augenblick und schüttelte dann den Kopf. »Er war dabei, weil er schon immer dazugehörte, aber eng befreundet mit einem von uns war er nicht. Das brauchte er auch nicht. Er war ein Einzelgänger, der sich selbst genügte und …«

»Was ist denn hier los?«, rief eine pummelige Frau in den Vierzigern aus und trat mit energischen Schritten in die Küche.

»Ingke, das sind Kerrin Iwersen und Hark Hansen von der Polizei. Wir sprechen über Heiko.«

»Verstehe.« Ingke Hellmann nahm einen weiteren Kaffeebecher aus dem Schrank, schenkte sich ein und setzte sich. »Ich störe doch nicht, oder?« Fragend blickte sie in die Runde.

»Nein, das tun Sie nicht«, bestätigte Kerrin. »Kannten Sie Heiko und Anne Mommensen?«

»Natürlich, wir leben auf einer Insel und haben den gleichen Job. Anne sehe ich regelmäßig bei den Treffen der Landfrauen. Sie ist eine wirklich nette Person, die das Pech hatte, mit einem furchtbaren Mann verheiratet gewesen zu sein.« Nach einem Seitenblick zu ihrem Mann fügte sie hinzu: »Das soll nicht respektlos klingen, aber Anne wird sich schon berappeln und den Betrieb mit Klaas zusammen gut führen.«

»Und mit Klaas' Frau Antonia.«

Ingke sah Kerrin zweifelnd an. »Wenn das denn mal passiert. Ich kann mir nicht vorstellen, dass Antonia vorhat, jemals wieder zu arbeiten. Die hat sich Klaas gekrallt, mit ihm eine gute Partie gemacht und kümmert sich jetzt um die Kinder und sich selbst.«

»Aber Klaas geht fest davon aus«, wandte Hark ein.

»Das glaube ich gerne. Wenn Antonia etwas will, kann sie sehr überzeugend sein.«

»Woher kennen Sie sie so gut?«

»Meine kleine Schwester war mit ihr in einer Klasse, und das war nicht immer leicht.«

»Verstehe.« Hark sah sie nachdenklich an. »Was war Ihrer Ansicht nach denn so schlimm an Heiko?«

Ingke dachte kurz nach. »Er hat Anne einfach nicht als gleichberechtigte Partnerin gesehen. Genauso wenig wie Klaas. Was er wollte, wurde umgesetzt, ohne dass er sich um andere Meinungen geschert hätte. Wenn Sie so wollen, lebten die Mommensens in einer Diktatur. So sollte ein Familienbetrieb nicht funktionieren. Alle, die mitmachen, müssen einbezogen werden. Aus Diskussionen und Ringen um den richtigen Weg entsteht oft so viel Gutes. Und von der Ehe müssen wir gar nicht sprechen. Die bestand nur auf dem Papier und bezog sich ausschließlich auf die Bewirtschaftung des Hofes. Ich weiß, dass Anne damit gehadert hat.« Sie zuckte mit den

Schultern. »Aber es ist ihr Leben, und sie hätte es ändern können, wenn sie gewollt hätte. Finanziell wäre es jedenfalls möglich gewesen, sie hatte ja den Ponyhof in Nieblum, der hätte sie locker ernährt.«

»Hatte Anne eine beste Freundin?«

»Sie verstand sich mit allen gut, aber ich glaube nicht, dass sie sich mit einer von uns öfter allein getroffen hat. Wir sind in der Landwirtschaft alle ziemlich eingespannt, viel Freizeit bleibt da nicht.«

Es war schon fast Mittagszeit, als Hark den Wagen von Midlum über Alkersum nach Nieblum lenkte. Sie hatten sich entschlossen, noch mit Sina und Patrick zu sprechen, bevor sie erst einmal zurück zum Hafendeich fahren wollten.

Der Parkplatz des Ponyhofes war nun gefüllt. Auf der Reitbahn ritt eine Gruppe erwachsener Frauen. Marlene stand mit einer großen Gerte, die sie immer wieder durch die Luft knallen ließ, in der Mitte des Platzes und rief ihnen Kommandos zu. Als sie Kerrin und Hark am Zaun stehen sah, zeigte sie auf das Wohnhaus. »Sina und Patrick richten drinnen alles her.«

Kerrin hob die Hand zum Dank, und Hark und sie machten sich auf den Weg.

Die Tür zum Flur stand offen. »Sina, bist du da?«, rief Kerrin und betrat das Haus.

»In der Küche«, schallte es ihnen entgegen.

Der Küchentisch bog sich unter Bergen von Lebensmitteln. Sina stand daneben und blickte ihnen mit einem schiefen Lächeln entgegen. »Irgendwie muss das Leben ja weitergehen. Wir sind ab morgen ausgebucht und können das nicht einfach stornieren. Zum Glück haben Lia und ihre Mutter uns die Vorbereitung der Zimmer abgenommen.«

Patrick erschien hinter ihnen. »Moin, ihr beiden«, begrüßte er sie. »Das sieht jetzt schlimmer aus, als es ist.« Er zeigte auf die Vorräte. »Es ist immer wieder faszinierend, was Mädchen im Wachstum alles vertilgen können.«

»Wir wollen euch gar nicht lange aufhalten, aber es hat sich noch eine Frage ergeben.«

»Gibt es denn etwas Neues?«, fragte Sina vorsichtig.

Kerrin schüttelte den Kopf. »Leider nicht. Wir ermitteln noch in alle Richtungen. Uns ist zu Ohren gekommen, dass es vor einiger Zeit eine handgreifliche Auseinandersetzung zwischen dir, Patrick, und deinem Schwiegervater gegeben hat.«

Sina und Patrick wechselten einen schnellen Blick.

»Ihr wollt doch auch, dass wir den Täter fassen. Dazu brauchen wir alle Informationen, die wir bekommen können, um Heiko und sein Leben mit all seinen Beziehungen einschätzen zu können. Je mehr Zeit wir damit verplempern, hinter neuen Erkenntnissen herzulaufen, desto schwieriger wird es.« Kerrin musste sich zusammenreißen, um nicht laut zu werden. Auf der einen Seite verstand sie, dass die beiden Hemmungen hatten, einen derartigen Vorfall vor der Polizei auszubreiten. Auf der anderen Seite war sie es leid, wieder einmal, wie so oft in ihrem Job, nur die halbe Wahrheit zu hören.

»Wir dachten, es sei nicht wichtig«, begann Sina langsam. »Was soll ein Streit zwischen Patrick und meinem Vater mit seinem Tod zu tun haben?«

»Das überlass bitte uns«, entgegnete Kerrin ernst.

»Also gut«, übernahm Patrick. »Vor knapp vier Wochen hat es zwischen uns geknallt. So schlimm war es noch nie gewesen, vielleicht auch, weil mir der Kragen geplatzt ist.« Er holte tief Luft, bevor er weitersprach. »Sina war nicht da, und er hat wieder mit der alten Leier angefangen. Wir achten nicht aufs Geld, der Hof sei ein Wirtschaftsbetrieb und kein Hobby, bla, bla, bla. Ich habe gegengehalten und gesagt, dass wir ihn so führen, wie wir das für richtig halten, und dass es so schlecht nicht sein könne, weil er ja Gewinn abwirft. Wir vier können davon leben, und auch Anne bekommt jeden Monat einen gewissen Anteil, so eine Art Pachtzahlung.« Er sah Sina kurz an. »Das war ihm natürlich alles viel zu wenig. Er hielt mir vor, dass der Gewinn größer sein könne, wenn wir endlich seine Vorschläge umsetzen würden.« Er schwieg einen Moment. »Ich habe dann wohl einen Satz gesagt, der ihn zum Ausrasten gebracht hat.«

»Und der wäre?«

»Er hatte mir nicht zum ersten Mal damit gedroht, dass er uns den Ponyhof wegnehmen würde und ich dann zusehen müsste, wie ich meine Familie ernähre. An dem Tag hat es mir gereicht, und ich habe ihm erklärt, dass der Ponyhof Anne gehöre und sie sich noch nie bei uns beschwert habe und ich nur auf ihre Vorschläge hören würde. Tja, und daraufhin hat er mir eine gelangt.«

»Und du hast geblutet«, sagte Kerrin.

»Nasenbluten. War aber nicht so schlimm und schnell vorbei. Zum Glück ist nichts grün und blau geworden. Ich habe Sina natürlich davon erzählt, aber ansonsten haben wir es für uns behalten. Anne weiß es auch nicht, und ich würde es gut finden, wenn es so bleiben würde.

Gerade jetzt. Ich möchte ihm keinen Dreck hinterherschmeißen.«

»Ich habe danach mit ihm gesprochen. Ruhig und sachlich«, ergänzte Sina. »Und ihm klargemacht, dass wir uns alle weiteren Einmischungen verbitten würden. Er war zu weit gegangen, und das wusste er auch. Und er hatte große Angst, dass meine Mutter davon erfährt. Wegen ihrer eigenen Erfahrungen mit ihm. Sie hätte nicht geduldet, dass er seinen Schwiegersohn schlägt, es hätte bestimmt einen riesigen Eklat gegeben. Da wir das nicht wollten, haben wir es unter den Tisch gekehrt. Seitdem war er nicht mehr hier. Es hat also auch etwas Gutes bewirkt.«

»Wer weiß, wie lange das angehalten hätte.« Patrick sah seine Frau skeptisch an.

»Was haltet ihr eigentlich von Antonia?«, sprang Kerrin zum nächsten Thema.

Sina sah sie erstaunt an. »Wie kommst du denn jetzt darauf?«

»Glaubst du, dass sie in drei Jahren auf dem Hof anfangen wird?«, überging Kerrin ihre Frage.

»Sie reißt sich bestimmt nicht darum«, antwortete Sina gedehnt. »Ich habe mich tatsächlich manchmal gefragt, ob sie nicht bei Vorschulbeginn neue Gründe findet, warum sie nicht zu ihrem Versprechen stehen kann.« Sie zuckte mit den Schultern. »Für Klaas wäre das schlimm, er braucht sie dort.«

»Führen Klaas und sie eine glückliche Ehe?«

»Er liebt sie heiß und innig«, antwortete Patrick für seine Frau. »Und sie ihn auf ihre Art auch. Wobei sie das Ganze wohl weniger emotional, sondern eher rational betrachtet. Solange Heiko da war, konnte ich mir nicht vorstellen, dass sie zu ihrem Wort steht. Aber nun ist er ja nicht mehr da, also könnte sich Klaas' Lebenstraum vielleicht doch erfüllen«, stellte er pragmatisch fest.

13

Anne starrte das Handy in ihrer Hand an. Nachdem Nele versprochen hatte, sie weiter auf dem Laufenden zu halten, und sie aufgelegt hatten, hatte sie sich nicht mehr rühren können. Die Gedanken rasten ihr durch den Kopf, sprangen hin und her, Möglichkeiten eröffneten sich, wurden sofort wieder verworfen, neue Aspekte flogen vorbei. Wurde sie verrückt? Befand sie sich noch immer in einem Schockzustand und war nur noch zu wahnsinnigen Schlussfolgerungen in der Lage? War alles ein riesengroßer Zufall? Oder eine Katastrophe, an der sie nicht ganz unschuldig war?

Ihr Gefühl sagte ihr, dass ein Zusammenhang zwischen den Ereignissen der letzten Woche bestand. Was war ihr Anteil daran? Konnte man für eine einzelne Entscheidung im Leben derart abgestraft werden? Es war so lange her. In der ersten Zeit hatte sie in der ständigen Angst gelebt, dass alles ans Licht kommen würde, aber mit den Jahren war diese Furcht immer schwächer geworden. Sie hatte sich eingerichtet in ihrem Leben und streckenweise sogar vergessen, was sie getan hatte.

Und nun war durch eine Verkettung unglücklicher Umstände alles rausgekommen. Sie hatte gewusst, dass dies vieles verändern würde. Und sie war bereit gewesen, für ihren Anteil daran geradezustehen. Aber niemals hätte sie derartige Konsequenzen für möglich gehalten. Ansonsten hätte sie doch gehandelt, irgendwie.

Was sollte sie nun tun? Musste sie etwas tun, um noch Schlimmeres zu verhindern? Oder war es bereits zu spät? In der letzten Woche hatte sie noch gedacht, es könne unter Verschluss bleiben. Es war nicht mehr ihr Geheimnis, aber sie würde es in einem Rahmen halten können, den sie kontrollieren konnte. War das ein Irrtum gewesen? Zum ersten Mal stellte sie sich die Frage, ob sie ihn einweihen sollte. All die Jahre hatte sie sich diesen Gedanken verboten, aber seit gestern Morgen hüpfte er immer wieder durch ihren Kopf. Sie versuchte, ihn festzuhalten und zu Ende zu denken, sich über die Folgen klar zu werden, aber es gelang ihr nicht. Zu fest verankert in ihr war die Gewohnheit, alles mit sich allein auszumachen.

14

Kerrin und Hark waren nicht sofort zum Hafendeich zurückgekehrt, sondern hatten sich am Sandwall ein Fischbrötchen gekauft. Die Sonne war herausgekommen und stand hoch am stahlblauen Himmel. Sie hatten sich auf eine Bank mit Blick auf die Hallig Langeneß gesetzt und das Essen genossen. Die Luft war kühl, aber die Mittagssonne wärmte immer noch.

Nachdem Hark den letzten Bissen verputzt hatte, lehnte er sich zurück und genoss die Strahlen auf seinem Gesicht. Dieses Jahr hatten sie einen Jahrhundertsommer gehabt. Hark konnte sich an kein vergleichbares Jahr erinnern. Als Heike noch lebte, war das Thema Klimawandel in seiner Welt noch nicht sehr präsent gewesen. Das hatte sich durch die Fridays-for-Future-Bewegung geändert. Manchmal dachte er wehmütig darüber nach, wie Heike sich mit dem Wissen von heute wohl verhalten würde. Sie hatte schon immer versucht, Plastik, so gut es ging, aus ihrem Haushalt zu verbannen, und mehr Gemüse statt Fleisch auf den Tisch gebracht, als Hark lieb gewesen war. Auch das Auto hatte sie kaum benutzt und war stattdessen mit dem Rad gefahren. Viele Insulaner bemühten sich seit jeher, im Einklang mit der

Natur zu leben und sie zu schützen. Wahrscheinlich lag es daran, dass sie ihr so nah waren und sie jeden Tag in voller Stärke spürten.

»Woran denkst du gerade?«, riss Kerrin ihn aus seinen Gedanken. »Du siehst ganz entrückt aus.«

»Heike«, entgegnete er kurz und erhob sich dann. »Wir sollten unsere Mittagspause langsam mal beenden, meinst du nicht? Die Jungs fragen sich bestimmt schon, was wir treiben.«

Wenig später rollten sie auf den Parkplatz der Dienststelle. Der Hafen lag still und ruhig vor ihnen, kein Mensch war auf den am Steg vertäuten Booten zu sehen. Nur einige große Möwen stolzierten langsam über die groben Planken und genossen die Sonnenstrahlen.

Auf Kerrins Schreibtisch stand eine Kanne Tee mit einem großen Post-it-Zettel daran: *Lass es dir schmecken, und gib den Männern nichts ab. Bin heute Nachmittag wieder da. Ida.*

»Das tut mir natürlich leid, aber du wirst dir dein Getränk selbst organisieren müssen.« Kerrin grinste Hark an. »Befehl von Ida.«

»Die müssen wir wohl mal wieder einnorden«, grunzte er, konnte sich ein Lächeln aber nicht verkneifen.

Kerrin hatte gerade den ersten Schluck der köstlichen Friesenmischung getrunken, als Harks Handy klingelte.

»Elena«, sagte er nach einem Blick auf das Display, nahm das Gespräch an und aktivierte den Lautsprecher. »Moin«, begrüßte er die Kieler Rechtsmedizinerin fröhlich. »Kerrin und ich haben schon mit deinem Anruf gerechnet.«

»Ich bin gerade mit Heiko Mommensen fertig geworden. Der Bericht folgt nachher, aber ich weiß ja, dass ihr gerne schon mal im Alltagsdeutsch hört, was Sache ist.«

»Du kennst uns gut«, entgegnete Hark. »Bloß nicht kompliziert, wenn es auch einfach geht.«

»Eure Vermutung, dass der Mann durch den Angriff der Bullen getötet wurde, ist korrekt.« Elena war wieder ernst geworden. »Es gibt keinerlei Anhaltspunkte für eine andere Todesursache oder das Eingreifen einer weiteren Person. Möchtet ihr Einzelheiten zu den genauen Verletzungen?«

»Natürlich, aber gerne in für uns empfindliche Nichtmediziner wohldosierter Form.«

»Ich tue mein Bestes, um euch nicht allzu sehr aufzuwühlen«, entgegnete Elena lachend. »Gestorben ist er an einem Lungenödem infolge einer Lungenkontusion, besser bekannt als Lungenquetschung. Der Bulle muss sich mit seinem Gewicht auf den Brustkorb gestützt haben. Durch die Schädigung des Lungengewebes ist es zu Einblutungen gekommen. Es konnte nicht mehr ausreichend Sauerstoff in den Blutkreislauf gelangen, was innerhalb kurzer Zeit zum Atemstillstand geführt hat.«

»Was für ein schrecklicher Tod!« Obwohl sie seit dem Auffinden der Leiche eigentlich gewusst hatten, wie das Opfer zu Tode gekommen war, war Hark erschüttert.

»Warum hat der Täter es sich so kompliziert gemacht? Es gibt doch einfachere Möglichkeiten, jemanden umzubringen«, mischte Kerrin sich in das Gespräch ein.

»Vielleicht wollte er den größtmöglichen Abstand zur Tat?«, mutmaßte Hark. »Das erinnert mich an unsere Leiche im Watt. Auch da musste die Täterin nur Vorbereitungen treffen und hatte mit der Tötung selbst gar nichts mehr zu tun.«

»Das spricht zum Glück nicht für einen Profi. Wir müssen uns weiter im näheren Umfeld der Mommensens umschauen.«

Eigentlich hatte Hark vorgehabt, Elena zu fragen, wann sie wieder auf die Insel kommen würde, aber da Kerrin neben ihm saß und jedes Wort mitbekam, verkniff er sich das. Er wollte nicht, dass er zu einem Gesprächsthema zwischen ihr und seinem Sohn wurde.

Nachdem sie sich beide von Elena verabschiedet hatten, verteilte Kerrin die Aufgaben. »Lass uns zu den Freunden von Anne und Heiko fahren. Tom und Christian setzen wir auf die weiteren Rinderhalter und Landfrauen an. Einverstanden?«

Hark nickte und ging ins Nebenzimmer, um die Kollegen zu informieren.

Kerrin griff nach ihrem Handy, um ihren Chef in Flensburg anzurufen und über die Ermittlungen zu berichten.

Als Hark zurückkam, legte sie gerade ein wenig niedergedrückt den Hörer auf und erzählte ihm, dass Heyden sie gebeten hatte, nach den Befragungen heute die Arbeit auf der Insel erst einmal zu beenden, zurück nach Flensburg zu kommen und von dort aus weiter zu ermitteln.

»Zum Glück habe ich morgen frei und muss erst am Sonntag um 8 Uhr in der Dienststelle sein.«

»Dann haben Nils und du ja einen wunderbaren Samstag vor euch, den ihr in vollen Zügen genießen könnt«, versuchte Hark, sie aufzuheitern. Er wusste, dass sie gehofft hatte, ihren Aufenthalt auf Föhr etwas länger hinziehen zu können, und es tat ihm leid, dass sie nun am Sonntagmorgen die 6-Uhr-Fähre nehmen musste, um rechtzeitig an ihrem Schreibtisch in Flensburg zu sitzen. »Blas mal kein Trübsal und komm. Je schneller wir heute durch sind, desto eher kannst du bei Nils sein.«

Sie wollten gerade aufbrechen, als Christian in ihr Zimmer trat. »Lukas hat sich mit Ergebnissen bei uns gemeldet«, verkündete er. »Leider bringt uns das nicht weiter. Zum Seil haben sie noch nichts, er ruft wieder an, wenn es da etwas Neues gibt. Die meisten Fingerabdrücke aus dem Stall und dem Wohnhaus stimmen mit den von uns genommenen Abdrücken überein. Die weiteren Abdrücke, die sich erst einmal nicht zuordnen lassen, können von Freunden, den vorherigen Auszubildenden, dem Tierarzt, den Leuten von dem Milchwagen oder sonst wem sein. Im System ist keiner von ihnen hinterlegt, sie stammen also nicht von alten Bekannten der Polizei.«

»Nicht besonders hilfreich, aber das stimmt zumindest mit unserer ersten Einschätzung überein, dass der Täter aus dem Umfeld des Opfers stammt und bisher nicht auffällig war.«

Die Befragungen der mit den Mommensens befreundeten Ehepaare brachten keine neuen Erkenntnisse. Beide schilderten die Ehe von Heiko und Anne als sachlich und kühl, ohne liebevolle Zuneigung, aber auch ohne Streit und Auseinandersetzungen.

»Sie hatten in den letzten Jahren einen Weg gefunden, miteinander klarzukommen«, brachte Luise Wilke es auf den Punkt. »Anne war bestimmt nicht hundertprozentig zufrieden, aber sie kam mir auch nicht unglücklich vor. Kein Leben ist immer nur toll, das wusste sie, sie ist eine sehr pragmatische Person. Ihre Ehe war wohl nicht das, was sie sich einmal erträumt hatte, aber sie führte trotzdem ein erfülltes Leben. Mit ihren Kindern und der Arbeit, den Tieren, der Natur. Und dafür brauchte sie Heiko.«

»Und wie sah Heiko das Ganze?«, hatte Hark nachgefragt. Sie hatten jetzt schon mehrmals gehört, wie Menschen aus ihrem Umfeld die Ehe aus Annes Sicht einschätzten. Keiner hatte sich bisher zu dem Blick von Heikos Warte aus geäußert.

»Ich denke, er hat sie auf seine Art geliebt und hätte niemals eine andere angeschaut. Und er wusste, was er an ihr hatte. Anne ist tüchtig, packt überall mit an und verzichtet für den Betrieb auf vieles. So eine Frau muss ein Landwirt erst einmal finden. Er war halt, wie er war, und konnte wahrscheinlich nicht anders. Ich kannte noch seine Eltern, verhärtete Menschen, die sich nicht sonderlich um ihn gekümmert haben, und kann daher gut nachvollziehen, dass er so geworden ist.«

»Hatte er Geschwister?«

»Ja, einen jüngeren Bruder. Der ist aber schon als junger Mann von der Insel weggezogen und lebt heute in Österreich. Seine Frau hat dort einen Hof geerbt, und die beiden bewirtschaften ihn zusammen. Er ist mit seinen Eltern noch weniger klargekommen als Heiko und hat von klein auf gewusst, dass sein Bruder den Hof erben würde. Was sollte er also hier?«

»Kommt er manchmal zu Besuch?«

Luise Wilke schüttelte den Kopf. »Ich habe ihn jahrelang nicht gesehen und glaube auch nicht, dass Heiko viel Kontakt zu ihm hatte. Die beiden haben sich nie besonders gut verstanden.«

Es war fast 17 Uhr, als Kerrin und Hark wieder am Hafendeich ankamen. Als sie die Dienststelle betreten wollten, lief eine Frau mit gesenktem Kopf an ihnen vorbei. Hark sah, dass sie weinte. Ein Blick zu Kerrin sagte ihm, dass auch sie es bemerkt hatte. Die Frau stieg auf der Beifahrerseite in einen alten blauen Golf ein, der ihm bekannt vorkam, er konnte sich aber nicht erinnern, woher.

»Lass uns mal gleich mit Ida sprechen und fragen, wer das war.« Er wollte sich auf den Weg zu ihrem Büro machen, doch das war nicht nötig. Ida musste sie gehört haben und kam ihnen aufgeregt entgegen.

»Es wurde gerade eine Vermisstenanzeige aufgegeben«, platzte sie heraus. »Manon Oltmann, achtundzwanzig Jahre alt, eine Insulanerin.«

»War das ihre Mutter, die uns entgegenkam?«

»Richtig. Sie ist völlig aufgelöst. Allerdings ist ihre Tochter erst seit heute Morgen verschwunden, und sie ist erwachsen. Eine konkrete Gefahr für Leib und Leben sehe ich da nicht unbedingt.«

»Aber du bist trotzdem besorgt?« Kerrin schaute Ida aufmerksam an. Bei dem Namen Manon Oltmann klingelte etwas bei ihr, aber sie hatte kein Bild vor Augen.

»Irgendwie schon. Manon war heute Morgen zum Frühstück mit Nele Mommensen verabredet. Neles Vater ist gerade umgebracht worden, und nun verschwindet möglicherweise eine ihrer Freundinnen. Da kommt man doch ins Nachdenken.«

»Das war Neles Auto, in das sie eingestiegen ist.« Hark schlug sich an den Kopf.

»Nele hat sich heute Vormittag bei ihrer Mutter gemeldet. Sie fand es komisch, dass Manon sie einfach so versetzt hat und auch nicht an ihr Telefon ging. Frau Oltmann hat dann in der Arztpraxis angerufen, in der sie als Sprechstundenhilfe arbeitet. Sie hätte um 10:30 Uhr Dienstbeginn gehabt, hat sich aber kurz vorher krankgemeldet.«

»Was ja erst einmal kein Grund zur Sorge ist«, warf Hark ein.

»Das stimmt«, gab Ida zu. »Manon ist aber nicht zu Hause und liegt im Bett. Laut ihrer Mutter würde sie sich normalerweise immer bei ihr melden, wenn es ihr nicht gut geht. Außerdem ist sie sonst rund um die Uhr über ihr Handy erreichbar, und nun geht sie trotz zig Anrufen nicht dran.«

»Hat sie einen Freund oder eine andere gute Freundin, bei der sie sein könnte? Ist irgendetwas in ihrem Leben passiert, das ihr Verhalten erklären könnte?«

»In die Tiefe sind wir nicht gegangen«, entgegnete Ida bedauernd. »Auf mich machte die Mutter einen ernsthaft besorgten Eindruck. Ich habe erst einmal alle Daten aufgenommen und ihr versprochen, mit euch darüber zu sprechen. Sie ist jetzt zu Hause und jederzeit auf ihrem Handy erreichbar. Und sie wird sich sofort melden, falls Manon wieder auftaucht.«

Hark hatte ein eigentümliches Gefühl beschlichen. Natürlich konnte alles ganz harmlos sein, trotzdem blieb über Nele die Verbindung zu Heiko Mommensen. Er sah Kerrin an und spürte, dass sie mit sich rang. Sie hat sich eigentlich auf einen frühen Feierabend mit Nils gefreut, dachte er. Wie er es nicht anders erwartet hatte, siegte ihr Pflichtbewusstsein.

»Wir fahren zu ihr und sprechen mit ihr. Und danach entscheiden wir, ob wir bis morgen warten oder heute schon tätig werden.«

Rixa Oltmann lebte in einer Wohnung im Rugstieg in Wyk. Nach einer kurzen Autofahrt parkten sie bei ihr vor der Tür.

»Gut, dass Sie gleich hergekommen sind«, begrüßte sie sie und ging ihnen voran in die kleine Küche.

»Bitte erzählen Sie uns genau, warum Sie sich um Ihre Tochter Sorgen machen.«

»Manon war heute Morgen mit Nele verabredet und ist nicht erschienen. Dabei hatte sie mir noch gestern Abend am Telefon erzählt, dass sie sich auf das Frühstück mit ihr freut. Früher waren die beiden sehr eng befreundet, aber als Nele dann so lange weg war von der Insel, ist das natürlich ein bisschen lockerer geworden. Aber aus den Augen verloren haben sich die beiden nie, und Manon hat Nele sogar einige Male auf La Gomera besucht.« Rixa Oltmann fuhr sich mit zitternden Händen durch die lockigen dunkelbraunen Haare. »Nele hat mich am späten Vormittag angerufen, weil Manon nicht ans Telefon gegangen ist und sie sich Sorgen gemacht hat. Sie wollte wissen, ob sie bei mir ist.« Sie schluchzte einmal kurz auf. »Ich habe dann bei Dr. Scholz angerufen, um von ihr zu hören, was los gewesen ist. Aber da war sie nicht. Sie hatte sich am Morgen kurz vor Dienstbeginn per SMS krankgemeldet.« Tränen rollten nun aus ihren Augen. »Ich habe zigfach versucht, sie auf ihrem Handy zu erreichen, aber sie ist nicht drangegangen. Und zu Hause ist sie auch nicht. Ich habe einen Schlüssel zu ihrer Wohnung und bin dorthin gefahren. Es ist alles wie immer, so als hätte sie morgens ganz normal das Haus verlassen in der Absicht, am Nachmittag nach der Arbeit zurückzukommen. Irgendetwas muss passiert sein, anders kann ich mir das einfach nicht erklären«, schloss sie mit bebender Stimme.

»Ist es schon öfter vorgekommen, dass Manon zu einer Verabredung nicht erschienen ist?«

Rixa Oltmann zuckte mit den Schultern. »Das will ich nicht ausschließen, aber dann würde sie anrufen und Bescheid geben. Einfach so von der Bildfläche zu verschwinden, passt nicht zu ihr. Und noch viel weniger, dass sie nicht ans Handy geht.«

»Hat Manon einen Freund, bei dem sie sein könnte?«

»Sie ist seit ein paar Wochen von ihrem Freund getrennt. Eng befreundet ist sie mit Peter Riewerts. Aber bei ihm habe ich schon angerufen, er hat nichts von ihr gehört.«

»Peter Riewerts, der jüngere Bruder von Lia?«, fragte Kerrin nach.

Rixa Oltmann nickte. »Genau der. Er ist für sie wie ein Bruder.«

»Und Freundinnen, Arbeitskolleginnen? Wenn sie sich krankgemeldet hat, aber nicht zu Hause oder bei Ihnen ist, könnte sie bei einer guten Freundin untergekommen sein.«

»Betty Weber und ihre Arbeitskollegin Mia Keller sind ihre besten Freundinnen. Mit beiden habe ich bereits gesprochen, sie haben keine Ahnung, wo sie sein könnte.«

»Ist in den letzten Wochen irgendetwas Ungewöhnliches in Manons Leben passiert?«

»Es war alles wie immer. Die Trennung von ihrem Freund ging von ihr aus, da war sie schnell drüber hinweg.«

»Und wie ist ihr Ex-Freund damit umgegangen? Könnte er ihr gegenüber einen Groll hegen?«

»Das kann ich nicht sagen«, antwortete sie zögernd.

»Aiko und sie waren nur ein paar Monate zusammen, vielleicht ein gutes halbes Jahr. Ich fand ihn von Anfang an seltsam, ziemlich introvertiert. Er passte überhaupt nicht zu meiner Tochter. Sie ist ein fröhlicher und offener Mensch, immer freiheraus. Aber vielleicht hat gerade dieser Gegensatz die Anziehungskraft zwischen ihnen ausgemacht.«

»Wohnt Aiko auf Föhr?«

»Ja, er ist ein Zugezogener. Lehrer am Gymnasium.«

»Haben Sie mit ihm gesprochen?«

»Nein, warum sollte ich?«, fragte Rixa Oltmann. »Bei ihm ist Manon bestimmt nicht.«

»Sollte Manon bis morgen früh nicht wieder aufgetaucht sein, werden wir mit ihm sprechen. Wir bräuchten dann bitte die Nummern und Adressen von Aiko und Peter sowie den Freundinnen von Manon.« Kerrin schaute einen Moment unschlüssig zu Hark, bevor sie weitersprach: »Frau Oltmann, ich verstehe Ihre Sorge um Ihre Tochter. Aber auch wenn es nach Ihren Schilderungen einige Ungereimtheiten gibt, sollten wir trotzdem bis morgen früh abwarten. Manon ist achtundzwanzig Jahre alt und hat sich heute Morgen ordnungsgemäß bei ihrem Arbeitgeber abgemeldet. Allein der Umstand, dass sie sich bei Ihnen und ihren Freundinnen nicht gemeldet hat, heißt nicht zwangsläufig, dass etwas passiert sein muss. Sie könnte die Verabredung mit Nele einfach vergessen haben. Und vielleicht ist in der letzten Zeit doch etwas geschehen, von dem Sie nicht wissen und was dazu geführt hat, dass Manon sich einen Tag irgendwohin zurückgezogen hat. Ihre Tochter ist erwachsen und weiß ja gar nicht, dass Sie sich Sorgen machen.«

»Aber sie sieht doch, dass ich versucht habe, sie anzurufen. Und Nele auch. Da hätte sie sich doch gemeldet, wenn alles okay wäre und …«

»Kommen Sie doch bitte gleich morgen früh in unsere Dienststelle, wenn Ihre Tochter bis dahin nicht wieder aufgetaucht ist. Ich verspreche Ihnen, dass wir dann umgehend mit der Suche beginnen. Und heute Abend reden wir noch mit Nele. Vielleicht hat sie einen Tipp, der uns weiterbringt. Oft wissen Freundinnen mehr als die Eltern.« Kerrin lächelte die Frau mitfühlend an. »Haben Sie jemanden, der heute Abend bei Ihnen bleiben kann?«

»Da machen Sie sich mal keinen Kopf, ich komme schon klar.« Man sah Rixa Oltmann deutlich an, dass sie mit dem Vorgehen der Polizei nicht einverstanden war, aber sie hatte wohl auch verstanden, dass sie im Moment nicht mehr tun konnte.

»Ich habe ein mulmiges Gefühl«, bemerkte Kerrin, als sie auf dem Weg zurück zum Auto waren. Vom Rugstieg bis zu Neles Wohnung im Sanddornweg waren es nur wenige Minuten, aber da sie im Anschluss an das Gespräch Feierabend machen wollten, nahmen sie den Wagen. »Aber es liegt zu wenig auf dem Tisch, als dass wir jetzt schon die ganze Maschinerie in Bewegung setzen könnten. Polizeiarbeit muss sich an Regeln halten, und das sind bei vermissten Personen nun mal folgende drei: der gewohnte Lebensbereich muss verlassen worden sein, der Aufenthaltsort ist unbekannt, und eine Gefahr für Leib und Leben muss angenommen werden. Den letzten Punkt sehe ich einfach noch nicht. Heyden würde mir etwas husten, wenn ich ihm damit käme.«

»Verstehe ich, aber es geht mir ähnlich wie dir. Vielleicht aber auch nur, weil ihr Verschwinden so dicht auf den Tod von Heiko Mommensen folgt und Nele in beiden Fällen involviert ist.«

»Kann sein. Mal schauen, ob sie etwas beisteuern kann.«

Sie hatten Glück, die junge Frau war zu Hause. Sie bat sie in das Wohnzimmer der geschmackvoll in hellen Tönen eingerichteten Ferienwohnung. »Ich habe mir gerade ein Glas Wein eingeschenkt. Wollt ihr auch, oder dürft ihr im Dienst nicht?«

»Passt schon«, sagte Hark.

»Wir kommen von Rixa Oltmann, die sich große Sorgen wegen des Verschwindens ihrer Tochter macht.«

»Rixa macht sich immer wegen allem Sorgen. Sie ist die größte Glucke, die man sich nur vorstellen kann. Keine Ahnung, wie Manon das aushält. Sie spielt normalerweise gut mit, meldet sich fast jeden Tag bei ihrer Mutter, geht zum Tee bei ihr vorbei, legt sich mit ihr an den Strand. Aber wenn Rixa ihr nicht im Nacken sitzt, geht es hoch her.« Ein Lächeln erschien auf Neles Gesicht. »Wir haben immer viel Spaß zusammen. Wahrscheinlich war sie gestern Abend unterwegs, hat einen über den Durst getrunken und ruht sich heute irgendwo in den Armen eines Mannes aus.« Sie strich sich die Haare hinter die Ohren. »Heute Morgen bin ich echt sauer gewesen, als Manon nicht zum Frühstück erschienen ist. Der Tod meines Vaters macht mir zu schaffen, und ich wollte gerne mit einer Freundin reden. Das vergisst man doch nicht einfach. Als sie nicht an ihr Handy gegangen ist, habe ich bei Rixa angerufen, um zu fragen, ob sie da ist. Und Rixa hat mich für einen Moment verrückt gemacht.«

»Und jetzt machst du dir keine Sorgen mehr?«

»Wenn sie morgen immer noch nicht auftaucht, schon. Aber heute nicht. Sie wird gestern jemanden kennengelernt haben, es hat eingeschlagen wie eine Bombe, und jetzt ist sie bei ihm und vergisst alles um sich herum. So ist sie halt.«

»Immerhin hat sie daran gedacht, an ihrem Arbeitsplatz Bescheid zu geben«, warf Hark ein.

»Allein das spricht doch dafür, dass alles in Ordnung ist. Eigentlich bin ich an der ganzen Misere schuld, weil ich Rixa angerufen habe.«

»Wie ist dein Verhältnis zu Manon? Wir haben gehört, dass ihr eng befreundet seid, es aber vor deinem Weggang nach La Gomera Probleme gab.«

»Das war nicht der Rede wert, es ging bloß um einen Typen, und wir haben das schnell geklärt. Durch meinen Umzug nach La Gomera ist unsere Freundschaft natürlich etwas lockerer geworden, aber wir haben den Kontakt gehalten. Und seit ich zurück bin, sehen wir uns wieder häufiger. Es ist nicht so wie früher, Manon hat sich in den letzten Jahren natürlich einen neuen Freundeskreis aufgebaut, aber es ist gut.«

»Kannten deine Eltern sie?«

»Klar. Zu Schulzeiten war sie oft bei uns zu Hause. Und auch in den letzten Jahren sind sie sich natürlich immer mal wieder über den Weg gelaufen. Wir leben schließlich auf einer Insel.«

»Kennst du ihren Ex-Freund?«

Nele schüttelte den Kopf. »Diese Freundschaft war schon am Abklingen, als ich zurück nach Föhr gekommen bin.«

15

Nils erwartete Kerrin bereits an der Tür und schloss sie sanft in seine Arme.

»Ich habe gute und schlechte Nachrichten.« Kerrin sah ihn lächelnd an.

»Erst die guten.«

»Mit ein wenig Glück haben wir den Samstag für uns, ohne Arbeit, nur wir beide.«

Nils küsste sie sanft auf die Augenlider. »Das ist eine sehr gute Nachricht. Und die schlechte?«

»Samstagabend oder Sonntag ganz früh muss ich zurück nach Flensburg. Allerdings nur, wenn Manon Oltmann morgen wieder auftaucht.«

Nils sah sie verwirrt an. »Wer ist Manon Oltmann? Kenne ich sie?«

»Keine Ahnung. Sie war einige Jahrgänge unter mir, ich habe sie aber auch nicht mehr so recht vor Augen. Eine gute Freundin von Nele Mommensen.«

»Da klingelt etwas bei mir, glaube ich.«

Kerrin berichtete ihm in wenigen Worten, was heute geschehen war. »Ich habe gerade mit Heyden gesprochen. Wenn Manon morgen wieder da ist, bleibt es bei dem ursprünglichen Plan, dass ich ab Sonntag meinen

Dienst in Flensburg schiebe. Sollte sie aber verschwunden bleiben, dann verlängert sich mein Aufenthalt und wir starten die Suche nach ihr.«

»Verstehe. Schwierig, sich zu wünschen, dass eine vermisste Person nicht zurückkommt, auch wenn ich dich natürlich am liebsten hierbehalten möchte.«

Kurz darauf verließen sie eingemummelt in dicke Herbstjacken das Haus und machten sich auf den Weg an den Strand. Sie hatten beschlossen, einen ausgiebigen Spaziergang zu machen, bevor sie sich eine Tiefkühlpizza in den Ofen schieben würden. Es war fast 7 Uhr, die Sonne war bereits untergegangen, und das Wasser der Nordsee schimmerte im Licht des Mondes.

»Ich hoffe wirklich, dass Manon bis morgen früh wohlbehalten wieder auftaucht, auch wenn das bedeutet, dass ich zurück nach Flensburg muss«, sagte Kerrin, nachdem sie einige Minuten schweigend am Rande des Watts in Richtung Südstrand gegangen waren. »Obwohl wir aus jedem Treffen alles herausholen, fehlst du mir sehr in der Zeit dazwischen.« Sie seufzte.

Nils blieb stehen. »Das empfinde ich genauso, meine Süße.« Er umfasste ihr Gesicht mit seinen Händen und blickte sie zärtlich an. »Aber es geht nun einmal nicht anders. Also machen wir das Beste daraus. Und das häufige Getrenntsein führt bestimmt dazu, dass wir noch lange Schmetterlinge im Bauch haben werden.« Er neigte sich zu ihr und gab ihr einen langen Kuss.

Nach einer gefühlten Ewigkeit drückte Kerrin ihn sanft von sich weg. »Aber wo führt das alles hin?« Sie sah ihm ernst in die Augen.

»Was meinst du?«

»Was wird aus uns? Soll das für immer so weitergehen? Du auf Föhr und ich in Flensburg? Eine Fernbeziehung bis zur Rente?«

Nils schmunzelte und zog sie für einen Moment fest in seine Arme, bevor er ihre Hand ergriff und sich in Bewegung setzte. »Da spricht wieder die rationale Kerrin mit mir, die Frau, die ihr Leben am liebsten bis zur letzten Sekunde durchgeplant hätte.«

Kerrin spürte, wie Ärger in ihr aufwallte. Machte er sich über ihre Gefühle lustig? »So bin ich nun mal«, entgegnete sie und merkte selbst, dass sie schnippisch klang.

»Das weiß ich doch, und auch dafür liebe ich dich.« Nils tat, als würde er ihre Verärgerung nicht bemerken, und drückte ihre Hand. »Versuch doch einfach, die Dinge auf dich zukommen zu lassen. Im Augenblick können wir an der Situation nichts ändern. Ich möchte Föhr nicht verlassen, hier ist mein Zuhause, meine Kanzlei. Und du bist glücklich in deinem Beruf in Flensburg. Ich würde niemals von dir verlangen, dich in die Dienststelle meines Vaters versetzen zu lassen.«

»Aber das Leben geht doch weiter. Es wird nicht für immer genauso sein und ...« Sie verstummte.

»Du denkst bestimmt an den Tag, an dem das erste unserer entzückenden Kinder auf die Welt kommt, oder?« Nils grinste sie an.

»Vorstellen könnte ich mir das«, druckste Kerrin herum und spürte, wie sie rot wurde. Sie wusste, dass sie sich gerade um Kopf und Kragen redete. Sie waren erst seit wenigen Monaten ein Paar. Wenn sie eines aus unzähligen Gesprächen mit Freundinnen gelernt hatte, dann, dass man einen Mann nicht zu früh mit seinem

Kinderwunsch konfrontieren sollte. »Aber doch jetzt noch nicht«, ruderte sie daher schnell zurück.

»Wenn es so weit ist, werden wir eine Lösung finden, meinst du nicht?« Nils sah sie schelmisch lächelnd an. »Ich kann mir das übrigens auch gut vorstellen – irgendwann«, fügte er hinzu.

»Aber wie könnte die Lösung aussehen?« Kerrin schlug alle Warnungen in den Wind. »Einer von uns müsste auf seinen Job verzichten. Anders ginge es doch gar nicht.«

»Da habe ich auch kein Patentrezept«, gab Nils zu. »Aber ich möchte die Zeit, die ich jetzt mit dir zusammen verbringen kann, bestimmt nicht mit Grübeleien über ungelegte Eier vergeuden. Du bist die Frau, die ich mir immer gewünscht habe, und ich bin überzeugt davon, dass wir Wege finden werden, um zusammen glücklich sein zu können. Notfalls muss Heyden eine Föhrer Einheit der Kripo ins Leben rufen.« Er zwinkerte ihr lächelnd zu.

»Spinner.« Kerrin knuffte ihn in die Seite und fühlte sich plötzlich seltsam ruhig. Nils hatte recht. Sie konnte nicht alles planen. Sie liebten sich, sie würden zusammenbleiben, eines Tages würden sie hoffentlich Kinder bekommen, und sie würden einen Weg finden. »Ich liebe dich«, sagte sie leise. »Und nun weißt du auch, woran du bei mir bist. Die Verantwortung lauert schon.« Sie grinste.

Nils blieb stehen und zog sie in seine Arme. »Das war mir von der ersten Sekunde an klar. Und es schreckt mich kein bisschen ab, im Gegenteil.«

Verfroren kamen sie eine Stunde später in Nils' Wohnung an. Nachdem sie zwei Tiefkühlpizzen vertilgt hatten, räumte Nils das schmutzige Geschirr in die Spülmaschine. »Wir sollten für den Ernstfall proben«, flüsterte er schließlich in Kerrins Ohr und zog sie hinter sich her in sein Schlafzimmer.

Am Samstagmorgen um 8 Uhr wurden Kerrin und Nils unsanft geweckt. Kerrin hatte ihr Handy vorausschauend auf das Nachtschränkchen gelegt, und nun klingelte es laut und durchdringend. »Du brauchst einen neuen Klingelton, das ist unerträglich«, brummte Nils und gab sie aus seiner Umarmung frei.

»Mist, das ist bestimmt Ida.« Kerrin setzte sich auf und fuhr sich mit den Händen durch ihr verschlafenes Gesicht. »Kein gutes Zeichen.«

Und sie sollte recht behalten. Manon war in der Nacht nicht wieder aufgetaucht, und so war Rixa Oltmann vor einer Viertelstunde auf der Dienststelle erschienen. Sie wollte sich nicht länger vertrösten lassen und hatte nun offiziell eine Vermisstenanzeige aufgegeben.

»Ich ziehe mich an und bin gleich da«, sagte Kerrin seufzend und warf Nils einen sehnsüchtigen Blick zu. Wie gerne würde sie sich wieder in seine Arme kuscheln und noch ein wenig weiterschlafen. »Ist sie noch da?«

»Ja, und sie will auf dich warten.« Ida klang sorgenvoll. »Sie ist völlig fertig. Ich habe schon überlegt, ob ich einen Arzt rufe, damit sie ein Beruhigungsmittel bekommt, aber davon will sie nichts wissen.«

»Kann ich verstehen. Ich beeile mich. Ruf bitte Hark an, ich brauche ihn.«

Zwanzig Minuten später parkte Nils seinen Wagen auf dem Parkplatz am Hafendeich. Er hatte sich eine Jogginghose und ein Sweatshirt übergezogen und es sich nicht nehmen lassen, seine Freundin zu fahren. Mit seinen noch vom Schlaf verstrubbelten Haaren sah er zum Anbeißen aus, und Kerrin musste an sich halten, um sich nicht gleich wieder auf ihn zu stürzen. »Ich melde mich bei dir, wenn ich abschätzen kann, wohin das alles führt.« Sie gab ihm einen langen zärtlichen Kuss zum Abschied, stieg dann aus und machte sich auf den Weg in das Polizeigebäude.

Rixa Oltmann saß mit einer dampfenden Tasse Tee vor sich im Besprechungszimmer. Ida hatte neben ihr Platz genommen und strich ihr immer wieder beruhigend über den Rücken. Als sie Kerrin erblickte, atmete sie erleichtert auf. »Moin, mien Deern, setz dich mal, ich hole dir auch einen Becher.«

Manons Mutter blickte Kerrin verzweifelt an. Sie hatte dunkle Schatten unter den Augen, ihre gestern noch gepflegt aussehenden blonden Locken hingen strähnig herunter. »Sie ist nicht nach Hause gekommen, und sie hat auch nicht angerufen«, brachte sie gepresst hervor. »Ich wusste, dass etwas passiert ist.« Tränen rannen ihre Wangen herunter.

»Es tut mir sehr leid, Frau Oltmann.« Kerrin sah sie mitfühlend an. »Sie haben Ida Sander ja schon alle Daten gegeben. Haben Sie ein Bild Ihrer Tochter für uns?«

Mit zitternden Händen fingerte Rixa in ihrer Tasche herum und zog schließlich ein Foto hervor. Eine brünette junge Frau mit langen gepflegten Haaren lächelte Kerrin an. Sie stand im Watt und trug ein luftiges, bunt geblümtes Sommerkleid. Ihr Gesicht war stark geschminkt, zu sehr für Kerrins Geschmack. Beim Anblick der jungen Frau kamen Kerrins Erinnerungen zurück. Manon war in der Schule meist in Neles Schlepptau gewesen, war aber im Gegensatz zu ihr eher unscheinbar gewesen.

»Wären Sie damit einverstanden, dass wir das Bild im Laufe des Tages an die Presse geben?«

»Tun Sie bitte alles, was hilft, um meine Tochter zu finden.« Rixa Oltmann griff noch einmal in ihre Tasche. »Ich habe hier eine Liste mit Manons Freunden nebst Telefonnummern. Neben Mia und Betty, Peter und Aiko sind mir noch ein paar weitere eingefallen. Ich habe aber mit allen bereits gesprochen, keiner von ihnen hat etwas von ihr gehört.«

»Wir bräuchten auch Manons Handynummer.«

»Da werden Sie keinen Erfolg haben. Ihr Telefon ist seit gestern Abend ausgeschaltet.«

»Gibt es Orte, zu denen Manon eine enge Verbindung hat? Rückzugspunkte, Lieblingsplätze, irgendetwas in der Art?«

Rixa schüttelte den Kopf. »Da fällt mir leider nichts ein.«

»Wer könnte Manon gestern Morgen gesehen haben? Es wäre für uns hilfreich zu wissen, was für Kleidung sie getragen hat, als sie verschwand.«

»Keine Ahnung. Sie wollte von ihrer Wohnung zu dem Treffen mit Nele fahren und dann weiter zur Arbeit. Wer sie auf dem Weg gesehen hat, weiß ich nicht.«

»Wir werden mit den Nachbarn sprechen. Könnten Sie uns bitte den Schlüssel zu ihrer Wohnung überlassen? Wir würden uns dort gerne umsehen. Vielleicht haben wir Glück, finden ihren Laptop und entdecken darauf Hinweise auf ihren derzeitigen Aufenthaltsort.«

Rixa Oltmann holte ihr Schlüsselbund hervor und machte einen Schlüssel ab. »Helgoländer Straße 11, gleich bei mir um die Ecke. Manon wollte es so. Eigene Wohnung, aber trotzdem dicht bei mir.« Sie schluchzte. »Bitte, finden Sie meine Tochter!«

16

Wie so oft hing er in einem Tagtraum fest und hatte Schwierigkeiten, Realität und Erinnerung auseinanderzuhalten.

Auf dem Herd standen drei Töpfe, aus denen Dampf aufstieg, und eine Pfanne, in der es brutzelte. Ein himmlischer Geruch, der ihm das Wasser im Mund zusammenlaufen ließ, lag in der Luft. Sie stand in der Mitte des Raumes und blickte ihm strahlend entgegen.

»Ich wusste nicht, ob du Pfannkuchen mit selbst gemachtem Apfelkompott oder lieber Geschnetzeltes mit Spätzle essen möchtest.« Ohne eine Antwort von ihm abzuwarten, trat sie auf ihn zu und wirbelte ihn einmal im Kreis. Vor lauter Freude über diese Begrüßung entfuhr ihm ein leiser Juchzer. »Also habe ich einfach alles gemacht.« Sie lachte. »Schmeiß den Ranzen in dein Zimmer, und wasch dir die Hände. Hausaufgaben fallen heute aus, wir schlemmen jetzt erst einmal, und dann machen wir etwas zusammen. Wollen wir an den Strand? Oder lieber eine Radtour durch alle Dörfer machen? Wir könnten auch ins Kino gehen, obwohl ich eigentlich nicht so viel Lust auf Stillsitzen habe. Außerdem ist das Wetter dafür viel zu gut. Oder Trampolin springen?«

»Strand klingt cool. Und Trampolin auch«, sagte er leise. »Und ich esse gerne erst Geschnetzeltes und zum Nachtisch einen Pfannkuchen.«

»Perfekt, mein Liebling.«

Als er sich mit sauberen Händen an den Tisch gesetzt hatte, stand bereits ein prall gefüllter Teller vor ihm. Er schauderte einen Moment. Diese Portion würde selbst sein Vater nicht schaffen. Aber er war nicht da, sie würden den ganzen Tag allein sein. Also musste er sich zusammenreißen. Er zwang sich, sie anzulächeln, und griff tapfer nach seiner Gabel. Wenn er sich später würde übergeben müssen, dann sollte es so sein. Er würde die gute Stimmung nicht ruinieren und seinen Teller leeren, koste es, was es wolle.

Eine halbe Stunde später ließ er sich mit einem unhörbaren Seufzer auf seinem Stuhl zurücksinken. Er hatte das Geschnetzelte aufgegessen und danach auch noch einen Pfannkuchen verputzt. Dabei hatte sie ihm lustige Geschichten aus ihrer Jugend erzählt. Die meisten kannte er zwar schon, aber er hatte trotzdem viel gelacht. Er liebte es, wenn sie so fröhlich war und sich bemühte, ihn zum Lachen zu bringen. Jetzt brauchte er nur einen Augenblick Ruhe, um das reichhaltige Essen verdauen zu können, und dann konnten sie aufbrechen. Vor ihnen lag ein Nachmittag voller Spaß und Freude.

Enttäuschung machte sich in ihm breit, als ihm klar wurde, dass sie ihren Plan, gemeinsam an den Strand zu gehen und Trampolin zu springen, anscheinend vergessen hatte. Gedankenverloren war sie an die Musikanlage getreten und hatte eine CD eingelegt. Sekunden später erfüllte laute Tanzmusik den Raum. Sie schleuderte die Sandalen von ihren Füßen und begann, wild zu tanzen.

Ihn nahm sie gar nicht mehr wahr.

17

Kerrin hatte lange mit Heyden telefoniert und das weitere Vorgehen mit ihm abgestimmt. Eine Ortung von Manons Handy war nicht möglich, da es ausgeschaltet war. Ob absichtlich oder weil der Akku leer war, konnten sie nicht sagen. Kerrin vermutete Letzteres, weil es laut Manons Mutter gestern bis zum frühen Abend eingeschaltet gewesen war. Damit blieb ihnen nur zu ermitteln, wo das Handy zuletzt eingeloggt gewesen war. Eine entsprechende Anfrage bei dem zuständigen Netzbetreiber lief bereits. Mit Glück würden sie noch im Laufe des Tages eine Antwort erhalten.

Auch wenn Rixa Oltmann sich schon im Wyker Krankenhaus erkundigt hatte, ob Manon eingeliefert worden war, waren Tom und Christian mit einem Foto von ihr dorthin gefahren, um sicherzugehen. Danach würden sie ihre Nachbarn befragen und bei der Wyker Dampfschifffahrtsreederei Erkundigungen einziehen. Viel versprach sich Kerrin nicht davon. Sie glaubte nicht, dass Manon die Insel gestern verlassen hatte, zumindest nicht freiwillig und für alle sichtbar. Da sie es aber auch nicht ausschließen konnte, hatte sie Kollegen der Polizeidienststellen auf Amrum und dem näheren Festland gebeten, schnellstmöglich zu überprüfen, ob Manon Oltmann in ihrem Zuständigkeitsbereich in einen Verkehrsunfall verwickelt worden war und eventuell in einem Krankenhaus lag.

Wenn all diese Maßnahmen die Ermittler nicht voranbringen würden, hatte Heyden entschieden, Manon am Mittag zur bundesweiten Fahndung auszuschreiben und ihr Bild der Presse zukommen zu lassen, um auf diesem Wege die Bevölkerung in die Suche einzubinden.

Kerrin war nun zusammen mit Hark auf dem Weg in die Wohnung der Verschwundenen in der Helgoländer Straße. Obwohl Heyden angeordnet hatte, dass sie noch einen Tag länger auf der Insel bleiben sollte und Nils sich über diese Nachricht sehr gefreut hatte, hatte sich kein positives Gefühl in ihr breitgemacht. Zu groß war ihre Sorge um Manon. Das Gespräch mit Rixa Oltmann hatte sie aufgewühlt, und sie teilte die Vermutung der Mutter, dass etwas Furchtbares geschehen war.

»Was hältst du von der Sache?« Prüfend blickte sie Hark an. Gerade in Krisensituationen schätzte sie seine ruhige und besonnene Art. Er hielt sich zwar immer an die Fakten, vertraute aber auch seiner Lebenserfahrung und seinem Bauchgefühl. Und lag damit oft richtig.

»Das Gleiche wie du.« Hark setzte den Blinker und bog vom Rebbelstieg rechts in die Helgoländer Straße ein. »Irgendetwas ist ihr zugestoßen. Ich glaube nicht, dass sie aus freien Stücken verschwunden ist.«

Manons Wohnung lag im ersten Stock eines unscheinbaren Hauses. Zunächst klingelten sie bei ihren Nachbarn, aber keiner hatte sie gestern Morgen das Haus verlassen sehen.

Nachdem Hark und sie Handschuhe übergestreift hatten, öffnete Kerrin ein wenig beklommen Manons Haustür. Es behagte ihr nicht, in die Privatsphäre dieser Frau einzudringen, aber sie hatten keine andere Wahl.

Die kleine Wohnung war hell und freundlich eingerichtet. Vom Flur führten Türen in das Wohnzimmer mit integrierter Küche, ein geräumiges Schlafzimmer und ein winziges Gäste-WC. Aus dem Schlafzimmer gelangte man in Manons Badezimmer. Schnell hatten Kerrin und Hark sich überzeugt, dass die junge Frau tatsächlich nicht zu Hause war. Mit Erleichterung stellten sie fest, dass es keinerlei Spuren einer tätlichen Auseinandersetzung gab.

»Ich schaue mich im Schlafzimmer um, fang du doch mit dem Wohnzimmer an«, schlug Kerrin vor und betrat den heimeligen Raum. Die Wände waren in einem hellen Grau gestrichen, das Doppelbett ordentlich gemacht, unter einer bunten Tagesdecke konnte Kerrin zwei Decken und Kopfkissen erkennen. Sollte Manon doch einen Freund gehabt haben, von dem keiner wusste? Oder hatte sie immer mal wieder Männerbesuch und wollte darauf vorbereitet sein?

Auf dem Nachtschränkchen befand sich neben einem Wecker und einer Lampe ein Stapel Klatschzeitschriften. Behutsam öffnete Kerrin den weißen Wandschrank. Blusen, Strickjacken und Kleider hingen an einer Stange, Pullover, Hosen und T-Shirts lagen akkurat gefaltet in Regalen. Auf dem Boden waren einige Paar Schuhe nebeneinander aufgereiht.

Manon Oltmann ist eine ordentliche junge Frau, die gerne farbenfrohe und fröhliche Kleidung trägt und anscheinend keine Bücher liest, dachte Kerrin. Ansonsten gab das Schlafzimmer nichts über seine Bewohnerin preis.

Kerrin ging zu Hark ins Wohnzimmer. »Wie sieht es hier aus?«, fragte sie und sah sich um. Dieser Raum war persönlicher eingerichtet. Auf einer Kommode standen einige Bilderrahmen. Ein Foto von Rixa Oltmann und einige mit Gruppen junger Menschen darauf. Auf einem erkannte Kerrin Manon und Nele zusammen mit drei weiteren Frauen. Auf einem anderen waren Manon und Peter Riewerts abgebildet. Die anderen Personen kannte Kerrin nicht.

»In den Schubladen sind verschiedene Dokumente in Klarsichtfolien. Krankenkassenunterlagen, Verdienstbescheinigungen, Arbeitsvertrag, Versicherungsunterlagen, so etwas in der Art. Mir ist beim ersten Durchsehen nichts Ungewöhnliches aufgefallen.«

»Im Schlafzimmer ist auch nichts. Hast du einen Computer entdeckt?«

Hark zeigte auf die Wand hinter dem Esstisch, der im Übergang zur Küche stand. »Dort steht eine Laptoptasche, und in der Steckdose hängen Ladekabel für Laptop und Handy. Die Geräte habe ich nicht gefunden.«

»Das Handy wird sie bei sich haben, aber was ist mit dem Computer? In ihre Handtasche wird sie ihn wohl nicht gesteckt haben.« Kerrin sah Hark zweifelnd an. »Da ist etwas faul.«

»Sehe ich genauso. In der Küche ist mir nichts aufgefallen. Viel Bio und gesundes Essen, sie achtet auf ihre Ernährung.«

Die beiden Beamten inspizierten noch einen Bauernschrank, in dem sich Teile des Geschirrs, Gläser und einige Fotoalben befanden. Einen Hinweis auf den Aufenthaltsort der jungen Frau fanden sie nicht.

»Lass uns als Erstes zu Manons Ex-Freund fahren. Und danach zu Peter Riewerts und ihren beiden engen Freundinnen«, schlug Kerrin auf dem Weg zum Auto vor. »Wenn uns das nicht weiterbringt, leite ich die Fahndung ein und wir informieren die Presse.«

Zehn Minuten später klingelten sie bei Aiko Meißner. Es war jetzt halb elf, und sie hofften, dass sie den Lehrer für Deutsch und Geschichte am Samstagmorgen und ersten Ferientag um diese Zeit nicht wecken würden.

Aber das taten sie nicht. Frisch geduscht, mit noch feuchten Haaren, öffnete ihnen ein Mann Mitte dreißig und sah sie fragend an. Nachdem Kerrin ihm erklärt hatte, wer sie waren und was sie wollten, bat er sie betroffen in seine Wohnung.

Aiko Meißner war ein großer und attraktiver Mann. Dunkelbraune Haare lockten sich um sein von einem lässigen Dreitagebart bedecktes Gesicht.

»Sie sind der letzte Freund von Manon Oltmann«, begann Kerrin die Befragung. »Haben Sie noch Kontakt zueinander?«

»Nicht wirklich. Wir treffen uns ab und an zufällig und reden dann kurz miteinander, mehr nicht.«

»Die Trennung ist von Manon ausgegangen, richtig?«

»Das stimmt, aber für mich ist es okay, wenn das jetzt Ihre nächste Frage ist. Was ist denn eigentlich geschehen? Warum suchen Sie nach ihr?«

»Manon ist seit gestern Morgen verschwunden, und ihre Mutter hat uns eingeschaltet. Haben Sie eine Idee, wo sie sein könnte?«

»Nein, das habe ich nicht. Gehen Sie denn von einem Verbrechen aus? Sie könnte doch auch einfach irgendwohin gefahren sein.«

»Wir vermuten gar nichts, sondern ermitteln«, entgegnete Kerrin kurz. »Warum sollte sie wegfahren, ohne Bescheid zu geben?«

»Keine Ahnung, vielleicht, weil ihr hier alles zu eng ist.« Er zuckte mit den Achseln. »Ich hatte während unserer Beziehung den Eindruck, dass Manon ziemlich unzufrieden mit ihrem Leben ist. Ihr Job füllt sie nicht aus, sie macht ihn nur wegen des Geldes. Und das reicht bei ihr nie.« Ein trauriges Lächeln huschte über sein Gesicht.

»Warum hat es mit Ihnen nicht funktioniert?«

»Wir sind sehr unterschiedlich. Ich bin Deutschlehrer, und sie liest höchstens ein Buch im Jahr, da fängt es schon an. Sie redet den ganzen Tag, und ich bin gerne auch einmal ruhig. Wir haben einfach keine gemeinsamen Interessen. Außerdem ist sie ziemlich verwöhnt und lebt gerne auf großem Fuß. Nachdem sie verstanden hatte, dass das mit dem Gehalt eines Lehrers, der seine Mutter finanziell unterstützen muss, nicht geht, ist ihre große Leidenschaft für mich ziemlich schnell abgeflacht.« Er zuckte mit den Schultern. »Am Anfang habe ich es nicht wahrhaben wollen, aber sie ist ein sehr berechnender Mensch. Sie fand mich attraktiv und dachte, bei mir wäre mehr zu holen. Und Letzteres war wohl das entscheidende Kriterium. Ich sollte froh sein, sie losgeworden zu sein. Auch wenn es sich noch nicht immer so anfühlt, setzt sich diese Erkenntnis bei mir immer mehr durch.«

»Haben Sie eine Idee, wo sie sein könnte?«

»Sie hat zwei enge Freundinnen, Mia und Betty, und

dann natürlich Peter. Angeblich ist er wie ein Bruder für sie. Ob er das auch so sieht, weiß ich allerdings nicht. Die drei müssten eigentlich wissen, wo sie steckt.«

»Wir werden mit ihnen sprechen. Wo waren Sie gestern Morgen und den Tag über?«, fragte Hark.

Erstaunt sah Aiko Meißner ihn an. »Ich bin Lehrer und war ab Viertel vor acht in der Schule. Bis ungefähr 3 Uhr. Unterricht bis 14:05 Uhr, danach habe ich noch mit Kollegen im Lehrerzimmer gequatscht. Nachmittags war ich zu Hause und habe korrigiert. Allein.«

»Hatten Sie Freistunden, oder haben Sie sieben Stunden durchunterrichtet?«

»Keine Freistunden. Es war der letzte Tag vor den Ferien, und einige Kollegen waren krank. Ich musste zwei Stunden Vertretungsunterricht geben.«

»Seit wann leben Sie auf Föhr?«, wechselte Kerrin das Thema.

»Seit den Osterferien. Am Gymnasium wurde ein Lehrer gesucht. Da ich als Kind viele Urlaube hier verbracht habe, habe ich zugegriffen. In Hamburg habe ich an einer Schule in den Elbvororten unterrichtet und war dort nicht sonderlich glücklich. Ich habe mich nach Bodenständigkeit gesehnt, sowohl bei den Schülern als auch bei den Eltern. Und das habe ich hier gefunden. Und dann war da natürlich auch Manon, sie hat mir das Einleben auf der Insel schon sehr erleichtert.« Er lächelte. »Ich fühle mich trotz der Arbeit immer noch ein bisschen wie in permanenten Ferien, aber das wird mit der Zeit bestimmt weniger werden.«

»Muss nicht«, brummte Hark. »Etwas Besseres, als auf Föhr zu leben, kann einem eigentlich nicht passieren.«

»Was hältst du von ihm?« Hark lenkte den Wagen Richtung Alkersum. Sie wollten als Nächstes mit Peter Riewerts sprechen. Der Bruder von Lia lebte in einer Einliegerwohnung in dem Haus seiner Eltern am Rande des Dorfes.

»Er scheint ein netter Typ zu sein. Christian und Tom sollen sein Alibi prüfen. Wenn es stimmt, was er sagt, glaube ich nicht, dass er etwas mit Manons Verschwinden zu tun hat. Er hat wohl ein wenig an der Trennung geknapst, aber ich hatte nicht den Eindruck, dass ihn das Ende der Beziehung umgehauen hat.«

»Ich habe ein komisches Gefühl bei ihm«, widersprach Hark. »Er war so aalglatt.«

»Vielleicht stolperst du über sein ansprechendes Äußeres?« Kerrin grinste.

»Den Ball kann ich nur zurückgeben. Möglicherweise hast du dich dadurch einwickeln lassen«, erwiderte Hark schmunzelnd. »Obwohl er an meinen Sohn nun wirklich nicht herankommt.«

»Spinner.« Kerrin knuffte ihn in die Seite.

Der Rest der Fahrt verlief schweigend. Wolken fegten über den blauen Himmel, getrieben von einem böigen Wind. Kerrin kurbelte das Fenster nach unten und steckte ihre Nase nach draußen. Sie meinte, das Salz der Nordsee riechen zu können, und sog die Luft tief in ihre Lunge ein. Kurz vor Alkersum standen auf den Koppeln an der Straße Pferde und Ponys. In dem auch Pferdedorf genannten Ort in der Mitte von Föhr befanden sich einige Reiterhöfe und ein Gestüt.

Das Haus der Familie Riewerts lag am Ortsrand im Marschweg. Ein geräumiger Hof verband das Wohnhaus und eine große Scheune. Ein Schild wies darauf hin, dass der Tischler Friedrich Riewerts hier seine Werkstatt hatte.

»Von ihm habe ich schon gehört«, bemerkte Hark. »Er baut vor allem für Ferienhausbesitzer die Haus- und Innentüren, Fenster, Einbauten, Treppen und so weiter. Und nicht nur auf Föhr, sondern auch auf Amrum und Sylt. Scheint gut zu sein, der Mann.«

»So gut, dass die Insulaner sich seine Arbeit wahrscheinlich nicht mehr leisten können.« Ein Hauch von Sarkasmus lag in Kerrins Stimme. Leider machten Entwicklungen wie auf der Nachbarinsel Sylt, auf der Wohnraum für die Einheimischen immer unerschwinglicher wurde, auch vor Föhr nicht halt. Es gab einfach zu viele wohlhabende Menschen auf dem Festland, die ein Ferienhaus auf einer Nordseeinsel kaufen wollten. Und wenn das Geld für Sylt nicht reichte, wich man nach Föhr oder Amrum aus. Mittlerweile gab es eine Vielzahl von Immobilienunternehmen auf der Insel. Und alle hatten gut zu tun. Das führte dazu, dass schon heute in den Föhrer Dörfern außerhalb der Ferien ein großer Teil der Häuser leer stand, weil die Zweithausbesitzer dann nicht da waren. Kerrin schob diese Gedanken beiseite und stieg aus dem Wagen aus.

An der Haustür gab es nur eine Klingel. Auf ihr Läuten hin öffnete Frauke Riewerts die Tür. Erstaunt blickte sie Kerrin entgegen. »Frau Iwersen, das ist ja eine Überraschung, Sie zu sehen. Wollen Sie zu mir? Ist etwas mit Lia?«

»Nein, keine Sorge. Wir möchten mit Peter sprechen. Manon Oltmann ist verschwunden, und uns wurde gesagt, dass die beiden eng miteinander befreundet sind.«

»Verschwunden?« Frauke Riewerts sah sie verdutzt an und bat sie dann in die Küche. »Entschuldigen Sie bitte das Durcheinander. Mein Mann und ich haben heute erst spät gefrühstückt, und hier steht noch alles rum. Ich hole Peter. Nehmen Sie sich einen Tee, wenn Sie mögen.« Mit diesen Worten verschwand sie im Flur. Kurz darauf betrat Peter, gefolgt von seiner Mutter, die Küche.

»Manon ist verschwunden?«, fragte er statt einer Begrüßung. »Was heißt das?«

Kerrin berichtete ihm, was sie bisher wussten.

»Das verstehe ich nicht. Wo soll sie denn sein? Das passt überhaupt nicht zu ihr.« Besorgt setzte er sich hin.

»Das sagt ihre Mutter auch. Hast du eine Idee, wo sie sein könnte? Vielleicht hat sie dir etwas anvertraut, was ihre Mutter und auch Nele nicht wissen?«

Peter schüttelte den Kopf. »Ich habe sie am Mittwoch das letzte Mal gesehen, da war alles wie immer.«

»Hatte sie mit jemandem Streit?«

»Eigentlich nicht.« Er zögerte. »In der Praxis gab es wohl etwas Knatsch in der letzten Zeit. Eine neue Kollegin war ziemlich oft krank, und Manon musste immer wieder einspringen, das hat sie genervt.« Er raufte sich die Haare. »Was glaubst du denn, was mit ihr passiert ist? Meinst du, dass ihr etwas zugestoßen ist?«

»Im Moment tragen wir die Fakten zusammen. Wenn sich bis heute Mittag nichts Neues ergibt, werden wir nach ihr fahnden lassen.«

»Das kann doch nicht wahr sein! Ich ...« Er stockte.

»Sag uns bitte alles, was du weißt, auch wenn es für dich noch so absurd ist«, bat Kerrin. »Hatte Manon mit ihrer Kollegin denn einen ernsthaften Streit?«

»Nein, sie mochten sich einfach nicht. Manon hat vermutet, dass sie krankfeiert, und hat ihr das in ihrer direkten Art auch an den Kopf geworfen. Seitdem herrscht zwischen den beiden wohl Funkstille. Mehr war da nicht.«

»Wir werden mit allen Kollegen von Manon sprechen, das klären wir. Sonst fällt dir nichts ein? Was hältst du von Aiko Meißner?«

»Nicht besonders viel. Er ist ein Großkotz, der nicht damit klarkommt, dass er von einer Frau abserviert wurde.«

»Wie meinst du das?«

»Na ja, er hat ein Problem damit, die Trennung zu akzeptieren. Ruft Manon ständig an, taucht dort auf, wo sie ist, so etwas halt.«

Kerrin warf Hark einen kurzen Blick zu. Das deckte sich ganz und gar nicht mit Aikos Aussage. »Hat sie sich bedroht gefühlt?«

»Das glaube ich nicht. Sie hat ihn nicht ernst genommen und sich eher über ihn lustig gemacht, wenn er mal wieder vor ihr stand und so tat, als wäre das ein Zufall.«

»Wie hat er darauf reagiert? Schließlich wird niemand gerne ausgelacht.«

»Wenn ich dabei war, hatte ich den Eindruck, dass er sich wahnsinnig zusammenreißt, um seine wahren Gefühle zu verbergen. Toll fand er es mit Sicherheit nicht.«

»Wie würdest du die Freundschaft zwischen Nele und Manon beschreiben?«

»Die beiden kennen sich ewig, waren ja schon zu Schulzeiten eng miteinander befreundet. Aber die Sache mit Benni vor ein paar Jahren hat schon zu einem Bruch geführt.«

»Wer ist Benni, und was war mit ihm?«

»Ein Typ vom Festland, der seine Ferien auf Föhr verbracht hat. Es war eigentlich keine große Sache. Manon war kurz mit ihm zusammen, doch dann stellte sich heraus, dass er sie nur dazu benutzt hatte, um an Nele heranzukommen. Nele hatte dann tatsächlich etwas mit ihm. Sie war zwar betrunken, aber trotzdem geht das als Freundin nicht. Manon hat das damals ziemlich mitgenommen.«

»Hat sie Nele verziehen?«

»Das hat sie. Eine Freundschaft ist schließlich wichtiger als so ein Idiot. Manon war allerdings immer ein bisschen neidisch auf Nele. Sie war schon zu Schulzeiten sehr autark und stark, musste sich nicht um andere bemühen, alle wollten mit ihr befreundet sein. Sie war immer der Mittelpunkt, um den alle anderen kreisten. Und das wäre Manon auch gerne gewesen.« Er schwieg einen Moment. »Trotzdem standen die beiden sich nahe, auch in den Jahren, in denen Nele auf La Gomera war. Manon hat sich zumindest sehr gefreut, als Nele zurückgekommen ist.«

»Gestern Vormittag warst du auf dem Ponyhof«, erinnerte sich Kerrin. »Wann bist du dort weggefahren?«

»Um kurz nach elf. Ich musste noch arbeiten, und meine Mutter wollte mit meinem Vater zusammen Mittag essen.«

Kerrin warf Hark einen Blick zu. Sie spürte, dass sie von Peter erst einmal keine Informationen mehr bekommen würden, die sie weiterbringen konnten. Nachdem Frauke Riewerts die Angaben ihres Sohnes bestätigt hatte, verabschiedeten sie sich. »Wenn Manon sich bei dir meldet, ruf uns bitte sofort an«, bat Kerrin ihn an der Tür und gab ihm ihre Karte. »Tag und Nacht.«

»Entweder hat uns Aiko Meißner etwas vorgemacht, oder Peter übertreibt«, stellte Kerrin fest, als sie wieder im Auto saßen.

»Warum sollte er das tun?« Hark sah sie erstaunt an.

»Ich hatte gleich ein komisches Gefühl bei Aiko. So ein glatter Typ, schwer zu fassen. Ein Mann, der es nicht einfach hinnimmt, wenn eine Frau ihn nicht mehr will.«

»Wir setzen Tom und Christian auf ihn an. Vielleicht finden sie etwas über ihn heraus. Und jetzt sprechen wir mit Mia und Betty, den Freundinnen von Manon. Mal schauen, ob sie Peters Aussage bestätigen.«

Das taten sie. Beide Frauen lebten in fußläufiger Entfernung von Manon in Wyk und waren in großer Sorge um sie. Keine von ihnen konnte sich erklären, wo sie sein könnte. Dass sie aus freien Stücken so lange wie vom Erdboden verschluckt war, glaubten sie nicht.

Mia, die zusammen mit Manon als Sprechstundenhilfe arbeitete, erklärte, dass sie sich über die Krankschreibung per SMS gewundert hatte, da sie normalerweise anrufen würden. Außerdem rückte sie die Auseinandersetzung mit der neuen Kollegin in ein anderes Licht. »Anna ist eigentlich ganz okay, aber sie war in den ersten Wochen bei uns zweimal länger krank. Manon hat sie während dieser Zeit einmal ganz fidel am Strand gesehen, und das hat ihr natürlich gestunken. Mir auch. Wir haben sie nicht bei Dr. Scholz verpfiffen, aber wir haben ihr deutlich gemacht, dass das nicht noch einmal passieren darf. Ihr Krankfeiern geht schließlich auf unsere Kosten.«

Von Aiko Meißner hatten sie beide nichts gehalten. »Er ist so ein Pseudointellektueller«, hatte Betty gesagt. »Manon hatte immer das Gefühl, dass er sich ihr überlegen gefühlt und sie nur als niedliches Anhängsel gebraucht hat. Am Anfang war sie geflasht von seinem Äußeren und seiner Art. Er hat sie nach Strich und Faden verwöhnt und umgarnt. Aber ziemlich schnell hat sie durchschaut, wie er tickt. Er braucht eine Frau, die ihn vergöttert und anbetet, keine Widerworte gibt und top aussieht. Und ab diesem Moment war es nur noch eine Frage der Zeit, bis sie die Beziehung beendet hat. Ein paar Anläufe hat sie gebraucht, weil sie Angst vor seiner Reaktion hatte. Und die war dann ja auch nicht so toll.« Auf Kerrins Nachfrage hin hatte sie berichtet, dass er wütend und ausfallend geworden war und Manons Entscheidung erst einmal nicht hatte akzeptieren wollen. Die ersten beiden Nächte nach dem Gespräch hatte Manon bei Betty geschlafen, weil sie befürchtet hatte, dass er bei ihr vor der Tür stehen würde, um wieder und wieder mit ihr zu reden.

»Hatte sie Angst vor ihm?«, hatte Kerrin wissen wollen.

»Nein«, hatte Betty Peters Eindruck bestätigt. »Sie wollte nur nicht mehr mit ihm sprechen, ihn am liebsten nie wiedersehen, aber das ist ja leider nicht möglich auf einer Insel.«

»Können Sie sich vorstellen, dass er etwas mit ihrem Verschwinden zu tun hat?«

Betty hatte sie zweifelnd angesehen. »Ich finde ihn furchtbar, und sein Ego war schon extrem angeknackst, aber dass er ihr deswegen etwas antut, kann ich mir eigentlich nicht vorstellen. Hätte Manon es nicht spüren müssen, wenn eine Gefahr von ihm ausgeht?«

Es war bereits Viertel nach eins, als Kerrin und Hark zurück in die Dienststelle kamen. Tom und Christian erwarteten sie schon. Sie hatten das Alibi von Aiko Meißner für den gestrigen Tag bereits überprüft. Er hatte die Wahrheit gesagt, der Direktor der Schule und zwei weitere Lehrer hatten es bestätigt. »Damit dürfte er nicht die Zeit gehabt haben, Manon zu entführen und irgendwo festzuhalten. Oder noch Schlimmeres mit ihr zu machen.«

»Wieso nicht?« Hark blickte Kerrin erstaunt an. »Er könnte sie doch bereits vor der Schule abgefangen und irgendwo eingesperrt haben.«

»Sie hat sich aber gegen 10 Uhr in der Praxis krankgemeldet.«

»Per SMS, die er von ihrem Handy abgeschickt haben kann«, widersprach Hark. »Mia Keller hat doch ausgesagt, dass das ungewöhnlich gewesen ist. Wir sollten ihn auf dem Schirm behalten, meiner Meinung nach tickt der Mann nicht ganz sauber.«

Ansonsten hatten Tom und Christian keine Neuigkeiten. Manon Oltmann war weder auf dem näheren Festland noch auf Amrum in einen Verkehrsunfall verwickelt worden, Nachfragen bei Krankenhäusern hatten auch kein Ergebnis gebracht. Mit der Fähre hatte sie zumindest im Auto die Insel nicht verlassen. Jedes Kennzeichen wurde bei der Überfahrt registriert. Ob sie als Fußgängerin durchgerutscht war, ließ sich nicht ausschließen. Die Matrosen, mit denen Tom und Christian gesprochen hatten, hatten sich jedenfalls nicht an sie erinnert.

Seufzend griff Kerrin nach ihrem Handy und rief Heyden an. Ihr Flensburger Chef versprach, die bundesweite Fahndung nach Manon Oltmann einzuleiten und ihr Bild an die Presse zu schicken.

»Könntet ihr euch bitte mit Aiko Meißner beschäftigen?«, bat Kerrin Tom und Christian danach. »Wir müssen alles über ihn wissen. Im Augenblick scheint er mir der Einzige zu sein, der ein Problem mit Manon gehabt haben könnte.« Sie wandte sich an Hark. »Wir beide werden ihn dann mit den Ergebnissen der Recherche, wenn es welche gibt, und den Aussagen von Manons Freunden konfrontieren.«

»Sollten wir nicht auch noch einmal mit Nele sprechen?«, fragte Hark. »Sie ist die Tochter von Heiko und die Freundin von Manon. Der eine ist tot, die andere verschwunden. Und das alles auf unserer beschaulichen Insel innerhalb von zwei Tagen. Vielleicht gibt es doch einen Zusammenhang, den wir bisher nicht entdeckt haben. Außerdem hat sie den Streit mit Manon wegen dieses Jungen sehr kleingeredet.«

Kerrin nickte. »Gute Idee, lass uns losziehen.«

Nele war nicht zu Hause, ging aber an ihr Handy, als Kerrin sie anrief. Sie war bei ihrer Mutter auf dem Hof, und sie verabredeten, dass Kerrin und Hark sie dort treffen würden.

Auf dem Weg hielten sie an der Fischbude an der Mole und holten sich zwei Fischbrötchen. »Komm, wir setzen uns einen Augenblick in die Sonne und essen in Ruhe«, schlug Hark vor. »So viel Zeit muss sein.«

Kerrin nickte dankbar. Schweigend genossen sie den Matjes und blickten aufs Meer. Es war gerade Ebbe, und das Watt glitzerte in der Herbstsonne. Zwei kleine Kinder bauten eine Sandburg. Mit großen Schaufeln hoben sie einen Graben aus. Kerrin lächelte versonnen. Genau so hatte auch sie als Kind gespielt. Die Burggräben im Watt hatten sich bei Ebbe von selbst mit Wasser gefüllt. Sie und ihre Freundinnen hatten meist Krebse gesammelt und sie in dem Graben ausgesetzt. Als Schutz vor Angreifern. Wenn dann wenig später die Flut kam, wurde auch die schönste Burganlage zerstört, und beim nächsten Niedrigwasser mussten sie von vorn beginnen. Aber das hatte sie nie gestört. Der Wechsel der Gezeiten, hervorgerufen durch die Anziehungs- und Fliehkräfte des Mondes und der Erde, verwandelte die Nordsee immer wieder, nie sah sie genau gleich aus. Der Tidenhub, der Unterschied zwischen dem höchsten Stand des Wassers bei Hochwasser und dem niedrigsten Stand bei Niedrigwasser, betrug auf Föhr fast zwei Meter achtzig. Alle Inselkinder wuchsen mit diesen Gegebenheiten auf.

Nele war zusammen mit ihrer Mutter im Kälberstall und half ihr bei der Fütterung der Jungtiere.

»Gibt es etwas Neues von meinem Mann? Und von Manon?«, fragte Anne mit leiser Stimme.

»Leider nicht«, antwortete Kerrin bedauernd. »Manon ist bisher nicht wieder aufgetaucht. Wir haben sie jetzt zur bundesweiten Fahndung ausgeschrieben und lassen ihr Foto in der Presse veröffentlichen. Hoffentlich bringt uns das auf ihre Spur.«

»Wo kann sie denn nur sein?« Nele sah sie betroffen an.

»Wir würden gern noch einmal mit dir über Manon sprechen. Wir müssen alles über ihr Leben wissen, um einen Anhaltspunkt für den Grund ihres Verschwindens zu finden.«

»Geh ruhig mit den Beamten rein, vielleicht kannst du

helfen.« Anne war der Schock über diese Nachricht ins Gesicht geschrieben. »Ich schaffe den Rest allein.«

»Was wollt ihr wissen?« Nele blickte von Hark zu Kerrin, als sie mit einer Tasse Kaffee am Küchentisch saßen.

»Wir haben heute mit Peter Riewerts, Mia und Betty Weber gesprochen. Alle drei haben uns erzählt, dass Aiko mit der Trennung von Manon nicht besonders gut klargekommen ist. Was weißt du darüber?«

»Nicht viel. Es war schon fast zu Ende, als ich zurückgekommen bin, und wir haben eigentlich nicht über ihn geredet.« Nele dachte einen Augenblick nach. »Für sie war die Trennung endgültig, es gab keine zweite Chance. Er hätte sie wohl gerne zurückgehabt, das hat sie mir schon erzählt, aber ansonsten war er zwischen uns kein Thema. Vielleicht, weil ich die ganze Beziehung nicht wirklich mitbekommen hatte. Ich könnte mir vorstellen, dass sie mit Betty und Mia mehr darüber gesprochen hat.«

»Und mit Peter«, fügte Hark hinzu.

»Mit ihm auch. Peter ist wie eine Freundin für sie, sie sieht ihn nicht als Mann.«

»War zwischen Manon und dir alles in Ordnung?«

Nele sah Kerrin verwirrt an. »Wie meinst du das?«

»Wir haben von Benni gehört.«

»Das ist schon lange geklärt zwischen uns«, entgegnete Nele gedehnt. »Ich hatte damals nicht erkannt, wie verliebt sie in ihn war, und dann kam auch noch der Alkohol an diesem Abend dazu. Aber ich habe mich mehrfach dafür entschuldigt, und sie hat meine Entschuldigung angenommen.«

»Verstehe. Könntest du dir irgendeine Verbindung zwischen dem Tod deines Vaters und dem Verschwinden von Manon vorstellen?«, wechselte Kerrin das Thema.

Nele sah sie zweifelnd an. »Die beiden haben doch gar nichts miteinander zu tun gehabt. Welche Person könnte an ihnen beiden ein Interesse gehabt haben?«

»Das wissen wir noch nicht, deswegen sind wir hier. Das Bindeglied bist du.«

»Zwischen Manon und meinem Vater gab es keine Berührungspunkte«, erwiderte Nele skeptisch. »Klar war sie früher oft bei uns zu Hause, hat hier gegessen, bei mir übernachtet. Meine Eltern kennen und mögen sie. Aber damit erschöpft sich ihr Verhältnis schon.«

»Und während deiner Zeit auf La Gomera? Haben sie sich da gesehen? Oder haben deine Geschwister Kontakt zu ihr gehabt?«

»Manon ist nicht nur mit Peter, sondern auch mit seiner Schwester Lia und über sie auch mit Sina befreundet. Außerdem kennen sich Olaf und Peter schon seit Schulzeiten gut, sie waren in einer Klasse, und Peter war oft bei uns. Meine Mutter hat sie also bestimmt mal gesehen, wir sind auf Föhr. Im Übrigen sind meine Eltern Patienten bei Dr. Scholz. Wenn sie einen Termin brauchen, sprechen sie mit Manon, dann geht das schneller.«

Kerrin und Hark waren auf dem Weg von Midlum zurück zur Dienststelle, als Kerrins Handy klingelte. Christian berichtete aufgeregt, dass sie tatsächlich etwas in der Vergangenheit von Aiko Meißner gefunden hatten.

»Seine Ex-Freundin in Hamburg hat ihn im Februar angezeigt. Er soll sie gestalkt haben. Sie hat dann beim Amtsgericht eine einstweilige Verfügung erwirkt, sodass er sich ihr nicht mehr nähern durfte. Kurz darauf hat er Hamburg verlassen.«

Kerrins Bauch begann zu kribbeln. War das eine erste Spur? Auch wenn Manon sich nach Aussagen ihrer Freunde nicht von Aiko bedroht gefühlt hatte. Er war ihr eher lästig gewesen. Aber vielleicht war dies erst der Anfang gewesen.

»Wie lange waren Aiko und seine Ex-Freundin getrennt, als sie ihn angezeigt hat?«

»Knapp drei Monate. Es begann schleichend und wurde dann immer intensiver.«

»Wahrscheinlich dachte er am Anfang noch, dass er sie zurückgewinnen würde. Und als das nicht geklappt hat, hat er richtig losgelegt.«

»Möglich. Wir haben die Akte angefordert und sollten sie spätestens morgen bekommen. Was machst du jetzt daraus?«

Kerrin warf Hark, der das Gespräch über Lautsprecher mitgehört hatte, einen Blick zu. »Wir fahren zu ihm und konfrontieren ihn damit«, antwortete er für sie mit harter Stimme.

Kerrin wusste, was in seinem Kopf vorging. Einen Mann, der eine Frau bedrohte, konnte Hark nur verachten.

18

Anne saß wie versteinert auf einem Sessel in ihrem Schlafzimmer. Nele war nach Hause gefahren, und Klaas arbeitete noch im Stall. Heikos Arbeitskraft fehlte an allen Ecken und Enden. Tobi hatte heute frei und war seit dem Morgen mit Freunden unterwegs. Auch Fenja musste eigentlich nicht arbeiten, half Klaas aber beim Melken. Erst danach würde auch sie sich hübsch machen und losziehen.

Anne gönnte es ihnen von Herzen. Tobi und Fenja hatten sich in den letzten beiden Tagen toll verhalten, geholfen, wo sie nur konnten, nun sollten sie sich amüsieren. Die Tragödie, die sich hier gerade ereignete, war nicht ihre.

Nachdem Nele sich von ihr verabschiedet hatte, hatte sich Anne entgegen ihren Gewohnheiten einen Schnaps eingeschenkt. Die Flüssigkeit brannte in ihrer Kehle, und sie musste husten. Aber schon kurz darauf hatte sich eine gnädige Watteschicht in ihrem Kopf ausgebreitet, die Konturen der harten Realität wurden weniger scharf.

Manon war verschwunden. Kurz nach dem Tod von Heiko. Was hatte das zu bedeuten? Wieso sie? Damit hätte Anne niemals gerechnet. Und es ergab überhaupt keinen Sinn.

Am Tag von Heikos Tod hatte sie nicht klar denken können und war nicht auf die Idee gekommen, sich mit ihr in Verbindung zu setzen. Aber jetzt hätte sie es gerne getan. Sie brauchte Antworten. Antworten, die Manon ihr geben könnte. Auf ihrem Handy anzurufen, traute sie sich nicht, hatte Angst, die Polizei würde das feststellen können und unangenehme Fragen stellen.

Hatte alles weitere Kreise gezogen, als sie vermutet hatte? War es ein Wunschtraum gewesen, dass sie es kontrollieren konnte? Aber wen hätte Manon sich zum Feind machen können? Und warum?

Wieder dachte sie daran, ihn anzurufen. Sie könnte die Last auf zwei Schultern verteilen und müsste sie nicht länger allein tragen. Aber würde er ihr überhaupt zuhören? Sie hatte ihn auf die übelste Art und Weise hintergangen. Konnte das jetzt hintanstehen? Würde er ihr verzeihen können?

Nachdenklich griff sie nach ihrem Handy. Seine Nummer war schon lange gelöscht, aber sie kannte sie immer noch auswendig. Manche Dinge vergaß man nie. Sie tippte sie ein und löschte sie wieder. Tippte sie erneut ein, speicherte sie als einen neuen Kontakt und legte das Telefon zur Seite.

Ein neuer furchterregender Gedanke schoss ihr durch den Kopf. Eine Verbindung, die sie bisher nicht gesehen hatte.

Nele.

War sie in Gefahr? Musste sie handeln, auch wenn das einen irreparablen Schaden nach sich ziehen könnte?

Auf wackeligen Beinen stieg sie die Treppe hinunter. Sie wollte Klaas sagen, dass sie sich hinlegen würde und er sich nicht von ihr verabschieden musste. Heute wollte sie niemanden mehr sehen.

Danach ging sie ins Wohnzimmer und holte sich die Flasche und ein Glas. Wieder oben in ihrem Schlafzimmer angekommen, schenkte sie sich den zweiten Schnaps ein. Sie würde ihn trinken und dann entscheiden, was sie machen würde.

19

Kerrin und Hark standen vor dem Haus von Aiko Meißner in Wrixum. Sie wollten gerade klingeln, als die Tür geöffnet wurde und der Lehrer vor ihnen stand. Erstaunt schaute er sie an. »Wollen Sie zu mir?«, fragte er. »Haben Sie Manon gefunden?«

»Nein, aber es haben sich neue Anhaltspunkte ergeben.«

»Das passt mir jetzt nicht, ich bin verabredet und ...«

»Darauf können wir leider keine Rücksicht nehmen.« Harks Stimme war unerbittlich. »Bitte, nach Ihnen.«

Aiko Meißner warf ihm einen ungehaltenen Blick zu, trat aber widerwillig zurück ins Haus. »Was ist denn so dringend?«, wollte er wissen, nachdem sie im Flur standen und er die Haustür geschlossen hatte. Einen Platz in der Küche wollte er ihnen augenscheinlich nicht anbieten.

»Wir haben gehört, dass es in Hamburg zu Problemen mit Ihrer Ex-Freundin gekommen ist«, begann Kerrin die Vernehmung im Stehen.

Aiko Meißner war bleich geworden. Mit bitterem Blick sah er sie an. »Ist ja klar, dass mir diese Lügengeschichte ewig anhängen wird.«

»Lügengeschichte? Ein Richter hat eine einstweilige Verfügung erlassen, es muss also einige Anhaltspunkte gegeben haben.«

»Das war alles Blödsinn, erstunken und erlogen, und trotzdem habe ich mich daran gehalten. Ich hatte eh keine Lust mehr auf weiteren Kontakt zu dieser Frau. Aber was hat das mit Manons Verschwinden zu tun? Sie glauben doch wohl nicht, dass ich sie gestalkt habe, oder? Wenn das jemand behauptet, lügt er. Und noch einmal lasse ich mir so etwas nicht gefallen. Außerdem habe ich ein Alibi. Haben Sie das noch nicht überprüft?«

»Es ist nicht wasserdicht«, informierte Hark ihn. »Werden Sie in den Ferien verreisen, oder bleiben Sie auf der Insel?«

»Ich werde am nächsten Freitag für eine Woche nach Fuerteventura fliegen. Ist das in Ordnung?« Seine Stimme troff nun vor Sarkasmus, und er lächelte Hark süffisant an.

»Das werden wir in den nächsten Tagen entscheiden, Sie hören von uns.«

Kerrin hatte nach ihrer Rückkehr zum Hafendeich lange mit Heyden telefoniert. Sie waren übereingekommen, Aiko Meißner überwachen zu lassen. Die erste Schicht würden Jan und Fabian übernehmen. »Da hast du ja etwas Tolles für uns gefunden«, war Fabians bissiger Kommentar zu diesem Auftrag gewesen. Heyden hatte versprochen, am Abend zwei Beamte als Ablösung nach Föhr zu schicken. Sollte Manons Ex-Freund sie tatsächlich in seiner Gewalt haben, würde er sie über kurz oder lang zu ihr führen. So hofften sie zumindest.

Der Rest des Nachmittags war mit Büroarbeit vergangen. Hauke hatte sich mit weiteren Ergebnissen der Spurensicherung gemeldet. Die Enden des Seils aus dem Stall gehörten zusammen. Es war Standardware aus dem Baumarkt. Wo genau es gekauft worden war, würde sich schwerlich ermitteln lassen.

Tom und Christian hatten zu allen Personen, die bisher mit dem Fall in Berührung gekommen waren, recherchiert, aber nichts Interessantes zutage gebracht. Keiner war bisher mit dem Gesetz in Konflikt geraten. Und auch ihre Gespräche mit weiteren Rinderhaltern und Landfrauen von der Insel hatten keine neuen Erkenntnisse gebracht. Anne mit ihrem sanften und freundlichen Wesen war bei allen beliebt, Heiko war respektiert worden, weil er ein guter Landwirt war, gemocht hatte ihn keiner.

Um 18 Uhr hatte Kerrin ihren Computer heruntergefahren. Tom und Christian hatten sich bereits verabschiedet.

»Lass uns Feierabend machen«, schlug sie vor.

»Eine sehr gute Idee.« Hark blickte Kerrin schelmisch lächelnd an. »Komm, ich bring dich zu meinem Sohn.«

»Was machst du heute Abend?« Kerrin konnte seinen Gesichtsausdruck nicht recht deuten.

»Wieso?« Er sah sie unschuldig an.

»Du verheimlichst mir etwas. Raus mit der Sprache, was ist los?«

»Nun ja«, fing er betont langsam an. »Ich habe heute Vormittag einen Anruf bekommen und bin nun zum Essen verabredet.«

In Kerrins Kopf ratterte es. Dieses Rumgedruckse passte nicht zu Hark und konnte eigentlich nur eines bedeuten. »Du bekommst Besuch aus der Landeshauptstadt?«, fragte sie grinsend.

»Nicht direkt Besuch. Elena hat sich ein Hotelzimmer genommen und bleibt bis morgen. Wir treffen uns um 20 Uhr zum Abendessen.«

Als Kerrin Nils davon berichtete, blieb ihm vor Verblüffung der Mund offen stehen.

»Ich habe etwas intelligenter als du geguckt, als ich es gehört habe, aber erstaunt war ich auch.« Kerrin musste lachen, und ihr Herz machte einen Satz. Die Überraschung in seinem Gesicht stand Nils ausgezeichnet. »Was riecht denn hier so gut?«, fragte sie dann. Aus der Wohnung schlug ihr ein himmlischer Geruch entgegen.

»Gulasch.« Er nahm sie in seine Arme. »Altes Rezept von meiner Mutter. Die Tage werden kürzer, der Wind stürmischer, da dachte ich, das passt. Es muss aber noch eine Weile vor sich hin kochen.«

»Wunderbar, ich liebe Gulasch.«

Eng umschlungen ließen sie sich auf das Sofa fallen. »Wie war dein Tag?«, wollte Kerrin wissen.

»Recht ereignislos. Ich habe ein bisschen gearbeitet und mich dann mit Oskar getroffen. Spaziergang am Strand und danach ein kühles Bier bei *Pitschi's* im Windschatten. Und dann war ich einkaufen und habe mich an den Herd gestellt.«

»Das hört sich nach einem perfekten Samstag an. Manchmal wünsche ich mir ein planbares Leben, mit festen Arbeitszeiten und ohne Überstunden. Dann wäre ich heute bei dir gewesen.«

»Dafür liebst du deinen Beruf viel zu sehr.« Nils küsste sie zärtlich auf die Nase. »Wie ist es bei euch gelaufen? Manon ist nicht wieder aufgetaucht, oder?«

»Nein, bisher nicht. Das einzig Gute daran ist, dass ich nun doch noch auf Föhr bleiben kann, allerdings bin ich im Dienst. Aber jetzt möchte ich nicht mehr über die Arbeit sprechen.« Kerrin zog Nils zu sich und begann langsam, sein Hemd aufzuknöpfen.

Als sie sich schließlich vom Sofa erhoben, um den Tisch zu decken, war das Gulasch schon ein wenig zerfallen, aber das störte keinen von beiden.

20

Mit großen Schritten ging er voran. Sein Kopf war schwer, wieder einmal hatte er gestern Abend vor dem Fernseher zu viel getrunken. Wie so oft nahm er sich vor, damit aufzuhören. Und wusste tief in seinem Inneren, dass er es auch diesmal nicht schaffen würde.

Die Sorgen der letzten Jahre ertränkte er mehr und mehr in Wein und Bier. Längst war aus dem Trinken zusammen mit Freunden ein einsamer Konsum allein zu Hause geworden. Als er seinen Job verloren hatte, war er anfangs euphorisch gewesen, bald etwas Neues und Besseres zu finden. Aber die Monate waren ins Land gegangen, die Streitereien mit seiner Frau bald an der Tagesordnung gewesen, und schließlich hatte sie ihre Koffer gepackt und war gegangen.

Nun lebte er allein in dem Haus, das sie vor zehn Jahren voller Hoffnung auf eine wunderbare gemeinsame Zukunft gekauft und in jahrelanger Arbeit liebevoll renoviert hatten. Keiner ihrer Träume hatte sich erfüllt. Sie hatten keine Kinder bekommen, obwohl sie es sich beide so sehnlichst gewünscht hatten. Das war der erste tiefe Einschnitt in ihrer Beziehung gewesen. Bis heute wussten sie nicht, woran es gelegen hatte, medizinisch war alles in Ordnung gewesen. Aber er hatte immer gespürt, dass Klara ihm die Schuld gab. Er war ihr nicht energiegeladen genug, zu ruhig gewesen. Als er dann auch noch arbeitslos geworden war und nicht sofort etwas Neues gefunden hatte, war er in ihren Augen nur noch ein Verlierer gewesen.

Seit sie ausgezogen war, war er nicht mehr auf die Beine gekommen, ließ sich treiben, planlos und ohne Ziel.

Die Schönheit der Landschaft um ihn herum nahm er nicht wahr. Die Luft war so früh am Morgen kühl, Reif lag auf den Weiden, die sich neben dem Feldweg, auf dem er ging, erstreckten. Der Himmel war noch verhangen, in der Nacht hatte es heftig geregnet, aber mit ein wenig Glück würde der Wind auch heute die Wolken wegpusten.

Vor ihm lag die Lembecksburg. Der kreisrunde grasbewachsene Ringwall mit einem Durchmesser von fast hundert Metern war eines der Wahrzeichen der Insel und Anlaufpunkt für eine Vielzahl von Touristen. Ursprünglich diente er als Sicherung für eine Wallburg der Wikinger. Benannt wurde er wohl nach dem im 14. Jahrhundert lebenden Ritter Klaus Lembeck, der die Inselbewohner zum Widerstand gegen den dänischen König Waldemar IV. aufgerufen hatte, dessen Krieger die Burg belagerten und dem sich die Föhrer am Ende anschlossen. Bei Grabungen in den Fünfzigerjahren hatte man Reste von Hütten, Keramikscherben, Eisengeräten und Gefäßen entdeckt. Funde, die belegten, dass Föhr schon vor mehreren Tausend Jahren besiedelt war.

Wie auf jedem seiner Spaziergänge erklomm er den Ringwall, um ihn einmal zu umrunden, bevor er sich auf den Rückweg machen würde. Zum Glück trug er heute

Gummistiefel, der Boden war noch nass und schlammig. Er hatte bereits die Hälfte geschafft, als sein Blick an etwas Dunklem in einem Knick, einem mit Hecken bewachsenen Erdwall, an dem Wolken-Damm genannten Feldweg hängen blieb.

Was konnte das sein? Vielleicht ein verendetes Tier? Er kniff die Augen zusammen, konnte aber trotz aller Bemühungen nicht erkennen, was es war. Und so beschloss er, seinen Rundgang abzukürzen und nachzuschauen. Sollte dort ein verletztes, aber noch lebendes Tier liegen, könnte er vielleicht helfen.

21

Von der üblicherweise beschaulichen Stille an einem Sonntagmorgen an der Lembecksburg war heute nichts zu spüren. Zwei Streifenwagen mit eingeschaltetem Blaulicht parkten zwischen Ringanlage und Knick. Weiß-rote Absperrbänder der Polizei wehten munter im Wind. Menschen in weißen Schutzanzügen liefen umher.

Der Anruf der Dienststelle hatte Hark beim Frühstück erreicht. Der gestrige Abend mit Elena war schön gewesen, aber trotzdem nicht so verlaufen, wie er es sich gewünscht hatte. Anfangs war ihr Gespräch fröhlich dahingeplätschert. Von Beginn ihrer Freundschaft an hatte er das Gefühl gehabt, die Rechtsmedizinerin aus Kiel schon jahrelang zu kennen. Ihr war es genauso ergangen, wie sie ihm auf einem Spaziergang im Spätsommer gestanden hatte.

Nach mehreren Monaten des Umeinanderherumschleichens hatte Hark nun mit jedem Treffen drängender das Bedürfnis, zu wissen, woran er bei Elena war. Nach dem Tod seiner Frau hatte er lange gebraucht, um zurück in ein normales Leben zu finden. Heike und er hatten eine wunderbare Ehe geführt, und er hatte anfangs gedacht, ohne sie an seiner Seite nie wieder echtes Glück empfinden zu können.

Aber dann war Elena in sein Leben getreten und hatte seine Gefühle auf den Kopf gestellt. Als er gehört hatte, dass es in ihrer Ehe kriselte, hatte er sich ein Herz gefasst und sich mit ihr abseits der diversen Mordtatorte im Sommer zum Abendessen verabredet. Und aus dem ersten Treffen wurden einige weitere. Elena hatte schließlich sogar ein paar Tage Urlaub auf Föhr verbracht, um Abstand zu ihrem Kieler Leben zu bekommen und sich darüber klar zu werden, was sie wollte. Hark hatte sich bemüht, ihr zu zeigen, dass ihm viel an ihr lag, sie aber gleichzeitig nicht zu bedrängen. Ein schwieriger Drahtseilakt, den er, wie er glaubte, gut gemeistert hatte. Aber dennoch waren sie nicht von der Stelle gekommen. Elena konnte sich augenscheinlich nicht dazu durchringen, den entscheidenden Schritt zu gehen und sich von ihrem Mann zu trennen.

Als Hark das Gespräch gestern Abend ganz direkt auf ihre Ehe gebracht hatte, hatte sie abgewiegelt. Sie habe mehrfach mit ihrem Mann gesprochen, und er habe sie immer wieder angefleht, ihn nicht zu verlassen.

»Deswegen kannst du doch nicht bei ihm bleiben«, hatte er kopfschüttelnd eingewandt.

»Ich weiß«, hatte sie geantwortet, »das letzte Wort ist ja auch noch nicht gesprochen, aber ich brauche Zeit.« Elena und ihr Mann waren seit der Schulzeit ein Paar, und sie hatte Angst vor den immensen Veränderungen in ihrem Leben, die eine Trennung mit sich bringen würde.

Zum Abschied hatte sie sich an ihn geschmiegt, aber er hatte sie sanft und doch unnachgiebig von sich geschoben. Erst musste sie eine Entscheidung fällen, bevor er sich weiter auf sie einlassen konnte. Und wenn sie dazu nicht in der Lage war, musste er Abstand zwischen sie beide bringen. Das war er sich selbst schuldig.

Als ein Beamter der Dienststelle ihn darüber informiert hatte, was geschehen war, hatte ihn das schlagartig aus seinen trüben Gedanken gerissen. Bereits zwanzig Minuten später waren er und Kerrin auf dem Weg nach Borgsum gewesen. Elena war ebenso wie Tom und Christian in ihrem eigenen Auto, in dem sich ihre Ausrüstung befand, nachgekommen.

Schon vom Wagen aus hatte Kerrin in Flensburg angerufen und Hauke und Lukas gebeten, sofort nach Föhr zu kommen. »Denkst du, was ich denke?«, hatte sie Hark gefragt, nachdem sie aufgelegt hatte.

»Ich befürchte es«, war alles, was er dazu hatte sagen können. Seit er gehört hatte, dass eine junge Frau tot in einem Knick bei der Lembecksburg gefunden worden war, hatte er sich bemüht, nicht daran zu denken, dass die Wahrscheinlichkeit groß war, dass es sich um Manon Oltmann handelte. Ihm hatte das Bild ihrer Mutter vor Augen gestanden, und er hatte sich nicht vorstellen wollen, was diese Nachricht für sie bedeuten würde.

Und nun war sie Realität. Tom und Christian hatten den Fundort abgesperrt. Kerrin und Hark hatten mit Jens Pfeiffer, einem hageren Mann Mitte vierzig, der mit hochgezogenen Schultern auf dem Ringwall gewartet hatte, gesprochen, aber er hatte nichts beisteuern können. Ihm war auf seinem Spaziergang niemand aufgefallen, und er war dem toten Körper nicht näher als einige Meter gekommen. Als er verstanden hatte, dass dort kein verletztes Tier, sondern eine tote Frau lag, hatte er sofort die Polizei verständigt.

Auch Elena war eingetroffen und kniete neben der Toten. Bekümmert hatte sie Hark und Kerrin begrüßt und sich dann gleich an die Arbeit gemacht.

Manon lag auf dem Rücken und starrte mit toten Augen in den Himmel. Ihre roten Haare bildeten einen Kranz um ihr Gesicht. Sie war bekleidet, und auf den ersten Blick waren keine Verletzungen zu erkennen.

»Kannst du uns schon etwas sagen?«, fragte Kerrin Elena vorsichtig.

»Aufgrund der Leichenstarre und der Totenflecken gehe ich davon aus, dass der Tod vor acht bis zehn Stunden, also zwischen Mitternacht und 2 Uhr, eingetreten ist.«

»Dann hatte der Täter Manon fast zwei Tage in seiner Gewalt.« Kerrin schauderte. »Gibt es Anzeichen für ein Sexualdelikt?«

»Nein, bisher zum Glück nicht.« Elena drückte Manon zur Seite. »Seht ihr die Totenflecken hier?«

Hark und Kerrin beugten sich nach unten.

»Sie sind rosarot und nicht bläulich violett. Das könnte für eine Vergiftung, beispielsweise durch Kohlenmonoxid, sprechen.«

»Dann ist sie an einem anderen Ort gestorben.« Hark sah Kerrin an.

»Der Täter hat sie also im Knick abgeladen. Hier ist man nachts ungestört und muss nicht befürchten, gesehen zu werden«, überlegte Kerrin. »Heißt das jetzt, dass die Morde an Heiko und Manon in keinem Zusammenhang zueinander stehen? Die unterschiedliche Tatbegehung könnte dafürsprechen.«

»Nicht unbedingt«, widersprach Hark. »Vielleicht ging es dem Täter oder der Täterin zunächst nur um

Heiko. Er muss die Abläufe auf dem Hof gekannt haben, wusste auch einiges über die Tiere und hat dann seinen Plan ausbaldowert. Auf Manon kam er erst später. Sie konnte er nicht genauso töten, also musste er sich etwas Neues überlegen.«

»Wenn wir annehmen, dass du recht hast, müssen wir uns fragen, was sie nach dem Tod von Heiko getan haben könnte, um ebenfalls in das Visier des Täters zu geraten.« Kerrin blickte in ratlose Gesichter. »Und wer sagt uns, dass jetzt Schluss ist?«

»Da kann ich euch leider nicht weiterhelfen.« Elena sah Kerrin und Hark mitfühlend an.

»Dann lassen wir dich mal deine Arbeit machen.« Kerrin erhob sich. »Lukas und Hauke sind auf dem Weg. Die 9:35-Uhr-Fähre können sie nicht bekommen haben, und die nächste fährt erst um 10:40 Uhr. Vor Viertel vor zwölf werden sie also nicht da sein. Wenn du früher fertig bist, ist das kein Problem. Tom und Christian halten hier Wache.« Sie sah ein wenig unschlüssig zu Hark. »Und wir fahren zu Rixa Oltmann.«

Hark nickte. Er konnte Kerrin ansehen, wie unwohl sie sich bei dem Gedanken fühlte, was jetzt auf sie zukommen würde. Ihm ging es nicht anders. Aber es nützte nichts, das war ihr Job, und sie würden ihn so empathisch wie möglich erledigen.

Das Haus im Rugstieg lag friedlich vor ihnen, als sie langsam auf die Tür zugingen und klingelten. Nur wenige Sekunden später riss Manons Mutter die Tür auf. Ihr hoffnungsfrohes Gesicht fiel in Sekundenbruchteilen in sich zusammen, als sie Kerrin und Hark sah.

Voller Angst blickte sie die Beamten einen Augenblick stumm an, drehte sich dann um und ging wortlos zurück ins Haus. Kerrin und Hark folgten ihr. In der Küche setzte sich Rixa an den Tisch und blickte starr auf den Boden.

Sie hat es in unseren Gesichtern gelesen, und nun versucht sie, den Moment, in dem ihre Welt zusammenbrechen wird, noch ein klein wenig hinauszuzögern, dachte Hark voller Mitleid. Er schaffte es nicht, sich den unfassbaren Schmerz vorzustellen, den die Nachricht von dem Tod des eigenen Kindes auslösen musste.

»Es tut uns sehr leid, Frau Oltmann«, begann Kerrin nach einem kurzen Blick zu Hark mit leiser Stimme, »aber wir müssen Ihnen mitteilen, dass wir Ihre Tochter heute Morgen gefunden haben.«

Rixa Oltmann hatte die Arme um sich geschlungen und wiegte sich langsam hin und her. Die ersten Tränen tropften aus ihren Augen.

Kerrin erhob sich und schob ihren Stuhl dicht an sie heran. Sanft strich sie über ihren Rücken. »Ich wünschte von ganzem Herzen, dass wir Ihnen etwas anderes sagen könnten, aber Manon lebt leider nicht mehr.«

Ein erster leiser Schluchzer entrann Rixas Mund. Dann krümmte sie sich zusammen, richtete sich plötzlich wieder auf und stieß einen gellenden Schrei aus. Hark zuckte erschrocken zusammen. Unermessliche Qual lag in dem Jammerlaut, und er musste sich zusammenreißen, um seine eigenen Tränen zurückzuhalten. Er bemerkte, dass auch Kerrin schlucken musste.

»Es tut uns so furchtbar leid«, wiederholte Kerrin noch einmal und nahm Rixa in die Arme. »Sollen wir jemanden anrufen, der jetzt bei Ihnen bleiben kann?«

»Was ist ihr geschehen?«, stieß Rixa statt einer Antwort hervor. Ihr Blick war tränenverschleiert. »Wo ist sie? Ich will zu ihr.« Sie erhob sich, aber Kerrin drückte sie sanft zurück auf den Stuhl.

»Sie ist in der Nähe der Lembecksburg gefunden worden. Unsere Kollegen sind bei ihr und passen auf sie auf«, erklärte sie. »Was genau passiert ist, können wir noch nicht sagen, unsere Rechtsmedizinerin aus Kiel ist bereits auf Föhr, und die Spurensicherung aus Flensburg ist auf dem Weg. Sobald sie fertig sind, bringen wir Sie zu Ihrer Tochter.«

Rixa Oltmann sah sie aus weit aufgerissenen Augen an und fing an, unkontrolliert am ganzen Körper zu zittern.

»Ich rufe Dr. Scholz an«, raunte Hark Kerrin zu, die dankbar nickte. Er hörte noch, wie Kerrin Rixa Oltmann mit ruhiger Stimme bat, mit ihr ins Wohnzimmer zu kommen und sich dort auf das Sofa zu legen.

Der Arbeitgeber von Manon hatte sich sofort in sein Auto gesetzt, als er gehört hatte, was passiert war. Er hatte Rixa ein Beruhigungsmittel gegeben und ihr weitere Tabletten dagelassen. »Wenn sich ihr Zustand verschlechtert, rufen Sie mich jederzeit an. Meine Frau und ich werden den ganzen Tag zu Hause sein.«

Kerrin hatte ihn nach Manon gefragt, aber er hatte nichts beisteuern können. »Sie war immer freundlich und fröhlich, ging gut mit den Patienten um. Ich kann nicht fassen, dass ihr etwas derartig Schreckliches angetan worden ist. Privat habe ich sie allerdings nicht gekannt.«

Kerrin hatte schließlich aus Rixa den Namen einer Freundin herausbekommen und sie angerufen. Lisa Schäfer hatte ebenfalls alles stehen und liegen gelassen und war hergekommen, um sich erst einmal um Rixa zu kümmern.

Es war bereits halb zwölf, als Hark und Kerrin das Haus im Rugstieg verließen. Beklommen gingen sie zum Auto.

»Diese Traurigkeit nimmt einen ganz schön mit«, sagte Hark leise. Nach der Anspannung der letzten Stunden machte sich Erschöpfung in ihm breit.

Kerrin nickte. »Sie tut mir wahnsinnig leid. Das einzige Kind zu verlieren, ist wahrscheinlich das Schlimmste, was ihr im Leben passieren konnte.« Sie seufzte. »Lukas und Hauke müssten jetzt gleich am Fundort sein, da brauchen sie uns nicht. Und danach müssen sie zu Manon in die Wohnung. Ich schlage vor, dass wir uns mit ihnen und Elena auf der Dienststelle treffen, wenn sie dort durch sind. Und bis dahin reden wir mit Manons Freundinnen und ihrem Ex-Freund.«

Jan und Fabian hatten die Flensburger Kollegen, die zurück aufs Festland mussten, am Morgen vor dem Haus von Aiko Meißner wieder abgelöst. Am Telefon hatte Fabian Kerrin bestätigt, dass der Ex-Freund von Manon seine Wohnung seit dem gestrigen Abend nicht verlassen hatte.

»Wenn er es gewesen ist, wird er sich heute Nacht durch den Garten davongeschlichen haben«, wandte Hark ein. »Das hätten unsere Kollegen nicht zwangsläufig mitbekommen.«

»Wir müssen prüfen, wo sein Wagen steht«, spann Kerrin den Faden weiter. »Ohne Auto hätte er Manon nicht vom Tatort zur Lembecksburg schaffen können.«

Sie beschlossen, erst einmal zu Mia Keller und Betty Weber zu fahren. Mit Aiko Meißner würden sie danach sprechen.

Auf ihr Klingeln an Mias Tür hin öffnete ihnen ein junger Mann, der sich als ihr Freund Lenny Köhler vorstellte. Das junge Paar saß bei einem späten Frühstück zusammen.

Mia brach in ein herzzerreißendes Schluchzen aus, als sie hörte, was geschehen war. Lenny nahm sie lange in den Arm. Auch ihm standen Tränen in den Augen.

»Das kann doch nicht sein«, sagte er schließlich. »Wir haben uns noch am Montagabend zum Nudelessen hier gesehen. Das haben wir jede Woche gemacht, alte Tradition von Mia und Manon, in die ich vor zwei Jahren mit eingestiegen bin.«

Mia hatte sich ein wenig beruhigt und wischte sich die Tränen aus dem Gesicht. »Wissen Sie schon, wer das war? Und warum? Das ergibt doch überhaupt keinen Sinn.« Ihre Stimme brach.

Kerrin schüttelte den Kopf. »Bisher nicht, wir fangen ja gerade erst an zu ermitteln. Können wir Ihnen ein paar Fragen stellen?«

»Klar.« Mia griff nach einer Packung Taschentücher und schnäuzte sich die Nase.

»Manon und Sie waren Freundinnen und Arbeitskolleginnen, richtig?«

»Das stimmt. Freundinnen waren wir schon sehr lange, Arbeitskolleginnen erst seit zwei Jahren. Vorher war ich bei einem Hautarzt in Wyk. Als bei Dr. Scholz eine Stelle frei wurde, habe ich mich sofort beworben und den Job bekommen. Manon und ich hatten uns schon immer ausgemalt, wie schön es wäre, zusammenzuarbeiten, und es hat super geklappt.« Ihre Augen schimmerten wieder feucht.

»Wo sind Sie gestern Nacht gewesen?«

»Wir haben mit Betty und ihrem Freund Gerrit zusammen gegessen. Eigentlich waren wir alle auf einer Party eingeladen, aber weil Manon verschwunden war, fanden wir es irgendwie nicht richtig hinzugehen. Wir haben dann bei Betty gekocht und ziemlich viel Wein getrunken. Gegen ein Uhr waren wir wieder zu Hause. Ist sie gestern Abend gestorben?« Mia umklammerte bei diesen Worten die Hand ihres Freundes.

»Ja, davon gehen wir bisher aus«, antwortete Kerrin schlicht. »Ist Ihnen in den letzten Wochen irgendetwas an Manon aufgefallen? Hatte sie mit jemandem Ärger?«

Mia schüttelte langsam den Kopf.

»Was ist mit Aiko?«, fragte Lenny.

»Mit ihm werden wir gleich sprechen«, erklärte Kerrin. »Und sonst war alles wie immer?«

»Ich bin mir nicht sicher«, druckste Mia ein wenig.

»Was meinst du?« Lenny sah sie erstaunt an. »Wenn du etwas weißt, musst du es sagen.«

»Genau erklären kann ich es nicht, aber ich hatte in den letzten Wochen den Eindruck, dass irgendetwas in ihr vorging.«

»Was denn?« Lenny sah sie fragend an.

»Das ist ja gerade das Merkwürdige, ich weiß es nicht. Normalerweise trägt Manon ihr Herz auf der Zunge, aber in der letzten Zeit war sie verschlossen.«

Hark horchte auf. »Woran haben Sie das festgemacht?«

»Sie wirkte oft abwesend, als wäre sie mit ihren Gedanken ganz woanders. Dann war sie wieder total aufgekratzt. Wenn ich sie gefragt habe, was los ist, hat sie abgewehrt.« Sie schaute Lenny an. »Am letzten Wochenende hat sie mir eröffnet, dass sie nicht weiß, ob sie noch lange bei Dr. Scholz bleiben wird. Sie spielte mit dem Gedanken, ein Sabbatical zu machen.«

»Ein Jahr nicht arbeiten?«

»Ein Jahr oder auch zwei, das wusste sie noch nicht. Sie wollte ihr Leben genießen, frei sein, in den Tag hinein leben.« Mia sah ihn hilflos an. »Als ich gefragt habe, wie sie das finanzieren wolle, hat sie abgewinkt. Das würde sich finden. Sie würde gut leben können, war alles, was ich aus ihr herausbekommen habe.«

Lenny schüttelte verwundert den Kopf. »Das verstehe ich nicht. Rixa tut zwar für ihre Tochter, was sie kann, aber Reichtümer verstecken sich bei ihr ja nun wirklich nicht.«

»Was ist mit Manons Vater? Könnte der dahinterstecken?«

»Der ist abgehauen, als Manon ein Baby war. Er war nicht von der Insel und ist niemals wieder aufgetaucht. Manon hat nie versucht, ihn ausfindig zu machen. ›Er ist ein Dreckskerl, der sich für mich und meine Mutter nicht im Geringsten interessiert hat, warum sollte das jetzt anders sein?‹, hat sie immer gesagt. Und das stimmt ja auch. Wenn er sie hätte sehen wollen, hätte er ja herkommen können.«

»Wenn wir also davon ausgehen, dass Manon keine nennenswerten Rücklagen hatte, scheint sie darauf spekuliert zu haben, von irgendjemandem Geld zu bekommen. Genug, um davon erst einmal leben zu können«, stellte Hark fest. »Oder war sie ein Mensch, der kaum gearbeitet hat?«

»Nein, ganz und gar nicht. Sie brauchte Sicherheit, und finanziell abgesichert zu sein, war ihr immer wichtig.«

»Könnte ein neuer Freund dahinterstecken?«, übernahm Kerrin wieder.

»Das habe ich auch erst vermutet und ordentlich gebohrt in diese Richtung, aber sie hat es immer wieder abgestritten.« Tränen kullerten Mias Wangen herunter. »Wenn sie einen reichen Typen vom Festland kennengelernt hätte, hätte sie mir das doch sagen können«, stieß sie hervor. »Ich hätte mich doch für sie gefreut.«

22

Er saß am Strand und starrte mit leerem Blick auf das Meer. Die herbstliche Kühle des feuchten Sandes kroch in seinen Körper, aber er spürte sie nicht. Nach den Ereignissen der letzten Tage brauchte er eine Auszeit von der Realität. Wie so oft flüchtete er sich in einen Tagtraum. In vielen Jahren hatte er gelernt, mit purer Willenskraft die Wirklichkeit von sich fernzuhalten und sich nur auf sein Inneres zu konzentrieren. Heute hatte er dies bis zur Vollkommenheit perfektioniert. Auf sich allein gestellt, ohne jegliche Hilfe von außen, hatte er einen Weg gefunden, klarzukommen, nicht unterzugehen.

Von klein auf hatte er die Erfahrung gemacht, dass er auf niemanden aus seinem Umfeld zählen konnte. Sie war seine Bezugsperson gewesen, auch wenn alle Menschen wohl gesagt hätten, dass er sich auf sie am allerwenigsten verlassen konnte. Aber das hatte er in der Vergangenheit nicht gesehen oder sehen wollen und tat es auch jetzt nicht. Sie stand auf einem Podest, war jedem Vorwurf gegenüber erhaben und musste um jeden Preis geschützt werden.

Vor seinem inneren Auge tanzte eine strahlende Frau

in einem bis zu den Fußknöcheln reichenden weißen Spitzenkleid mit nackten Füßen lachend durchs Watt. Ihre langen Haare flogen im Wind. Sie achtete nicht auf ihre Umgebung, spürte nicht, dass alle Menschen am Strand sie fasziniert anstarrten, sondern war ganz in sich selbst versunken. Weiter und weiter hüpfte sie in Richtung Fahrrinne, bemerkte nicht, dass das aufsteigende Wasser erst ihre Füße und dann den Saum ihres Kleides gierig umspülte.

Der Stolz des kleinen Jungen, der jeder ihrer Bewegungen mit den Augen gebannt gefolgt, ihr aber nicht nachgegangen war, verwandelte sich in Furcht, als er erkannte, dass die Flut unaufhaltsam näher kam. Erleichtert atmete er auf, als sein Vater sich ihr ärgerlich mit schnellen Schritten näherte. Er packte sie mit festem Griff am Arm und zog sie mit einem undurchdringlichen Gesichtsausdruck zurück an den Strand.

23

Betty Weber und Manon hatten sich seit der Schulzeit gekannt. Die junge Frau brach in den Armen ihres Freundes in Tränen aus, als sie hörte, was geschehen war. Nachdem sie sich ein wenig beruhigt hatte, bestätigte sie, dass sie und Gerrit den gestrigen Abend zusammen mit Mia und Lenny verbracht hatten und gegen ein Uhr ins Bett gefallen waren. Auch ihr war Manon in der letzten Zeit verändert erschienen. Im Gegensatz zu Mia hatte sie dabei jedoch nicht an einen Mann gedacht.

»Nach der Pleite mit Aiko hatte sie sich geschworen, in finanzieller Hinsicht nie wieder auf einen Mann zu setzen, sondern sich nur noch auf sich selbst zu verlassen.« Sie warf ihrem Freund einen Blick zu. »Für mich war das schon immer selbstverständlich, aber Manon hing immer noch diesem Schulmädchentraum nach, in dem ein wunderhübscher und unermesslich reicher Prinz sie eines Tages finden und in sein Königreich mitnehmen würde.«

»Das passt zu ihr«, bemerkte Gerrit, der ansonsten bisher geschwiegen hatte, leise.

»Wie meinen Sie das?«, wollte Kerrin wissen.

»Sie war einfach so«, erklärte er vage.

»Kannten Sie Manon gut?« Kerrin ließ sich nicht

abwimmeln. Bisher hatten alle Freunde ausgesagt, dass Manon eine fröhliche und unkomplizierte junge Frau gewesen war, die Wert auf Äußerlichkeiten und einen gewissen finanziellen Rahmen gelegt hatte. Weitere negative Eigenschaften waren ihnen nicht zu Ohren gekommen.

»Nein, eigentlich nicht. Sie war Bettys Freundin, und die beiden haben eher etwas zu zweit oder mit anderen Freundinnen unternommen.«

»Hatte das einen Grund? Von Mia Kellers Freund Lenny wissen wir, dass er Manon auch regelmäßig getroffen hat.«

»Gerrit und sie kamen nicht sonderlich gut miteinander aus«, mischte sich Betty ein. »Ich fand das zwar blöd, habe es aber akzeptiert. Sympathie kann man nun einmal nicht erzwingen.«

»Was mochten Sie an Manon nicht?« Kerrin hatte nicht vor, den jungen Mann von der Angel zu lassen.

»Ich möchte wirklich nicht schlecht über sie sprechen«, entgegnete er vorsichtig. »Ihr Tod tut mir aufrichtig leid und rückt alles in ein anderes Licht. Was gestern noch viel Raum eingenommen hat, erscheint plötzlich so unwichtig.«

»Ich verstehe, was Sie meinen. Aber beantworten Sie bitte trotzdem meine Frage.«

»Sie war mir zu berechnend und materiell eingestellt. Bei ihr ging es nicht in erster Linie um den Menschen und seine Persönlichkeit, sondern um das, was er darstellt.«

»Das finde ich jetzt ein bisschen zu hart.« Betty sah ihn mit Tränen in den Augen an. »Du sprichst über meine Freundin.«

»Das weiß ich, und deshalb wollte ich zunächst nichts sagen. Aber ich habe sie so gesehen, und daran ändert auch ihr Tod nichts.« Er schaute Kerrin an. »Betty und sie kannten sich schon als Jugendliche, das war eine echte Freundschaft. Aber alles danach meiner Ansicht nach nicht.«

»Was ist mit Nele und Mia?« Kerrin blickte ihn fragend an.

»Nele war das angesagteste Mädchen in ihrem Jahrgang, weil sie so unabhängig und anders war. In ihrem Strom wollte Manon natürlich mitschwimmen. Und Mia ist bildhübsch und hat recht vermögende Eltern. Für Manon ist da mehr als ein Urlaub im Süden rausgesprungen.«

»Also war Ihrer Meinung nach Berechnung mit im Spiel«, schlussfolgerte Kerrin. »Und ihren Freund Aiko hat sie sich ausgesucht, weil sie dachte, dass bei ihm etwas zu holen sei?«

»Bei ihm greifen die gleichen Argumente wie bei Mia. Ich muss zugeben, dass er äußerst attraktiv ist. Sein Haus in Wrixum hat er sich im Frühling gekauft. Sie wissen wahrscheinlich selbst, wie die Immobilienpreise auf Föhr in den letzten Jahren durch die Decke gegangen sind, das können sich heutzutage nicht mehr viele leisten. Manon wird gedacht haben, dass er neben seinem Gehalt als Lehrer am Gymnasium andere Töpfe hat, aus denen er sich bedienen kann. Als sie herausfand, dass das nicht so ist, er mit seinem Gehalt seine Mutter unterstützen muss, war es mit der Liebe nicht mehr so weit her.«

»Wie konnte er sich das Haus denn leisten, wenn es bei ihm am Monatsende auch knapp wurde?«, fragte Hark neugierig.

»Er hat mir mal erzählt, dass er sich vor dem Immobilienboom in Hamburg eine Eigentumswohnung gekauft hatte, die er für fast das Doppelte verkaufen konnte. Mit dem verdienten Geld konnte er das Eigenkapital aufbringen, sodass er jetzt nur noch überschaubare Raten monatlich an die Bank zahlt. Für ihn ein guter Deal, aber Manon brachte das im Alltag nicht weiter.«

Das kleine Reetdachhaus von Aiko Meißner lag verträumt in der Sonne. Jan und Fabian saßen in einem Wagen vor der Tür und hörten ein Hörbuch, als Kerrin und Hark eintrafen.

»Alles ruhig«, hatte Jan erklärt, bevor sie geklingelt hatten. Rosenranken schlängelten sich die Wände hoch, vor einer blau gestrichenen Holzbank an der Hauswand stand ein Paar dreckverschmierter Gummistiefel.

»Die sollten wir uns genauer ansehen«, bemerkte Hark.

Aiko Meißner wurde bleich im Gesicht, als er hörte, was mit seiner Ex-Freundin geschehen war. »Das kann doch nicht Ihr Ernst sein«, stammelte er.

»Mit so etwas scherzen wir nicht. Wo waren Sie von gestern Abend bis heute Nacht gegen 2 Uhr?«

»Zu Hause.« Er hüstelte ein wenig. »Ich muss mir etwas eingefangen haben und bin früh ins Bett gegangen.«

»Das scheint Ihnen geholfen zu haben, Sie hören sich nicht krank an.« Kerrin sah ihn eindringlich an. »Gibt es dafür Zeugen?«

»Nein, ich bin Single. Aber welchen Grund sollte ich haben, Manon umzubringen? Wir waren einige

Monate lang ein Paar und haben uns dann getrennt.« Als er Harks Blick auffing, korrigierte er sich. »Sie hat sich von mir getrennt. Ich fand das anfangs nicht gut, da ich echte Gefühle für sie gehegt hatte und es mir anders gewünscht hätte. Aber ich habe auch erkannt, dass wir wohl doch nicht so gut zusammengepasst haben, wie ich angenommen hatte. Ich habe Seiten an ihr entdeckt, die mir nicht gefallen haben.«

»Sie meinen Manon Oltmanns Fokus auf Ihre finanziellen Verhältnisse?«

»Genau. Sie hat mich wegen dieses Hauses vollständig falsch eingeschätzt. Als ihr klar wurde, dass ich im Alltag zwar ganz gut leben, aber keine sonderlich großen Sprünge machen kann, ist ihre Liebe schnell abgeflaut.« Er fuhr sich durch die Haare. »Mit einer so gestrickten Frau möchte ich nicht mein Leben verbringen.«

»Haben Sie eine Idee, wie Manon in den letzten Wochen an eine größere Summe Geld gekommen sein könnte?«

»Wie meinen Sie das? Hat sie etwa im Lotto gewonnen?«

»Sie hat ihren Freundinnen gegenüber angedeutet, dass sie mit dem Gedanken spielt, ihren Job zu kündigen. Genug Geld, um den Lebensunterhalt zu bestreiten, sei vorhanden.«

Aiko zuckte ratlos mit den Schultern. »Das verstehe ich nicht. Vielleicht hat sie einen anderen Mann kennengelernt, der in dieser Hinsicht mehr zu bieten hat als ich. Ihr Leben allein ohne Einkommen bestreiten kann sie mit Sicherheit nicht.«

»Wo steht Ihr Auto?«

»Warum wollen Sie das denn wissen?«

»Beantworten Sie bitte meine Frage.« Kerrin schaute ihn ungerührt an.

»In der Werkstatt Albrecht in Wyk. Mir ist letzten Mittwoch jemand reingefahren. Zum Glück nur Blechschaden.«

»Haben Sie einen Leihwagen?«

Aiko Meißner schüttelte den Kopf. »Ich fahre Rad.«

»Wir haben draußen gesehen, dass Ihre Gummistiefel ziemlich verdreckt sind. Wo waren Sie damit?«, wechselte Hark das Thema.

»Das ist jetzt nicht Ihr Ernst, oder?«, erwiderte Aiko Meißner verdutzt.

Hark blickte ihn unverwandt an, antwortete aber nicht.

»Ich habe im Garten gearbeitet, da werden die Schuhe nun einmal dreckig«, entgegnete er schließlich.

»Wir müssen Ihre Stiefel sicherstellen und untersuchen lassen. Sind Sie damit einverstanden?«

»Nein, das bin ich nicht. Mir reicht es nämlich mit Ihren unterschwelligen Verdächtigungen. Ohne einen richterlichen Beschluss nehmen Sie gar nichts mit.«

»Das ist grundsätzlich Ihr gutes Recht, allerdings ist hier Gefahr im Verzug«, mischte sich Kerrin ein. »Mein Kollege und ich nehmen die Stiefel jetzt mit, den Beschluss des zuständigen Richters bekommen Sie innerhalb der nächsten drei Tage nachgereicht.« Als sie Aiko Meißners Gesichtsausdruck sah, fügte sie noch hinzu: »Es steht Ihnen natürlich frei, gegen die Beschlagnahme Widerspruch einzulegen.«

»Ist das jetzt ein indirektes Schuldeingeständnis?« Hark schüttelte den Kopf und startete den Wagen, nachdem sie

Jan und Fabian erst einmal von der Überwachung von Aiko Meißner erlöst hatten. Da Manon tot aufgefunden worden war, versprach sich Kerrin keine neuen Erkenntnisse mehr davon. »Wenn er nichts zu verbergen hat, könnte er uns die Schuhe doch einfach mitgeben.«

»Vermutlich. Es könnte ihm aber auch nur ums Prinzip gegangen sein. Die besten Erfahrungen mit der Polizei hat er seiner Ansicht nach ja nicht gerade gemacht.«

»Mir ist er unsympathisch, und ich traue ihm nicht von hier bis zur nächsten Ecke«, brummte Hark und konzentrierte sich dann wieder aufs Fahren. Kerrin telefonierte währenddessen mit Heyden und schilderte ihm die Sachlage.

»Gut gemacht. Überprüf den Werkstatttermin, und gib die Schuhe den Jungs von der Spusi. Sie sollen Proben nehmen und dann sofort untersuchen lassen. Wenn ihr ihm die Stiefel schon heute Abend oder morgen früh zurückgebt, können wir uns das Theater mit dem richterlichen Beschluss vielleicht ersparen. Andernfalls setze ich Jörn daran.«

Eine Viertelstunde später parkten sie am Hafendeich und gingen die wenigen Meter auf die andere Seite der Mole zum Fischmarkt. Bevor sie noch einmal mit Nele sprechen würden, wollten sie zusammen mit Nils, der sie schon an der Tür der Dienststelle erwartet hatte, zu Mittag essen.

»Endlich wieder Fischmarkt. Aber heute nicht noch einmal Fischbrötchen, sondern zur Abwechslung eine Grillwurst, einverstanden?« Kerrin lächelte Hark und Nils verschmitzt an.

Seit gestern war die Insel erneut voll von Touristen.

Menschen drängten sich an ihnen vorbei, der Duft nach Würstchen und Pommes waberte durch die Luft. Kerrin merkte, was für einen Hunger sie mittlerweile hatte. Ortskundig schoben Hark, Nils und sie sich durch die Menge zu einem kleinen Stand direkt am Wasser. Zwei alte Traditionssegler lagen am Kai und hatten ihre Stege für die Touristen nach unten gelassen. An Bord konnte man mit einem Getränk in der Herbstsonne sitzen und sich sanft von den leichten Wellen schaukeln lassen.

»Drei Bratwürste und drei Cola«, bestellte Kerrin. Kurz darauf standen sie an einem Stehtisch und bissen in das saftige Fleisch. Kerrin war glücklich trotz des traurigen Vormittags. Sie war auf ihrer Insel, zusammen mit Nils und seinem Vater, schöner konnte das Leben nicht sein.

Sie war seit dem Sommer nicht auf diesem Markt gewesen, aber verändert hatte sich nichts. Neben diversen Speisen und Getränken gab es wie immer allerlei zu kaufen: Bilder und Postkarten, Felle und Kleidungsstücke, Süßigkeiten, Holzspielzeug, Mützen und Caps, Modeschmuck und Keramik. An einer Ecke spielte ein Leierkastenmann Seemannslieder, und auf der kleinen Bühne machte sich gerade eine Band in blau-weiß gestreiften Fischerhemden für ihren nächsten Auftritt bereit.

»Obwohl es von Touristen wimmelt, kommen auch die Einheimischen hierher.« Kerrin drückte Nils' Hand.

Schweigend aßen sie, beobachteten das bunte Treiben um sich herum und genossen diesen kurzen Augenblick der Ruhe.

24

Sina saß mit Lia und Peter am Küchentisch, auf dem sich dreckiges Geschirr stapelte, als Nele eintrat. Die gestern eingetroffenen Ferienkinder waren jetzt nach dem Mittagessen draußen im Stall. Die erste Hälfte ritt bereits unter Marlenes Aufsicht auf dem Platz, die andere Hälfte war dabei, mit Patricks Hilfe die Ställe auszumisten.

»Patrick hat mir gesagt, dass ich dich hier finde«, begrüßte sie ihre ältere Schwester, die ihr verwundert entgegenblickte. »Kann ich kurz mit dir sprechen?«

»Klar, nimm dir einen Kaffee.«

»Gerne allein«, ergänzte Nele mit Blick auf Lia und Peter.

»Kein Problem, wir fangen schon einmal mit dem Abwasch an, dafür sind wir ja da.« Lia grinste die Schwestern an und warf dann Peter einen auffordernden Blick zu. »Komm, mein Lieber, bevor du deinen Nichten zuschauen darfst, musst du Sina ersetzen und mir ein bisschen helfen. Außerdem lenkt dich das von deinen Sorgen um Manon ab.«

»Was ist denn so dringend?« Sina schaute Nele angespannt an, als sie sich im Wohnzimmer hingesetzt hatten. »Gibt es etwas Neues wegen Papa?

»Nein, von der Polizei habe ich nichts gehört. Ich mache mir Sorgen um Mama.«

»Und da kommst du ausgerechnet zu mir? Du bist die Mamaversteherin, wir anderen haben doch nichts zu melden.«

»Sei nicht schon wieder so eingeschnappt.« Nele spürte, wie ihre Stimme lauter wurde, aber sie konnte nichts dagegen tun. Der Graben zwischen ihrer Schwester und ihr war zu tief. Und doch brauchte sie sie jetzt. Olaf ging nicht an sein Telefon, und Klaas war mit dem Traktor auf dem Feld. Mit irgendjemandem musste sie ihre Befürchtungen teilen und überlegen, was sie tun konnten.

»Sag du mir nicht, wie ich zu sein habe, sondern spuck aus, was du zu sagen hast, und dann tu uns beiden den Gefallen und verschwinde wieder.« Auch Sina war nun lauter geworden. Sie hätten die Küche gar nicht zu verlassen brauchen, Lia und Peter würden auch so jedes Wort verstehen, wenn sie sich nicht zusammenrissen.

Nele atmete tief durch, bevor sie antwortete. »Ich war heute Vormittag auf dem Hof, weil ich beunruhigt war. Mama ist nicht an ihr Handy gegangen, und Klaas habe ich auch nicht erreicht.«

»Und weiter? Das haut mich jetzt nicht aus den Puschen. Im Gegensatz zu dir arbeiten wir alle.«

»Halt doch einfach deinen Mund und hör zu.« Nele schüttelte ärgerlich den Kopf und wäre beinahe wieder gegangen. Aber dann nahm die Sorge um ihre Mutter wieder überhand. »Sie lag im Bett, als ich ankam. Um 11 Uhr.«

»Okay, das ist tatsächlich ungewöhnlich«, erwiderte Sina überrascht. »Vielleicht ist sie krank oder konnte in der Nacht wegen Papas Tod nicht schlafen? Fenja übernimmt die Kälber bestimmt noch eine Weile, da würde ich mir keine …«

»Sie ist völlig verkatert gewesen, kam kaum aus dem Bett. In ihrem Zimmer stank es wie in einer Kneipe und …«

»Jetzt übertreibst du bestimmt. Mama trinkt nicht, höchstens mal ein Bier. Wahrscheinlich hast du deine eigene Fahne gerochen.« Sina beugte sich schnuppernd zu Nele hinüber.

»So ein Blödsinn.« Nele schubste sie von sich weg. »Auf dem Fußboden lag eine Schnapsflasche, fast leer. Mama muss sich gestern Abend fast bis zur Besinnungslosigkeit betrunken haben. Das passt nicht zu ihr.«

»Ihr Mann ist ermordet worden, da kann man schon einmal Dinge tun, die nicht zu einem passen, oder?« Trotz ihrer abwehrenden Worte wirkte auch Sina betroffen.

»Klar, das verstehe ich gut, vermutlich besser als du. Aber das ist auch nur der eine Punkt, der mich besorgt. Als ich sie wach bekommen habe, hat sie etwas von Manon und einer Gefahr für unsere ganze Familie und insbesondere mich gefaselt. Ich wäre nicht sicher und solle mich vorsehen.«

»Ist doch klar, dass sie sich wieder nur um dich sorgt«, giftete Sina sie an. »Kann es sein, dass es um die arme verschwundene Manon und ausnahmsweise mal nicht um dich ging?«

»Nein, das kann nicht sein.« Nele atmete noch einmal tief durch und zwang sich, ruhig zu bleiben. Sie durfte sich von ihrer Schwester nicht provozieren lassen. »Ich war lange nicht auf Föhr, daher komme ich zu dir. Was kann sie mit einer Gefahr für unsere Familie und insbesondere mich gemeint haben? Papa ist tot, dass sie das umhaut, ist klar. Und dass Manons Verschwinden sie beschäftigt, ist auch verständlich. Aber warum erschüttert es sie so sehr, und warum bringt sie es mit unserer Familie in Verbindung? Zwischen den Taten kann es doch keinen Zusammenhang geben. Hast du irgendeine Idee?«

In diesem Moment steckte Peter den Kopf durch die Tür. »Entschuldigt bitte, ich will euch nicht stören, sondern mich nur kurz verabschieden. Ein Freund hat angerufen und holt mich gleich spontan ab. Tut mir leid, dass ich nicht länger helfen kann.«

»Das macht doch nichts. Schön, dass du da warst.« Sina winkte ihm zu und wandte sich dann wieder Nele zu. »Ich habe keine Ahnung, was sie meinen könnte. Hier war in den letzten Jahren alles normal, mir ist nichts Außergewöhnliches aufgefallen. Mit Papa war es nicht leicht, aber das war es vorher auch nicht. Ich glaube nicht, dass sein Tod Mama total umhaut. Natürlich waren sie viele Jahre verheiratet, und eine Menge Gewohnheiten und natürlich seine Arbeitskraft fallen weg, aber nahe standen sie sich ja nun wirklich nicht.«

»Das sehe ich genauso.« Nele überlegte einen Moment. »Es muss etwas geben, was ihr Angst macht. Und wir sollten herausfinden, was es ist. Vielleicht wäre es gut, wenn wir ihr zusammen mit Klaas und Olaf auf den Zahn fühlen würden? Vielleicht heute Abend nach dem Stalldienst?«

»Von mir aus, ich bin dabei.«

Während Nele bei Sina war, hatte Anne lange kalt geduscht, mehrere Kopfschmerztabletten geschluckt, Kaffee getrunken und sich ausgiebig die Zähne geputzt. Danach fühlte sie sich nicht mehr ganz so elend.

Es war ihr unangenehm, dass Nele sie heute Vormittag in einem derartigen Zustand angetroffen hatte. Sie hatte genau gemerkt, wie erschrocken sie gewesen war, hatte aber nicht verhindern können, dass die warnenden Worte aus ihr herausgesprudelt waren. Zu groß war ihre Sorge um die geliebte Tochter, als dass sie sich hätte zurückhalten können.

Aber allmählich übernahm eine fieberhafte Aufregung ihre Gefühle. Sie hatten sich lange nicht gesehen und noch viel länger nicht miteinander gesprochen. Endlos hatte sie vor ihrem Kleiderschrank gestanden und überlegt, was sie anziehen solle. Und sich dann schließlich doch für Jeans und Pulli entschieden. Sie wollte nicht den Eindruck erwecken, dass sie sich für ihn schön gemacht hatte. Schließlich waren sie nicht zu einem Date verabredet. Für das Schminken hatte sie sich ebenfalls viel Zeit genommen. Sie wollte um jeden Preis verhindern, dass er den Bluterguss bemerkte. Zum Glück war er schon ein wenig verblasst, und die Reste deckte sie sorgfältig ab.

Nachdem sie eine Scheibe Brot gegessen hatte, machte sie sich auf den Weg. Ihr Herz klopfte, als sie ihren alten Golf in der Mühlenstraße parkte. Er hatte vorgeschlagen, sich bei den Strandkörben an der Mittelbrücke zu treffen. Zwar wurden die seit Ende September nicht mehr vermietet, aber sie waren noch nicht ins Winterlager gebracht worden und standen offen am Strand. Dass sie hier von Bekannten überrascht werden würden, war um diese Jahreszeit eher unwahrscheinlich. Und genau deshalb hatte er diesen Treffpunkt wohl gewählt.

Am Musikpavillon am Sandwall betrat sie den Strand und ging bis zur Wasserkante und von dort nach links in Richtung Mittelbrücke. Von hier aus konnte sie in alle Strandkörbe schauen.

Sie entdeckte ihn sofort. Er saß in einem Korb in der mittleren Reihe und hatte den Sonnenschutz tief nach unten gezogen. Obwohl sein Gesicht im Schatten lag, erkannte sie ihn auf Anhieb. Ihr Herz begann heftig zu schlagen, und ihr wurde flau. Energisch spannte sie die Oberschenkel an, um ihren Kreislauf zu stabilisieren, und machte sich dann mit festen Schritten auf den Weg zu ihm.

»Danke, dass du gekommen bist«, begrüßte sie ihn mit leiser Stimme. Er sah noch immer gut aus. Sein Gesicht war braun gebrannt, und die tiefblauen Augen, in denen sie sich vor vielen Jahren so rettungslos verloren hatte, blickten sie wachsam, aber auch erwartungsvoll an. Seine kräftige Gestalt zeichnete sich unter dem Sweatshirt ab.

Alles war genau wie früher. Und doch anders. Falten um seine Augen zeugten davon, dass auch er älter geworden war. Tiefe Einkerbungen um den Mund herum gaben ihm einen leicht missmutigen Ausdruck und wiesen darauf hin, dass er vermutlich nicht nur glücklich in seinem Leben gewesen war. Ob sie einen Anteil daran hatte? Obwohl es seine Entscheidung gewesen war, mit der sie hatte leben müssen?

»Es schien ja dringend zu sein.« Er sah kurz zu ihr hoch und klopfte dann auf den Platz neben sich. »Besser, wenn uns keiner zusammen sieht.« Als sie sich gesetzt hatte, fügte er hinzu: »Das mit deinem Mann tut mir leid, es muss schlimm sein, jemanden auf diese Art zu verlieren.«

Sie dachte einen Moment über seine Worte nach und nickte dann. »Das stimmt wohl. Auch wenn ich nicht weiß, wie es sich ansonsten angefühlt hätte. Aber egal, wie er gestorben ist: Er ist nicht mehr da, und wir werden uns alle erst einmal daran gewöhnen müssen.«

Eine Weile schwiegen sie und schauten aufs Meer. Am Horizont waren deutlich die Warften der Hallig Langeneß zu erkennen.

»Es ist ein komisches Gefühl, hier mit dir zu sitzen. Fast wie früher und doch völlig anders«, durchbrach er schließlich die Stille.

»Es tut mir leid, wenn ich damit alte Geschichten wieder aufwühle«, begann sie vorsichtig. »Aber ich wusste mir keinen anderen Rat.«

»Das verstehe ich, ehrlich gesagt, nicht. Warum willst du mich sehen? Wir haben seit gut achtundzwanzig Jahren nicht mehr miteinander gesprochen, eine kurze Begrüßung auf der Straße nicht mitgezählt. Warum sitze ich hier und nicht deine Freundinnen, deine Familie?«

»Weil es dich betrifft«, antwortete sie mit kaum hörbarer Stimme.

Verständnislos sah er sie an. Anne musste den Blick abwenden, um weitersprechen zu können. Bei dem, was sie ihm nun eröffnen musste, konnte sie ihm nicht in die Augen schauen. Hitze stieg in ihr auf, ihr Gesicht glühte plötzlich, und sie spürte, dass sie rot wurde. Es war so unendlich schwer, die richtigen Worte zu finden für das, was sie getan hatte. Ihm angetan hatte.

»Anne, sag es mir«, drängte er nun. Sorge schwang in seiner Stimme mit, ihr innerliches Ringen schien ihm nicht verborgen zu bleiben. »Es gab Zeiten, da haben wir uns alles erzählt, also raus damit.«

Sie gab sich einen Ruck. Es wurde nicht einfacher, wenn sie es weiter hinauszögerte. »Ich habe dich damals angelogen.«

»Wann hast du mich angelogen? Worüber?«

»Einige Monate nach unserer Trennung. Wir haben uns auf der Straße getroffen, und du hast gesehen, dass ich schwanger war.«

»Ich habe dich gefragt, ob es von mir sei.« Er war leichenblass geworden. »Du hast Nein gesagt und bist einfach weitergegangen.«

Tränen rollten Annes Wangen herunter. »Es tut mir unendlich leid«, flüsterte sie. »Ich habe damals keinen anderen Ausweg gesehen. Du hattest dich für deine Frau entschieden, und ich …«

»Aber doch nur wegen der Kinder«, unterbrach er sie. »Nicht weil ich sie geliebt habe. Dich habe ich geliebt, aus tiefstem Herzen, und es hat mich zerrissen, dass ich dich nicht mehr sehen durfte. Aber sie hätte mir die Kleinen weggenommen und …«

»Und genau dafür wollte ich nicht verantwortlich sein«, entgegnete sie fast trotzig. Die Tränen waren versiegt. »Heiko hat nie etwas geahnt, wir alle haben unsere Leben weiterleben können.«

»Dann ist Nele meine Tochter? Unser Kind?« Seine Stimme brach.

Anne nickte wortlos, unfähig, einen Ton herauszubringen.

»Warum erzählst du mir das nach all den Jahren?

Weil er gestorben ist?« Er wurde lauter. »Was bürdest du mir damit auf? Ich ...«

»Ich glaube, dass der Tod von Heiko und das Verschwinden von Manon Oltmann mit meiner Entscheidung vor achtundzwanzig Jahren zusammenhängen.«

Er starrte sie fassungslos an. »An der Lembecksburg ist heute Morgen eine tote Frau gefunden worden. Ein Freund aus Borgsum hat es mir gerade erzählt.«

»Manon?« Anne begann zu zittern.

»Es würde mich nicht wundern, wenn sie es wäre«, entgegnete er etwas ruhiger. Ihr aufgelöster Anblick schien ihn ein wenig zu besänftigen. Unbeholfen griff er nach ihrer Hand. »Aber was kann das mit uns und Nele zu tun haben?«

»Ich muss zur Polizei«, stammelte sie. »Ich kann es nicht mehr kontrollieren. Wenn Nele etwas zustößt, werde ich mir das nie verzeihen.«

»Was willst du bei der Polizei? Etwa von uns erzählen?«

Anne nickte, die Tränen rannen erneut über ihre Wangen.

»Aber warum?«

»Weil es vielleicht wichtig ist und ich ...«

»Spinnst du?« Abrupt ließ er ihre Hand los. »Wenn du das tust, kommt über kurz oder lang doch alles ans Licht.«

»Die Polizisten würden bestimmt diskret sein und ...«

Er lachte höhnisch auf. »Es wird Berichte im Polizeicomputer geben, Besprechungen, es werden viele Beamte davon erfahren. Irgendjemand tratscht immer, gerade auf Föhr, wo jeder jeden kennt. Weißt du, was das für mich bedeuten würde? Es würde bei meiner Frau alles wieder aufwühlen. Die Affäre damals hat sie verwunden, aber jetzt käme als Sahnehäubchen noch eine erwachsene Tochter hinzu. Das kann alles zwischen uns kaputt machen, zumindest, wenn sie es nicht von mir, sondern von jemand anderem erfährt.« Er hatte sich wieder in Rage geredet. »Weiß Nele von mir?«

Anne schüttelte den Kopf. »Aber sie muss es erfahren. Ich habe kein Recht, es ihr noch länger vorzuenthalten. Wenn sie sich danach erst einmal von mir abwendet, muss ich damit leben und hoffen, dass sie mir eines Tages verzeihen wird.« Sie schluchzte auf.

»Und ich gehe dann zu ihr und stelle mich vor?« Alle Sanftheit in seiner Stimme war verschwunden, Wut auf das, was sie ihm angetan hatte, brach sich Bahn. »Du hast mir fast drei Jahrzehnte mein Kind vorenthalten. Wie konntest du nur? Das kannst du nie wiedergutmachen, weder mir noch Nele gegenüber. Nun bist du es mir wohl zumindest schuldig, es erst einmal weiter geheim zu halten, damit ich überlegen kann, was das Beste ist. Für mich und meine Familie. Und meine erwachsene Tochter. Ansonsten ...«

»Das kann ich nicht«, stieß Anne verzweifelt hervor. »Versteh doch bitte, dass es noch schlimmer werden könnte. Erst Heiko und nun auch Manon. Was ist, wenn Nele oder ich die Nächsten sind?«

Er sah sie voller Verachtung an. »Versprich mir, dass du mir zumindest vierundzwanzig Stunden Zeit gibst, um mit meiner Frau zu sprechen, bevor du irgendetwas tust«, sagte er schließlich mit ruhigerer Stimme. »Und erklär mir bitte genau, was deine Befürchtungen sind, damit ich mir selbst ein Bild machen kann.«

Zunächst stockend, dann immer flüssiger fing Anne

an zu erzählen. Keiner von ihnen bemerkte die Frau, die hinter dem Strandkorb im Sand gekauert hatte und sich nach einer Weile leise davonschlich.

25

Nachdem Nils seinen Vater und Kerrin nach der entspannten Mittagspause auf dem Fischmarkt zum Hafendeich begleitet und sich dann verabschiedet hatte, rief Kerrin bei Nele an. Die junge Frau war auf dem Weg nach Hause. Kerrin bat sie, einen Abstecher zur Dienststelle zu machen.

Eine Viertelstunde später saßen sie zu dritt im Besprechungszimmer. Ida hatte heute am Sonntag frei, und so hatte Kerrin eine große Kanne Tee gekocht.

»Hast du schon gehört, was passiert ist?«, begann sie das Gespräch.

Nele schüttelte langsam den Kopf. »Habt ihr den Täter gefunden?«

»Leider nicht. Es tut mir sehr leid, aber wir haben Manon gefunden.«

»Gefunden?«, fragte sie gedehnt. »Was meinst du damit?«

»Ein Spaziergänger hat sie heute Morgen in einem Knick bei der Lembecksburg entdeckt. Wir gehen davon aus, dass sie gestern Nacht zwischen Mitternacht und 2 Uhr getötet wurde.«

Nele schaute sie entsetzt an. »Das kann doch nicht

sein«, stammelte sie dann. »Wir haben doch noch am Donnerstag telefoniert, da war alles normal.« Ihre Augen schimmerten feucht. »Wer sollte denn Manon etwas antun?«

»Das genau ist unsere Frage. Dein Vater und Manon sind innerhalb von zwei Tagen umgebracht worden. Sie kannten sich, sind durch eure Freundschaft verbunden. Außerdem befinden wir uns auf einer kleinen Insel, auf der Morde nicht an der Tagesordnung sind. Es besteht also zumindest die Möglichkeit eines Zusammenhangs.«

»Aber mein Vater und Manon haben doch gar nichts miteinander zu tun gehabt!«, rief Nele verzweifelt aus. Sie stand auf und ging hinüber zu dem großen Fenster, durch das man einen wunderbaren Blick auf den Hafen und die dahinterliegende Mole hatte, an der die Schiffe der Wyker Dampfschifffahrtsreederei anlegten.

Gerade fuhr die *MS Norderaue*, die die Reederei erst vor einigen Jahren neben den alten und erprobten Schiffen *Uthlande* und *Schleswig-Holstein* in Dienst gestellt hatte, ab. Auf ihr konnten nun vier Lkws nebeneinander befördert werden. Auf diese Weise war gerade bei den frühen Morgenfähren die Versorgung zwischen Festland und den Inseln Föhr und Amrum deutlich verbessert worden. Insbesondere während der Hauptsaison, wenn die Bevölkerungszahl auf den Inseln um ein Vielfaches höher war, durfte es nicht zu Engpässen kommen. Der Name des Schiffes war an einen Wattstrom, die Norderaue, angelehnt. Auf ihren Wegen zwischen Dagebüll, Föhr und Amrum durchfuhren die Schiffe regelmäßig sein Fahrwasser.

Aber daran dachte keiner im Raum. Neles Rücken bebte, stumme Schluchzer entrannen ihrer Kehle.

Kerrin erhob sich ebenfalls, stellte sich neben sie und strich ihr sanft über den Rücken. »Es ist zu viel, was ihr gerade ertragen müsst«, stellte sie ruhig fest. »Kann ich dir trotzdem noch ein paar Fragen stellen?«

Nele nickte.

»Manon soll mit dem Gedanken gespielt haben, ein ein- oder zweijähriges Sabbatical zu machen. Kannst du dir erklären, wie sie ihr Leben ohne Einnahmen finanzieren wollte?«

Nele schaute Kerrin verständnislos an. »Davon weiß ich nichts, und das kann ich mir auch nicht vorstellen. Besonders viele Ersparnisse hat sie bestimmt nicht. Da muss euch jemand falsch informiert haben.«

»Wir werden das prüfen. Außerdem hat Bettys Freund Gerrit ausgesagt, dass Manon ein ziemlich berechnender Mensch gewesen sein soll. Siehst du das auch so?«

»Darüber habe ich mir nie Gedanken gemacht. Es stimmt schon, dass sie viel Wert auf Äußerlichkeiten gelegt hat, aber das tue ich bei bestimmten Dingen auch. Vielleicht scanne ich die Menschen nicht so ab wie Manon. Sie hat jeden in eine Schublade gesteckt, einige passten zu ihr, andere nicht.«

»Warum warst du dabei?«

»Keine Ahnung, wir hatten einfach viel Spaß miteinander.« Nele stockte kurz. »Manon hat nie etwas lange krummgenommen, sie war nicht nachtragend. Ich war nicht immer nett und fair zu ihr, aber das tat unserer Freundschaft keinen Abbruch.« Wieder standen Tränen in ihren Augen. »Dafür war ich ihr wirklich dankbar. Auch wenn ich es ihr leider nie gesagt habe.«

Das weitere Gespräch mit Nele hatte keine neuen Erkenntnisse gebracht, und die junge Frau hatte sich schließlich verabschiedet.

Als Kerrin und Hark zurück in ihr Büro kamen, wartete Elena dort auf sie. Manon Oltmann war bereits auf dem Weg in die Rechtsmedizin nach Kiel, und Elena wollte Föhr mit der nächsten Fähre verlassen. Bevor die tote Frau auf die Fähre gebracht worden war, hatte Rixa Oltmann die Möglichkeit bekommen, sich von ihrer Tochter zu verabschieden.

»Ich werde nicht in die Details gehen, aber es war wirklich herzzerreißend. Man kann nur hoffen, dass Frau Oltmann sehr gute Freunde an ihrer Seite hat, die ihr helfen, mit diesem Verlust zu leben.«

»Wahrscheinlich wird es eher ein *Überleben*«, entgegnete Hark nachdenklich. »Ich kann mir beim besten Willen nicht vorstellen, wie mein Leben ohne Nils wäre. Meine Frau zu verlieren, war schlimm, aber das eigene Kind ...« Er schüttelte den Kopf.

»Das musst du auch nicht, ich passe gut auf ihn auf«, versuchte Kerrin das Thema ein wenig aufzulockern. »Kannst du uns schon mehr sagen? Bleibt es bei dem Todeszeitpunkt zwischen Mitternacht und 2 Uhr?«

Elena nickte. »Ich bleibe erst einmal bei meiner Einschätzung, mehr erfahrt ihr morgen Mittag. Ich werde Manon Oltmann vorziehen und gleich als Erste obduzieren. Aber ich kann euch schon jetzt sagen, dass ich davon ausgehe, dass es sich um denselben Täter handelt.«

»Wie kommst du darauf?« Hark sah sie verwundert an.

»Ich habe an Manons rechtem Oberarm und am Brustkorb jeweils zwei Brandmarken gefunden, beide

Male in exakt dem gleichen Abstand. Außerdem hat sie am linken Arm und an der Hüfte Blutergüsse. Wahrscheinlich ist sie gestürzt.«

»Und wie passt das mit Heikos Tod zusammen?«

»Der verschwundene Viehtreiber!«, rief Kerrin aus.

Elena nickte. »Genau der. Wenn ihr davon ausgeht, dass Heikos Mörder ihn mitgenommen hat, und ich zu dem Ergebnis komme, dass Manon an zwei Stellen mit einer Art Elektroschocker verletzt worden und infolgedessen gestürzt ist, drängt sich diese Annahme geradezu auf.«

»Das ergibt Sinn, macht es für uns aber nicht wirklich leichter«, sagte Kerrin gedehnt. »Weißt du, wie weit Lukas und Hauke sind?«, wechselte sie dann das Thema.

»Am Tatort waren sie vor einer Stunde fertig. Von dort wollten sie direkt in die Wohnung des Opfers fahren.«

Kerrin sah auf die Uhr. Es war schon fast halb fünf. Sie seufzte. An Feierabend war noch lange nicht zu denken. Plötzlich wünschte sie fast schmerzlich, sich in Nils' Arme kuscheln und die Gedanken an diesen Fall aus ihrem Kopf verscheuchen zu können. Sosehr sie ihren Job auch liebte, war es doch nicht immer leicht, all das Elend und den Schmerz auszuhalten.

»Moin, ihr beiden«, riss Christians muntere Stimme sie zurück in die Realität. Tom und er streckten ihre Köpfe in ihr Zimmer. »Wir melden uns zurück zum Dienst.«

»Wo kommt ihr denn jetzt her?«, brummte Hark.

»Eismann«, antwortete Tom knapp. »Wir brauchten was Süßes.«

»Lasst uns ins Besprechungszimmer gehen, da haben wir mehr Platz«, schlug Kerrin vor.

Als kurz darauf alle an dem lang gezogenen Tisch Platz genommen hatten, blickte Kerrin ernst in die Runde. »Laut Elenas erster Einschätzung müssen wir davon ausgehen, dass Heiko Mommensen und Manon Oltmann von demselben Täter getötet worden sind.« Als sie Christians und Toms erstaunte Blicke sah, erläuterte sie ihnen die Vermutung der Rechtsmedizinerin. »Das macht es für uns im Hinblick auf ein Motiv wirklich nicht leichter. Zwar sind die beiden durch Nele miteinander verbunden, von anderen Überschneidungen wissen wir bisher aber nichts.«

»Peter Riewerts war eng mit Manon befreundet. Seine Schwester Lia ist eine gute Freundin von Sina, und er selbst ist mit Olaf zusammen zur Schule gegangen. Auch über diese ganzen Ecken gibt es also Kontakt zwischen Manon und der Familie Mommensen.«

»Das stimmt«, gab Kerrin zu. »Aber bringt uns das alles weiter? Was haben Heiko und Manon gemeinsam, das für den Täter ein Grund gewesen sein könnte, sie umzubringen?«

»Wir müssen alle Beteiligten noch einmal verhören, um genau das in Erfahrung zu bringen«, schlug Christian vor. »Die ganze Familie Mommensen und auch Peter und Lia Riewerts.«

»Das werden wir morgen tun«, stimmte Kerrin ihm zu. »Außerdem möchte ich euch bitten zu überprüfen, ob das Auto von Aiko Meißner tatsächlich seit Mittwoch in der Werkstatt ist. Habt ihr seine Akte aus Hamburg bekommen?«

Christian nickte. »Er scheint seiner Freundin zigfach aufgelauert zu haben, um mit ihr zu sprechen. Tatsächlich körperlich bedroht hat er sie aber wohl nicht. Seit der einstweiligen Verfügung gab es keine Vorkommnisse mehr, anscheinend hat er sich daran gehalten und sie in Ruhe gelassen.«

»Daraus können wir für uns wohl keine Schlüsse ziehen. Habt ihr ansonsten etwas für uns?«

»Klar«, erwiderte er eifrig. »Da Lukas und Hauke ja schon wieder auf Föhr sind, hat sich vorhin ein Kollege von ihnen gemeldet. Auf dem Handy von Heiko und dem Computer der Familie haben sie nichts gefunden, was uns weiterbringen könnte.«

»Was ist mit dem Netzbetreiber?«

»Da gibt es tatsächlich Neuigkeiten. Manons Handy war zuletzt am Freitagnachmittag in Süderende eingeloggt.«

»Olaf Mommensen wohnt in Süderende«, sagte Hark gedehnt. »Aber was könnte Manon bei ihm gewollt haben?«

»Keine Ahnung, das sollten wir ihn fragen. Wenn da überhaupt ein Zusammenhang besteht.«

Elena hatte sich gerade verabschiedet, um die Fähre um 17:40 Uhr zu erwischen, als Lukas und Hauke am Hafendeich eintrafen. Lukas trug eine braune Papiertüte. In Sekundenschnelle hatte sich ein intensiver Duft in ihrem Büro verbreitet.

»Heute Dönertag?«, fragte Kerrin die beiden schmunzelnd, während Hark kopfschüttelnd aufstand, um das Fenster zu öffnen. »Die vorletzte Fähre dieses Tages habt ihr gerade verpasst.«

Kerrin griff nach dem Plastikbeutel, der neben ihrem Tisch stand und in dem sie die Gummistiefel von Aiko Meißner verstaut hatte. »Trotz des Geruchs ist es gut, dass ihr hier seid. Könnt ihr bitte eine Probe vom Dreck dieser Stiefel nehmen? Wir haben sie bei dem Ex-Freund des Opfers sichergestellt. Da er sich komplett quergestellt hat, wäre es gut, wenn er sie bald zurückbekäme. Vielleicht erspart uns das unnötigen Verwaltungsaufwand.«

»Verstehe.« Lukas grinste. »Nach dem Essen kümmere ich mich darum. Und natürlich vergleichen wir die Abdrücke vom Fundort als Erstes mit dem Profil dieser Schuhe. Das Ergebnis bekommt ihr morgen Vormittag.«

»Vielleicht könnt ihr auch feststellen, ob der getrocknete Schlamm von der Lembecksburg stammt?«

»Wir haben Proben vom Boden dort genommen, du kennst doch unsere gründliche Arbeitsweise.« Hauke grinste und biss in das saftige Fladenbrot. »Wenn du uns mal eine Zeit lang unsere Arbeit in Flensburg machen lassen und nicht immer wieder nach Föhr beordern würdest, könntest du mit schnelleren Ergebnissen rechnen.«

26

Er war wieder neun Jahre alt. Ganz klein hatte er sich gemacht. In der dunklen Abseite des Flurs, in der ihre Schuhe standen, drückte er sich an die Wand. Tränen standen in seinen Augen. Fröhlich war er aus der Schule nach Hause gekommen und hatte mit seinem Schlüssel, den er mit dem Beginn der zweiten Klasse bekommen hatte, die Tür geöffnet. *Du bist jetzt ein großer Junge und kannst allein zur Schule gehen und auch nach Hause kommen,* hatte sein Vater gesagt. *Und dafür brauchst du einen eigenen Schlüssel.*

Mit stolzgeschwellter Brust hatte er vor ihm gestanden und den glänzenden Schlüssel, den sein Vater an einen blauen Anhänger, auf dem in gelben Buchstaben *Home* stand, gehängt hatte, in seine Hände genommen. Sorgfältig hatte er ihn seitdem in dem kleinen Fach an der Vorderseite seines Ranzens verwahrt. Und häufig benutzt. Sein Vater war tagsüber bei der Arbeit, und seine Mutter hatte jetzt in der Saison einen Job angenommen und war vormittags nicht zu Hause. Manchmal schaffte sie es, vor ihm zurück zu sein, aber manchmal nicht.

Kaum dass er einen Fuß ins Haus gesetzt hatte, hatte er sie streiten gehört. Warum waren sie hier? Eine kalte

Klammer hatte sich um sein Herz gelegt. Mucksmäuschenstill hatte er seinen Ranzen abgestellt und sich in die Abseite verzogen. Er wollte um keinen Preis, dass sie ihn entdeckten. Einfach ins Wohnzimmer zu gehen und sie zu begrüßen, in der Hoffnung, dass sie ihren Streit darüber vergaßen, kam ihm nicht in den Sinn. Am liebsten hätte er sich in seinem Zimmer verkrochen, die Decke über seinen Kopf gezogen und nichts gehört und gesehen. Aber das ging nicht. Er musste wissen, was der Grund der Auseinandersetzung war. Vielleicht konnte er ihr helfen? Oder zumindest Schlimmeres verhindern? In Situationen wie dieser hasste er ihn, konnte nicht verstehen, warum er nicht vorsichtig war und auf sie aufpasste.

»Wenn du das weiterhin verweigerst, bleibt mir nichts anderes übrig, als endlich Ernst zu machen. So geht es nicht weiter«, hörte er ihn mit schneidender Stimme rufen.

»Das wagst du nicht. Ich nehme sie mit, wenn du das tust. Wir gehen nach Spanien. Oder Frankreich.« Er spürte durch die angelehnte Tür, dass sie sich in Rage redete. »Oder vielleicht Amerika? Das Land der unbegrenzten Möglichkeiten, in dem jeder alles erreichen kann. Vielleicht starte ich als Schauspielerin durch, ja, das ist eine wundervolle Idee, und die beiden … Au, lass mich los, sonst …«

»Sonst was?« Seine Stimme klang gepresst. Er konnte sein verzerrtes Gesicht vor sich sehen. »Sieh endlich den Tatsachen ins Auge! Es muss nicht so sein, es gibt mit Sicherheit Hilfe. Aber du musst mitmachen.«

»Bei mir ist alles in Ordnung, ich bin gut drauf, habe tolle Ideen und bin überall beliebt. Du bist derjenige, der miesepetrig ist und Stress macht.« Sie lachte auf. »Frag ihn doch! Er wird es dir bestätigen. Wir sind ein Herz und eine Seele. Ohne mich wäre er unglücklich, ohne dich nicht. Und das kannst du nicht ertragen.«

»Ich höre mir diesen Schwachsinn nicht länger an, du bist doch …«

»Du bist eifersüchtig«, unterbrach sie ihn wütend. »Und jetzt versuchst du, mich in eine Ecke zu drängen. Damit du selbst besser dastehst. Du willst sie mir wegnehmen. Aber das lasse ich nicht zu, ich werde …«

Zitternd hielt er sich bei diesen Worten die Ohren zu. Er wollte nichts mehr hören. Wie konnte er nur so mit ihr sprechen? Wusste er denn nicht, was das bedeuten würde? Als die Wohnzimmertür plötzlich aufgerissen wurde und sie, ohne ihn wahrzunehmen, an ihm vorbeistürmte, drückte er sich noch dichter an die kühle Wand. Heiße, verzweifelte Tränen rannen seine Wangen herunter.

27

Kerrin und Nils hatten sich spontan entschlossen, ins Kino zu gehen. Kerrin war schon seit Jahren nicht mehr im Filmtheater am Sandwall gewesen. Auch wenn ein Actionfilm auf dem Programm stand, freute sie sich, bei einem Glas Rotwein und Popcorn neben Nils zu sitzen, sich in seine Arme zu kuscheln und ihre Gedanken einzig und allein auf die seichte Handlung und die spektakulären Verfolgungsjagden auf der Leinwand zu konzentrieren.

Es war fast 11 Uhr, als sie eng umschlungen den kurzen Weg zurück zu Nils' Wohnung schlenderten. Der Film mit seinen schnellen Bildern und den faszinierenden Stuntszenen hatte sie beide in seinen Bann gezogen.

»Zum Glück leben wir auf dieser beschaulichen Insel und nicht in einer amerikanischen Großstadt«, sagte Nils grinsend.

»Ganz so ungefährlich finde ich es auch hier nicht«, erwiderte Kerrin und dachte an all die Menschen, deren Tod sie seit dem Sommer aufgeklärt hatte. Noch betrug ihre Aufklärungsquote hundert Prozent, und sie hoffte, dass es so bleiben würde. Und dass keine weiteren Opfer dazukamen. Bisher stocherten sie bei dem Motiv für die Taten im Dunkeln. Es war nicht auszuschließen, dass der Täter noch nicht fertig war, und diese Vorstellung machte ihr Angst.

Und schon wieder bin ich mit meinem Kopf bei der Arbeit, dachte sie und ärgerte sich über sich selbst. Aber so war es nun einmal, wenn man mitten in einer Mordermittlung steckte. Kriminalbeamtin war kein Beruf, den man abends beendete und erst am nächsten Morgen wieder aufnahm. Wenn es um den gewaltsamen Tod eines Menschen ging, gab es keinen wirklichen Feierabend.

»Da hast du recht. Aber auch wenn der Anlass schlimm ist, freue ich mich, dass du nun doch noch auf der Insel bleibst.« Nils zog sie enger an sich. Ihre Hüften berührten sich bei jedem Schritt, und Kerrin bemühte sich, mit seinem Gang mitzuhalten.

Kurz darauf waren sie zu Hause angekommen, und für den Rest des Abends verschwendete Kerrin keinen Gedanken mehr an die Arbeit.

Während Kerrin und Nils sich im Kino vergnügten, hatte Anne Besuch von ihren vier Kindern bekommen. Olaf, Sina und Nele waren gegen 19 Uhr angekommen, Klaas direkt nach dem Melken zu ihnen gestoßen.

Es kam nicht oft vor, dass sie alle zusammen waren, dazu waren sie zu beschäftigt, und es gab zwischen ihnen viel zu viele Spannungen. Umso mehr freute Anne sich, dass Nele die Zügel in die Hand genommen hatte und jeder ihrem Vorschlag gefolgt war. Trotz ihrer inneren Angespanntheit und einer bleiernen Müdigkeit nach dem für sie ungewohnten Alkoholkonsum in der vergangenen Nacht hatte Anne sich aufgerafft und einen großen

Topf Bolognese für ihre Kinder gekocht, von jeher das Lieblingsessen der vier.

Doch dann war der Abend ganz anders verlaufen, als sie es sich erhofft hatte. Während des Essens hatten sie über Belanglosigkeiten geplaudert, jeder von ihnen hatte es vermieden, Heiko oder Manon zu erwähnen. Erst nachdem alle Teller in die Spülmaschine geräumt waren, hatte Nele das Wort ergriffen.

»Wir sind heute hier, weil wir uns Sorgen um dich machen, Mama, und mit dir reden müssen«, hatte sie begonnen.

»Lass mal, meine Süße«, wischte Anne ihre Worte beiseite. »Papas Tod ist ein großer Schock für mich, aber ich werde damit klarkommen. Ich habe ja euch und den Hof, meine Arbeit, und deswegen …«

»Es geht nicht um Papas Tod«, unterbrach Nele sie. »Es geht um dich, um das, was du heute Morgen zu mir gesagt hast, und …«

»Das vergiss mal bitte ganz schnell«, wiegelte Anne ab. »Ich habe gestern Abend für meine Verhältnisse definitiv zu viel getrunken und war auch heute Morgen noch nicht wieder ganz bei Sinnen.«

»Das mag sein, Mama«, übernahm Klaas mit energischer Stimme. »Was du zu Nele gesagt hast, besorgt uns trotzdem. Du hast von einer Gefahr für unsere Familie und insbesondere für Nele gesprochen. Was hast du damit gemeint? Wovor hast du Angst? Und warum glaubst du, dass Papas und Manons Tod miteinander zusammenhängen?«

»Das war doch nur so dahingesagt. Wahrscheinlich haut mich die ganze Situation so aus den Puschen, dass ich Gespenster sehe.«

»Was für Gespenster?«, bohrte Klaas weiter nach.

Anne schwieg einen Moment. Tausend Gedanken rasten durch ihren Kopf, sie bemühte sich, klar zu denken, um etwas Sinnvolles zu erwidern, aber es wollte ihr nicht gelingen. »Manon war eine von Neles besten Freundinnen auf der Insel«, entgegnete sie schließlich. »Da habe ich halt mal kurz gedacht, wenn ihr Vater und ihre Freundin umgebracht werden, könnte sie selbst auch in Gefahr sein.«

Klaas sah sie zweifelnd an, und auch die anderen drei schien sie mit ihren Worten nicht recht zu überzeugen. Sie konnte es ihnen nicht verdenken. Der verdammte Alkohol hatte sie unvorsichtig gemacht, etwas, was sie in all den Jahren vermieden hatte. Jahrzehntelang hatte sie auf die die Zunge lockernde Wirkung von hochprozentigen Getränken verzichtet, weil sie Angst gehabt hatte, irgendwann in einem enthemmten Zustand ihr gut gehütetes Geheimnis auszuplaudern. Zumindest das war gestern nicht geschehen, dachte sie erleichtert. Und merkte zu ihrer Verwunderung, dass sie sich plötzlich vorstellen konnte, auch heute Abend einen oder vielleicht sogar zwei Schnäpse zu trinken, um die Realität noch einmal in Watte zu packen, damit sie nicht mehr ganz so bedrohlich wirkte.

28

Kerrin erwachte früh. Ein Blick zu ihrer Rechten zeigte ihr, dass Nils noch tief und fest schlief. Ein liebevolles Lächeln huschte über ihr Gesicht, als sie ihn betrachtete. Es kam nicht oft vor, dass sie ihn, den Frühaufsteher, schlafend sah. Er lag ihr zugewandt, die Arme in ihre Richtung ausgestreckt.

Leise schob Kerrin schließlich ihre gemeinsame Decke zur Seite. Es war erst kurz nach 6 Uhr, und sie wollte ihn nicht aufwecken. Heute würde sie ihn einmal mit einem Kaffee am Bett überraschen.

Es wurde dann ein ganzes Frühstück daraus. Im Brotkorb waren noch Brötchen vom Vortag, die sie im Backofen aufbackte. Dazu stellte sie Erdbeermarmelade und Butter sowie einen großen Pott Kaffee auf ein Tablett und schlich damit leise wieder ins Schlafzimmer zurück. Halb sieben, Zeit zum Aufstehen.

Sanft küsste Kerrin ihn auf die Nase und beobachtete gerührt, wie er langsam erwachte, mit den Augen blinzelte, sich streckte und sie dann in seine Arme ziehen wollte.

»Nichts da.« Kerrin drückte ihn lächelnd von sich. »Ich habe Frühstück für dich gemacht.«

»Später«, murmelte er. »Ein bisschen Zeit haben wir bestimmt noch.«

Es war bereits 8 Uhr, als Kerrin sich auf den Weg zum Hafendeich machte. Sie hatte Nils' Verführungsversuchen nicht widerstehen können und sich von ihm zurück ins Bett ziehen lassen. Das anschließende Frühstück war dann kurz ausgefallen, weil Kerrin zeitig in der Dienststelle sein wollte. Es gab viel zu tun und keine Zeit zu vertrödeln.

Und sie war nicht die Einzige. Hark saß bereits an seinem Schreibtisch, als sie eintraf. »Du bist die Letzte«, begrüßte er sie grinsend. »Meine Jungs sind auch schon da.«

»Ich bin beeindruckt«, entgegnete sie, ohne eine Miene zu verziehen, und ließ sich auf ihrem Stuhl nieder. »Dann können wir ja gleich loslegen.«

»Ich bin schon auf dem Weg und hole die vier.«

Kurz darauf drängelten sie sich zu sechst in Harks Büro.

»Ich habe gerade mit der Autowerkstatt gesprochen«, informierte Christian sie. »Aiko Meißner hat die Wahrheit gesagt.«

»Damit fällt er auf unserer Liste der Verdächtigen ganz nach unten. Ich sehe bei ihm auch kein Motiv für den Mord an Heiko.« Kerrin blickte in die Runde. »Für heute Vormittag stehen einige Befragungen auf dem Plan«, begann sie, die Arbeit einzuteilen. »Wir müssen herausfinden, wo die Verbindung zwischen Heiko und Manon liegt. Hark und ich fangen mit den Mitgliedern der Familie Mommensen an. Tom und Christian, ihr fahrt bitte zu Lia und Peter Riewerts und danach zu Aiko

Meißner. Wir müssen ausschließen, dass er irgendeine Art von Kontakt zu Heiko hatte, um ihn endgültig als Verdächtigen streichen zu können.«

»Und wir?« Fabian sah sie mit einem provozierenden Lächeln an. »Wieder normale Schicht, oder hast du etwas für Jan und mich?«

»Es freut mich, dass ihr euch einbringen wollt«, erwiderte Kerrin, ohne eine Miene zu verziehen. »Recherchiert bitte die finanziellen Verhältnisse von Manon. Und versucht, die Jungs von der Spusi zu erreichen. Vielleicht haben sie schon erste Informationen vom Tatort und Manons Wohnung für uns. Wenn nicht, macht ihnen ruhig Dampf, wir brauchen die Ergebnisse dringend.«

»Das machen wir gerne«, beeilte Jan sich zu sagen, bevor Fabian zu einer bissigen Bemerkung ansetzen konnte.

»Dann alle an die Arbeit. Heute Mittag treffen wir uns hier, tragen alles zusammen und schauen, wie wir weitermachen.« Kerrin klatschte in die Hände und erhob sich.

Eine Viertelstunde später saßen Hark und sie im Auto und waren auf dem Weg zu Nele. Da sie eng mit Manon befreundet gewesen war, wollten sie als Erstes mit ihr sprechen.

Es war 9 Uhr, als sie bei ihr klingelten.

»Mal schauen, ob wir sie aus dem Bett werfen oder sie schon angezogen ist«, brummte Hark, als sie vor der Tür warteten.

Zu ihrer Verwunderung öffnete Nele ihnen in Leggings und T-Shirt. Ihre Haare hingen verschwitzt um ihren Kopf herum, in der Hand hielt sie eine Flasche Wasser.

»Moin«, begrüßte sie sie und ging ihnen dann voran

in Richtung Küche. »Setzt euch. Ich war laufen, um einen klaren Kopf zu bekommen, und habe noch nicht geduscht. Ich hoffe, das stört euch nicht.«

»Natürlich nicht«, beeilte Hark sich zu sagen.

Mit einem leisen Neidgefühl betrachtete Kerrin die junge Frau. Immer mal wieder nahm sie sich vor, mehr Sport zu treiben, und immer kam etwas dazwischen. Zum Glück hatte sie die guten Gene ihrer Mutter geerbt und konnte essen, was sie wollte, ohne zuzunehmen, trotzdem wollte sie sich gerne mehr bewegen und fitter werden. Vielleicht am nächsten Wochenende, dachte sie, obwohl sie bereits ahnte, dass bestimmt auch diesmal etwas ihre Pläne durchkreuzen würde.

»Wir möchten mit dir noch einmal über deinen Vater und Manon sprechen.«

»Ihr solltet mit meiner Mutter reden, die macht auch Andeutungen in diese Richtung. Ich glaube nicht an eine Verbindung.«

»Laut dem vorläufigen Ergebnis der Rechtsmedizinerin spricht aber vieles dafür, dass dein Vater und Manon von derselben Person getötet wurden.« Kerrin sah Nele ernst an.

»Das ist nicht wahr.« Nele war bleich geworden.

»Der endgültige Bericht steht noch aus, aber ich gehe davon aus, dass sich daran nichts mehr ändern wird.« Kerrin wusste, wie sorgfältig Elena arbeitete. Sie würde sich nicht zu solch einer Äußerung hinreißen lassen, wenn sie sich nicht sicher wäre. »Warum glaubt deine Mutter an einen Zusammenhang?«

»Keine Ahnung, das wusste sie selbst nicht so genau. Wahrscheinlich nur, weil sie sich über mich gekannt haben.«

»Kannst du dir einen Grund vorstellen, warum die beiden in den Fokus einer Person geraten sein könnten?«

»Nein, gar nicht.« Nele raufte sich die Haare. »Ich habe mir die ganze Nacht den Kopf darüber zerbrochen. Meine Mutter sorgt sich um uns alle und insbesondere um mich, aber ich verstehe nicht, warum. Ich habe niemandem etwas getan.« Leise fügte sie hinzu: »Aber mein Vater und Manon auch nicht, und trotzdem sind sie tot. Und das macht mir Angst.«

»Du warst ja lange weg von Föhr«, übernahm Hark wieder. »Könnte während deiner Abwesenheit etwas geschehen sein, was das Bindeglied zwischen den beiden war?«

»Sina sagt Nein«, erwiderte sie. »Ich war gestern bei ihr und habe sie genau danach gefragt. Abends waren wir alle bei meiner Mutter, um mit ihr darüber zu sprechen. Keiner von uns kann es sich erklären.«

»Deine Mutter auch nicht?«, wiederholte Kerrin.

Nele wiegte den Kopf. »Sie hat rumgeeiert bei der Frage. Ich vermute, dass sie einfach ein Gefühl der Bedrohung empfindet, nun, da schon zwei Menschen tot sind. Und das projiziert sie natürlich auf ihre Familie. Wenn sie tatsächlich an etwas Konkretes denkt, hat sie uns das zumindest nicht verraten.«

Da Nele nichts Weiteres beisteuern konnte, hatten Kerrin und Hark sich wenig später auf den Weg zu Anne gemacht. Sie trafen die Witwe von Heiko Mommensen im Kälberstall an, wo sie gerade dabei war, den neugeborenen Tieren Milch in die Trinkbehälter zu füllen. Anne sah müde aus, dunkle Ringe lagen unter ihren Augen.

»Ist es okay, wenn ich weitermache, während wir uns

unterhalten?«, fragte sie nach ihrer Begrüßung. »Ich habe Fenja in den letzten Tagen genug beansprucht und möchte sie nicht schon wieder bitten, meine Aufgaben zu übernehmen.«

»Klar, das ist kein Problem.«

»Auf einem Bauernhof kann man sich leider nicht einfach einmal eine Zeit lang aus der Arbeit rausziehen.« Anne seufzte. »Die Tiere haben jeden Tag zur gleichen Zeit Hunger.«

»Wir möchten mit Ihnen gerne über mögliche Verbindungen zwischen Heiko und Manon sprechen.« Kerrin sah, wie Anne bei diesen sachlich vorgetragenen Worten für einen kurzen Augenblick erstarrte. Dann hatte sie sich wieder im Griff.

»Wie meinen Sie das?« Da alle Tiere nun mit Milch versorgt waren, begann sie, die um einen Heuballen geschnürten Bänder aufzuschneiden.

Kerrin setzte sie mit ruhigen Worten über die vorläufigen Schlussfolgerungen von Elena in Kenntnis.

»Verstehe.« Anne fing plötzlich an zu taumeln und hielt sich an dem Stroh fest.

Mit einem schnellen Satz war Kerrin bei ihr und stützte sie am Arm. »Alles in Ordnung mit Ihnen?« Besorgt sah sie zu der zierlichen Frau hinunter und roch dann verwundert den leichten Hauch einer Fahne. Übermäßiger Alkoholkonsum passte nicht zu dem Eindruck, den sie in den letzten Tagen von Anne Mommensen gewonnen hatte. Aber zum einen sah man es den Menschen nicht unbedingt an, wenn sie tranken, und zum anderen war in ihrem Leben zurzeit alles derart auf den Kopf gestellt, dass sie sich wahrscheinlich anders verhielt als normalerweise.

»Es geht schon wieder«, wehrte Anne ab. »Ich muss gleich mal etwas essen, heute Morgen hatte ich keinen Appetit.«

»Kein Wunder, dass Ihnen die Ereignisse der letzten Tage auf den Magen schlagen«, entgegnete Kerrin nachdenklich. »Wir wollen Sie auch gar nicht weiter aufwühlen, aber von Nele haben wir gehört, dass Sie einen Zusammenhang zwischen dem Tod Ihres Mannes und Manons Tod sehen und sich Sorgen um sie und Ihre Familie machen.«

Anne wischte diese Bemerkung mit einer schnellen Handbewegung beiseite und erhob sich, um mit der Arbeit weiterzumachen. Sie nahm Teile des Strohs und verteilte es in den einzelnen Boxen. »Nele übertreibt«, erklärte sie dabei. »Nach allem, was passiert ist, mache ich mir einfach Sorgen um alle, die ich liebe. Das ist bestimmt völlig irrational, aber ich denke, man kann es mir in dieser Situation nachsehen.«

»Selbstverständlich«, beeilte Kerrin sich zu sagen. Sie spürte, dass Anne etwas vor ihnen verbarg. Aber warum? Fühlte sie sich in die Enge getrieben? Was befürchtete sie? Und warum machte sie ein Geheimnis daraus? Es musste doch in ihrem Interesse sein, den Mörder ihres Mannes zu fassen.

»Haben Sie Manon in den Jahren, als Nele auf La Gomera war, gesehen?«, fragte Hark.

»Klar, das lässt sich auf einer Insel gar nicht vermeiden. Ein paarmal habe ich sie bei Sina auf dem Hof getroffen. Da sie eng mit Peter befreundet war und auch geritten ist, hat sie ihn manchmal begleitet, wenn er seine Nichten hingebracht hat.«

»Aber bei Ihnen auf dem Hof war sie nicht?«

»Kann ich mich nicht dran erinnern, was sollte sie hier auch?«

»Hatten Ihr Mann und sie Kontakt zueinander?«

»Natürlich nicht.« Anne schaute ihn perplex an. »Als Nele noch auf dem Hof gelebt hat, war Manon oft bei uns. Und hat Heiko natürlich auch gesehen. Aber das ist lange her.«

»Waren Sie beide Patienten bei Dr. Scholz?« Hark ließ nicht locker.

Anne nickte.

»Dann sind Sie und Ihr Mann Manon dort bestimmt über den Weg gelaufen, oder?«

»Natürlich. Aber ich kann Ihnen nicht sagen, wann Heiko das letzte Mal dort war. Ein Jahr wird es wohl her sein.«

»Und Sie?«

Anne überlegte einen Moment, bevor sie antwortete: »Vor einem knappen Monat. Ich musste ein paar Untersuchungen machen. Und habe Manon gesehen, wenn das Ihre nächste Frage ist. Sie hat gearbeitet, wie fast jeden Tag, und hat mir Blut abgenommen. Das konnte sie wunderbar. Ich habe Angst vor Spritzen, aber wenn Manon es gemacht hat, war alles okay.« Ein leises Lächeln umspielte ihre Mundwinkel, verschwand aber sofort wieder. »Ich kann immer noch nicht begreifen, dass Heiko und sie niemals zurückkommen werden.«

Bevor Kerrin und Hark sich auf den Weg zu Olaf Mommensen nach Süderende gemacht hatten, hatten sie mit seinem Bruder Klaas gesprochen. Sie fanden den Landwirt im Stall, wo er gerade dabei war, die Boxen auszumisten.

»Ich habe Manon ewig nicht gesehen, hier auf dem Hof war sie nicht«, erzählte er ihnen. »Aber bei meiner Mutter habe ich ein komisches Gefühl. Sie verheimlicht uns etwas, ich verstehe nur nicht, warum. Aber ich werde nicht lockerlassen und noch einmal mit ihr reden.« Er hatte ihnen versprochen, sich sofort zu melden, wenn er in dem Gespräch etwas Neues in Erfahrung bringen würde.

»Wir beschuldigen deine Mutter in keiner Weise, aber wir kommen nicht weiter, wenn wir die Verbindung zwischen deinem Vater und Manon nicht finden«, hatte Kerrin erklärt, bevor sie sich verabschiedet hatten.

Auf dem Weg nach Süderende telefonierte Kerrin mit Fabian und bat ihn, herauszufinden, wann Heiko und Anne das letzte Mal bei Dr. Scholz gewesen waren.

»Er war gar nicht übermäßig unfreundlich und hat es mit Fassung getragen.« Kerrin grinste Hark an, nachdem sie aufgelegt hatte.

»Vielleicht mag er, anders als die meisten Menschen, Montage«, murmelte Hark trocken.

In der Tierarztpraxis von Dr. Gruber war viel los. Im Wartezimmer saßen drei Hunde, eine Katze und ein Kaninchen mit ihren Frauchen und Herrchen und beäugten sich teilweise misstrauisch. Die Sprechstundenhilfe am Empfangstresen bat Kerrin und Hark, sich gleich in ein separates Zimmer zu setzen. Sie wollte Dr. Mommensen bitten, zwischen zwei Patienten zu ihnen zu kommen.

Wenige Minuten später öffnete sich die Tür. »Moin«, begrüßte Olaf die Beamten. In der Hand hielt er einen Becher Kaffee. »Entschuldigt bitte, dass ich euch nichts mitgebracht habe. Bei uns ist heute die Hölle los, und ich dachte, ich nutze die kurze Zeit für einen Koffeinschub.«

»Das sei dir gegönnt«, erwiderte Kerrin schmunzelnd, bevor sie wieder ernst wurde und Olaf schilderte, warum sie hier waren.

»Ich kann noch gar nicht glauben, dass auch Manon tot ist«, erklärte er traurig. »Sie ist früher oft bei uns gewesen.« Kerrin bemerkte, dass seine Hände den Becher fest umklammert hielten. »Ich glaube, dass meine Mutter irgendeinen Verdacht hegt, ihn uns aber nicht verraten will. Vielleicht ist er so abstrus, dass sie fürchtet, wir halten sie für verrückt.«

»Ist das typisch für sie?«

Olaf dachte einen Augenblick nach. »Irgendwie schon«, entgegnete er schließlich. »Sie ist kein Mensch, der sein Inneres nach außen kehrt, sie ist eher introvertiert.«

»Haben Sie in der letzten Zeit Kontakt zu Manon gehabt? Entweder allein oder über Peter?«, fragte Hark.

Olaf schaute ihn überrascht an. »Nein, warum sollte ich? Peter habe ich schon eine Weile nicht mehr gesehen. Wir haben uns in den Jahren des Studiums ein wenig aus den Augen verloren. Und Manon war eine Freundin von Nele.«

»Eine alleinstehende und attraktive Freundin von Nele«, bemerkte Hark. »Und Sie sind auch Single.«

»So ein Quatsch.« Olaf fing an zu lachen. »So habe ich Manon nie betrachtet. Worauf wollen Sie hinaus?«

»Manons Handy war zuletzt in Süderende eingeloggt.« Hark sah ihn ernst an.

»Bei mir war sie nicht.« Kerrin meinte zu bemerken, dass Olafs Augen leicht flackerten, bevor er sich wieder im Griff hatte. »Wenn das alles war, müsste ich nun zurück zu meinen Patienten.« Er trank den letzten Schluck seines Kaffees und erhob sich dann.

»Ganz wohl war ihm bei unserer Befragung nicht«, meinte Kerrin, als sie im Wagen saßen und Richtung Nieblum fuhren. Sina stand als Nächste auf ihrer Liste.

»Vielleicht hat er für Manon mehr empfunden, als er jetzt zugeben möchte. Aber selbst wenn wir ein Motiv für den Mord an ihr finden würden, kann ich mir keinen Grund vorstellen, warum er seinen Vater hätte umbringen sollen.«

»Weil er das einzige Kind war, das keinen Stress mit ihm hatte?«, fragte Hark ernst. »Das fällt in dieser Familie aus dem Rahmen und könnte deswegen gerade verdächtig sein.«

Kerrin schaute ihn von der Seite an und ließ sich diesen neuen Gedankengang durch den Kopf gehen. War er vielleicht gar nicht so abwegig, wie sie im ersten Moment dachte?

Als Hark den Wagen auf den Parkplatz des Ponyhofes lenkte, wurde sie aus ihren Überlegungen gerissen. Schon von Weitem hörten sie Stimmengewirr und fröhliches Lachen, das immer lauter wurde, je näher sie dem Reitplatz kamen. Das Bild, das sich ihnen dann bot, war herzerwärmend. Ein Schwarm von Mädchen zwischen acht und vierzehn Jahren wuselte auf dem Hof um eine Vielzahl von Ponys herum, es wurde gestriegelt und gebürstet, Hufe wurden ausgekratzt, gesattelt und aufgetrenst.

Ein wehmütiger Stich durchfuhr Kerrin, sie fühlte sich in ihre frühe Jugend zurückversetzt. Genauso glücklich war auch sie fast jeden Tag nach der Schule auf dem Reiterhof in Alkersum angekommen.

Patrick Menke stand neben einem Pony und erklärte einer Traube von Mädchen, wie man die Hufe auskratzt, ohne getreten zu werden, Marlene half zwei Mädchen, das Trensengebiss in das Maul eines Tieres zu schieben. Sina war nirgends zu entdecken.

Als Patrick sie sah, rief er ihnen zu, dass Sina im Haus sei. Kerrin hob dankend die Hand und machte sich mit Hark auf den Weg zum Wohnhaus der Menkes.

Die Eingangstür stand offen. Sina saß mit einem Becher Kaffee an dem großen Küchentisch, auf dem sich dreckiges Geschirr, Marmelade, Butter und Platten mit Wurst und Käse stapelten. Die Terrassentür war weit geöffnet, in der Hand hielt sie eine Zigarette.

Als sie Kerrin und Hark auf sich zukommen sah, hielt sie die Zigarette reflexartig hinter ihren Rücken.

Kerrin lachte. »Vor uns musst du die nicht verstecken, wir verraten dich nicht.«

Sina grinste. »Patrick hasst es, wenn ich rauche, und vor den Kindern finde ich es auch nicht gut.« Sie nahm einen letzten Zug und drückte sie dann in einem Aschenbecher aus. »Aber diese Gruppe hat es echt in sich, sehr aufgeweckte und pubertierende Mädchen, um es mal vorsichtig auszudrücken.«

»Wenn es dich beruhigt, nur zu.« Kerrin wurde wieder ernst und schilderte zum fünften Mal an diesem Tag, warum sie da waren. Sina hatte genauso empfunden wie ihre Geschwister. Auch sie hatte den Eindruck gehabt, dass ihre Mutter ihnen etwas verheimlichte. Verwundert reagierte sie auf Harks Frage, ob Olaf eine Freundin hat.

»Warum wollen Sie das wissen? Was hat das mit den Morden zu tun?«

»Wahrscheinlich gar nichts«, gab Hark zu. »Aber eine Antwort könnte uns helfen, ein paar lose Enden zusammenzuführen«, ergänzte er dann vage.

»Ich weiß von niemandem. Olaf ist auf diesem Gebiet sehr verschwiegen. Er hatte bis vor ungefähr einem Jahr eine Freundin in Kiel. Wir haben nur durch Zufall erfahren, dass es vorbei war. Ob er traurig über die Trennung war und von wem sie ausging, kann ich nicht sagen.«

»Hat er sich mal für Manon interessiert?«

Sina schaute ihn verdutzt an. »Was wollen Sie denn damit andeuten? Sie verdächtigen doch wohl nicht meinen Bruder, mit den Morden etwas zu tun zu haben, oder?«

»Wir ermitteln zurzeit in alle Richtungen und ...«

»Und es gibt Indizien, denen wir nachgehen müssen, um eben genau das ausschließen zu können«, ergänzte Kerrin, die vermeiden wollte, dass sie Sina gegen sich aufbrachten.

»Okay«, antwortete Sina gedehnt. »Meines Wissens hat sich Olaf nie für Manon interessiert, er hatte sie gar nicht auf dem Schirm. Weder zu Schulzeiten, als sie häufig mit Nele zusammen bei uns zu Hause war, noch später. Sie war einfach nur die Freundin unserer kleinen Schwester.«

29

Das Dunkle überrollte ihn. Wieder einmal. Obwohl er alles getan hatte, um es zu verhindern. Wirklich alles. Und noch viel mehr.

Mit verzerrtem, tränenverschmiertem Gesicht hockte sie vor ihm auf dem Boden. Auch wenn sich die Situation im Laufe der Jahre verändert hatte, waren seine Gefühle gleich geblieben. Unermessliche Niedergeschlagenheit und Sorge, ein niederdrückendes Gefühl der Verantwortung, Angst. Und in den letzten Jahren Wut. Nicht auf sie, sie stand über allem, auf einem Podest, an das niemand herankommen konnte. Sondern auf ihn. Immer wieder auf ihn. Schon lange hatte er verstanden, dass es jedes Mal auf ihn hinauslief. Er tat ihr nicht gut, zog sie wieder und wieder tief in die Abgründe, aus denen er sie befreien musste. Sein ganzes Leben drehte sich nur darum.

»Tu etwas«, stammelte sie. Die letzten Wochen und Monate waren so fröhlich und unbeschwert gewesen, er hatte, nicht zum ersten Mal, angefangen zu hoffen, dass nun alles gut werden würde. Doch davon war nichts übrig geblieben. Sie standen wieder am Nullpunkt, es musste von vorn beginnen, und niemand konnte ihm sagen, wie lange es dieses Mal dauern würde. Und ob jetzt der Moment gekommen war, vor dem er sich, seit er denken konnte, fürchtete. Der letzte, der alles entscheidende Moment.

»Was soll ich denn noch tun?«, stammelte er hilflos.

»Das weißt du ganz genau«, jammerte sie. »Du hast es begonnen, aber du hast es nicht zu Ende gebracht.« Sie fasste sich ans Herz und sank noch weiter in sich zusammen. »Ich werde es nicht aushalten. Niemals könnte ich damit leben, es ist unerträglich, und ich ...«

Er riss sie in seine Arme, wollte um jeden Preis verhindern, dass sie weitersprach. Dass sie es aussprach.

»Du hast recht«, murmelte er mit tonloser Stimme in ihr Haar. »Ich weiß, was ich tun muss. Und ich werde es tun.« Er schluckte die aufsteigenden Tränen herunter, zwang die Verzweiflung, die sich in seiner Brust breitmachen wollte, mit eisiger Selbstbeherrschung zurück. Unbändige Wut auf ihn, der ihm das hier zumutete, stieg in ihm auf. Jetzt war nicht der Augenblick, sich ihr hinzugeben, aber er würde kommen. Wenn alles getan war.

»Vertrau mir«, sagte er mit fester Stimme und richtete sich innerlich auf. »Du kannst dich auf mich verlassen. Wie immer.«

30

Es war Mittagszeit, als Kerrin und Hark auf den Parkplatz der Dienststelle am Hafendeich rollten. Sie hatten nach dem Besuch bei Sina an einer Pizzeria angehalten und Pizzen für alle mitgebracht.

»Ich mute euch schon wieder viel zu, da sollt ihr wenigstens anständig essen«, hatte sie zu Hark gesagt.

»Und bei anständig essen fällt dir Pizza ein?«, hatte er grinsend entgegnet. »Da bekomme ich ja Angst um meinen Sohn.«

»Musst du nicht«, gab Kerrin ungerührt zurück. »Er ist der Koch bei uns, die Rollen sind schon fest verteilt.«

Tom, Christian und Jan begrüßten sie mit einem freudigen Hallo und liefen gleich voran in das Besprechungszimmer. Und selbst der meist missmutige Fabian bemerkte, dass Pizza an einem Montag eine gute Idee wäre.

Die Gespräche am großen Tisch plätscherten während des Essens dahin, auf die Ermittlungen kamen sie nicht zu sprechen. Erst als alle Kartons entsorgt waren und vor jedem Beamten ein heißer Kaffee stand, begann Kerrin, von ihren Gesprächen mit den Mitgliedern der Familie Mommensen zu berichten. »Einen Durchbruch im Hinblick auf die Verbindung zwischen Heiko und Manon sehe ich noch nicht. Wir müssen herausfinden, was Anne Mommensen uns verschweigt und warum. Ich bin mir sicher, dass uns das weiterbringen wird«, schloss sie schließlich. »Was habt ihr herausgefunden?«, fragte sie dann Tom und Christian.

»Wir sind ähnlich weit herumgekommen wie ihr«, preschte Christian vor. Tom lehnte sich mit verschränkten Armen demonstrativ zurück. »Zuerst waren wir bei Lia Riewerts, aber sie konnte uns nicht weiterhelfen. Sie hat Manon zwar häufig irgendwo gesehen, aber nur, weil sie mit ihrem Bruder eng befreundet war. Ansonsten hatten sie nichts miteinander zu tun. Lia ist Mutter von zwei kleinen Kindern und hat völlig andere Interessen als die ungebundene Manon.«

»Und was ist mit Peter Riewerts?« Hark beugte sich vor.

»Den haben wir danach aufgesucht. Er war zu Hause, arbeitet anscheinend von dort.«

»Was macht er beruflich?«, wollte Kerrin wissen.

»Irgendetwas mit Computern«, mischte Tom sich ein. »Genau verstanden haben wir das nicht. Die Firma, für die er arbeitet, sitzt auf dem Festland, aber er muss wohl nur selten hin.«

»Was für ein Traum«, rutschte es Jan voller Inbrunst heraus.

Hark sah ihn gespielt ernst an. »Komm mir bloß nicht auf dumme Gedanken«, brummte er. »Homeoffice ist bei der Polizei nicht drin.«

»Blödsinn, Chef«, wiegelte Jan schmunzelnd ab. »Du weißt doch, wie sehr ich meinen Job liebe.«

»Peter ist am Boden zerstört. Er hat Manon häufig

getroffen«, fuhr Christian fort. »Die beiden kennen sich schon lange, sind aber erst seit zwei, drei Jahren so eng miteinander befreundet. Rein platonisch, wie er betont hat.«

»Und hat er eine Erklärung für die Verbindung zwischen Manon und Heiko?«

Christian schüttelte den Kopf. »Hat er nicht. Ihm fällt auch nur Nele als Bindeglied zu der Familie Mommensen ein. Und Sina, auch wenn Manon und sie nicht wirklich befreundet waren. Sie kannten sich über Nele, Peter und Lia und haben ein paar Worte miteinander gewechselt, wenn sie sich gesehen haben, aber das war es dann auch schon.«

»Und Aiko Meißner?«, fragte Kerrin, obwohl sie kaum Hoffnung hatte, dass nun der entscheidende Hinweis kommen würde, und so war es dann auch.

»Er wusste angeblich noch nicht einmal, wer Heiko Mommensen war.«

»Wenn das alles war, dürfen wir vielleicht kurz berichten, was wir zu den Ermittlungen beizutragen haben.« Fabian blickte herausfordernd in die Runde.

»Wenn Christian und Tom fertig sind, sehr gerne, danke, Fabian«, antwortete Kerrin mit einem unschuldigen Lächeln.

»Von unserer Seite war es das«, bestätigte Christian.

»Zunächst einmal haben wir uns Manons Kontobewegungen des letzten Jahres angesehen. Sie ist mit ihrem Einkommen gerade so über die Runden gekommen«, begann Fabian.

»Wobei sie meistens in der letzten Woche des Monats bereits im Minus war«, ergänzte Jan. »Andere Geldeingänge neben ihrem Gehalt gab es nicht. Wenn sie also eine größere Summe bekommen haben sollte, müsste das bar auf die Hand gewesen sein.«

»Möglich«, meinte Kerrin nachdenklich. »Da sie noch nicht gekündigt hatte, könnte sie aber auch erst in der nächsten Zeit damit gerechnet haben.«

»Außerdem haben wir mit Lukas gesprochen. Zu dem Dreck an den Gummistiefeln konnte er noch nichts sagen. Die Untersuchungen sind angeschoben, aber er rechnet frühestens morgen mit Ergebnissen. Das Profil der Stiefel hatten sie schon heute Vormittag mit Bildern der Abdrücke, die in der Nähe der Leiche entdeckt worden sind, verglichen, sind aber nicht fündig geworden. Laut Lukas sagt das aber nicht aus, dass Aiko Meißner nicht dort gewesen sein kann. Die meisten Bereiche vor Ort sind grasbewachsen, da hinterlässt man keine Fußabdrücke.«

»Und was ist mit anderen Spuren vom Tatort und aus Manons Wohnung?«

»Fingerabdrücke aus der Wohnung sind bereits ausgewertet, Übereinstimmungen mit den in unserem System gespeicherten Abdrücken gibt es nicht. Sie haben Manons Computer und ein Tablet zur Auswertung mitgenommen. Aber auch da werden wir vor morgen keine Ergebnisse bekommen.«

»Es gibt also nichts, was uns weiterbringen könnte?« Kerrin raufte sich die Haare.

»Vielleicht doch.« Fabian grinste sie süffisant an. »Der Knick, in dem sie gefunden wurde, grenzt an einen gepflasterten Weg, den Wolken-Damm, der die Lembecksburg umrundet. An seinen Seiten ist teilweise breiter Schotter. Die Spusi hat in einer Länge von ungefähr dreißig Metern rechts und links vom Fundort die in dem Schotter befindlichen Reifenprofile aufgenommen. Deren Auswertung hat ergeben, dass es sich in erster Linie um Profile von Traktoren handelt. Allerdings haben sie nur wenige Meter von dem Fundort der Leiche entfernt Reifenprofile eines Wagens gefunden. Laut Lukas muss an dieser Stelle kurz nach dem Regen gestern ein Auto gewendet haben.«

»Das ist tatsächlich interessant!«, rief Kerrin aus. »Wir gehen ja davon aus, dass der Täter Manon mit seinem Auto transportiert hat. Kann die Spusi etwas zu dem Fabrikat sagen?«

»Nein.« Fabian schaute mit unbewegter Miene in die Runde. »Ihr müsst also nur den Wagen finden, und der Fall ist gelöst.«

»Das ist doch eine gute Aufgabe für euch«, gab Kerrin genauso ungerührt zurück. Sie musste sich eingestehen, dass sie die kleinen Scharmützel mit Fabian fast ein bisschen genoss. Sie hatte schon bei der Mordserie im Sommer festgestellt, dass sich hinter seiner Fassade der schlechten Laune ein kompetenter Polizist verbarg, der, wenn er sich nicht über Überstunden oder Nichtbeachtung aufregte, gute Ideen hatte und eine Ermittlung durchaus voranbringen konnte. »Wenn Hark euch entbehren kann, wäre es toll, wenn ihr euch die Autos aller beteiligten Personen ansehen und die Profile fotografieren würdet. Dann können die Jungs in Flensburg das abgleichen.«

»Das machen wir natürlich gerne.« Fabian nickte.

»Was ist mit den letzten Terminen von Heiko und Anne Mommensen bei Dr. Scholz, dem Chef von Manon?«

»Auch darum haben wir uns selbstverständlich gekümmert«, antwortete Fabian. »Anne war vor genau vierundzwanzig Tagen dort. Bei ihrem Mann war der letzte Termin im November letzten Jahres. Warum die beiden dort waren, haben wir wegen der ärztlichen Schweigepflicht natürlich nicht erfahren«, fügte er noch hinzu.

»Klar, trotzdem danke«, sagte Kerrin. »Dann beende ich mal unsere gemütliche Mittagspause, damit alle zurück an die Arbeit können.«

Kurz darauf machten sich Kerrin und Hark auf den Weg zu Rixa Oltmann. Kerrin war es wichtig, dass sie den Besuch übernahmen und Rixa damit zeigten, dass sie mit Hochdruck ermittelten.

Manons Mutter öffnete ihnen erst nach dem zweiten Klingeln. Sie trug einen ausgewaschenen Jogginganzug, und ihre Schultern hingen schlapp herab. Alle Energie schien aus ihr gewichen zu sein.

»Dürfen wir Sie noch einmal stören?«, fragte Kerrin mit einem warmen Lächeln auf den Lippen. Rixa tat ihr aufrichtig leid. Ihr Kummer drang aus jeder Pore ihres Gesichtes. Kerrin konnte sich nicht vorstellen, wie sie es schaffen sollte weiterzuleben. Ohne ein weiteres Kind oder einen Partner, den sie lieben konnte und der sie auffangen würde.

»Kommen Sie herein.« Mit einer kraftlosen Handbewegung bat sie die Beamten, ihr ins Wohnzimmer zu folgen. »Möchten Sie etwas trinken?«, fragte sie, als sie Platz genommen hatten.

Hark winkte ab. »Machen Sie sich bitte keine Umstände.«

Auf dem Wohnzimmertisch lagen einige Fotoalben, teilweise aufgeschlagen, und dazwischen Berge von einzelnen Bildern.

Lautlose Tränen rannen über Rixas Wangen. »Ich sollte das hier wahrscheinlich nicht tun, aber ich kann nicht anders. Wenn ich die Bilder anschaue, habe ich das Gefühl, sie sei noch bei mir, kommt vielleicht gleich zur Tür herein, um mir irgendeine Geschichte aus der Praxis zu erzählen oder von ihrem letzten Abend oder ...« Sie begann laut aufzuschluchzen.

»Haben Sie heute schon etwas gegessen, Frau Oltmann?«, fragte Hark ganz pragmatisch.

Mit tränenverschleiertem Blick schaute sie zu ihm auf. »Ich glaube nicht«, wimmerte sie kaum hörbar.

»Dann kümmere ich mich jetzt mal darum.« Mit diesen Worten stand Hark auf und verschwand in der Küche. Wenig später hörten sie ihn Schränke öffnen und schließen und den Wasserkocher füllen. Dankbarkeit machte sich in Kerrin breit, dass sie dem Sohn dieses mitfühlenden und empathischen Mannes im Sommer über den Weg gelaufen war und sie sich beide Hals über Kopf ineinander verliebt hatten. Wer so einen Vater hat, der muss ein guter Mensch sein.

»Soll ich Ihre Freundin anrufen?«, fragte Kerrin vorsichtig. »Es ist vielleicht keine so gute Idee, wenn Sie allein sind.«

Rixa schüttelte den Kopf. »Ich habe sie gestern Abend gebeten, nach Hause zu gehen. Ich ertrage es im Moment nicht, ständig jemanden um mich herum zu haben.«

»Das verstehe ich. Aber behalten Sie bitte im Hinterkopf, dass es Menschen gibt, die Ihnen jetzt beistehen können.« Mit diesen Worten ließ Kerrin es bewenden.

»Das war im Sommer.« Rixa zog ein Bild hervor und reichte es Kerrin. »Manon hatte sich nach Feierabend diesen neuen Badeanzug für ihren Urlaub gekauft, und wir hatten beschlossen, ihn bei einem Bad in der Nordsee einzuweihen. Danach haben wir Pommes am Strand gegessen, uns einen schönen Abend gemacht und …« Ihre Stimme brach, und sie begann wieder zu weinen.

»Das sind wirklich schöne Erinnerungen«, sagte Kerrin voller Mitgefühl und seufzte erleichtert auf, als Hark kurz darauf mit einem Tablett an den Tisch trat.

»Ich habe Ihnen einen starken Tee gekocht und ein Käsebrot geschmiert.«

Dankbar blickte Rixa zu ihm auf. »Das ist wirklich sehr nett von Ihnen«, sagte sie leise. »Ich merke erst jetzt, wie hungrig ich bin.«

Nachdem Rixa sich gestärkt hatte, kehrte ein wenig Lebensenergie in sie zurück. »Sie sind wahrscheinlich nicht gekommen, um mir mein Essen zu machen. Gibt es etwas Neues? Haben Sie schon einen Verdächtigen?«

»Das haben wir nicht, aber es gibt tatsächlich etwas Neues.« Kerrin erzählte ihr vorsichtig, dass ihre Tochter und Heiko offensichtlich demselben Täter zum Opfer gefallen waren.«

»Das verstehe ich nicht.« Entgeistert schaute Rixa von Kerrin zu Hark und wieder zurück. »Manon und Heiko Mommensen hatten doch gar nichts miteinander zu tun.«

»Deswegen sind wir bei Ihnen. Haben Sie irgendeine Idee, wer oder was das Bindeglied zwischen den beiden sein könnte?«

»Überhaupt nicht. Ich glaube nicht, dass Manon seit Neles Auszug zu Hause Heiko und Anne Mommensen mal besucht hätte. Zu Schulzeiten war sie oft auf dem Hof, aber das ist doch schon Jahre her.«

»Und Sie? Hatten Sie Kontakt zu den beiden?«

»Nein. Ich fand Anne immer sympathisch, und wenn die Kinder verabredet waren oder beieinander übernachtet haben, haben wir auch mal zusammen Kaffee getrunken. Aber eine Freundschaft hat sich daraus nie entwickelt. Als Bauern führten die beiden ein ganz anderes Leben als ich hier in Wyk.«

31

Anne trat nervös von einem Fuß auf den anderen. Er hatte Wort gehalten und sie vor einer Stunde angerufen. Freundlichkeit und Wärme hatte sie in seiner Stimme nicht vernommen, seine Worte waren kalt und sachlich gewesen. Er wird mir niemals verzeihen, dachte sie wehmütig und spürte einen feinen Stich im Herzen. In all den Jahren, in denen sie einsam in ihrem Bett gelegen hatte, hatte sie an ihn gedacht. Sich ihre gemeinsamen Tage wieder und wieder vor Augen geführt, sich ausgemalt, wie ihr Leben zusammen hätte verlaufen können. Wenn sie ihre Tochter anschaute, sah sie oft ihn. Das war der Grund, warum Nele ihr von all ihren Kindern immer am nächsten gewesen war. Sie hatte zwar gewusst, dass es nicht richtig war, sie den anderen vorzuziehen, hatte aber nichts dagegen tun können.

Dass ihre Entscheidung, Nele als Heikos Tochter auszugeben, im Grunde genommen unverzeihlich war, war ihr immer klar gewesen. Und doch hatte sie damals keinen anderen Ausweg gesehen. Sie wollte nicht schuld daran sein, dass seine Frau mit den kleinen Kindern die Insel verließ und er sie nicht mehr um sich haben würde. Trotz der großen Liebe, die sie füreinander empfanden, hatte sie geahnt, dass er ihr das eines Tages vorwerfen würde. Ein ungeborenes Baby gegen die Kinder, die er aus tiefstem Herzen liebte. Sie hatte damals gedacht, keine Wahl zu haben. Oder war sie feige gewesen? Hätte sie um ihn und ihr Glück kämpfen müssen? Sie hatte sich immer eingeredet, dass sie ihn so schützte, aber vielleicht hatte sie nur sich selbst vor Problemen bewahren wollen?

Egal. Sie wischte diese Gedanken beiseite. Nun war die Wahrheit ans Licht gekommen, und sie musste damit leben. Dass er von nun an wohl nur noch mit Verachtung an sie denken würde, schmerzte, aber auch damit würde sie klarkommen.

Suchend sah sie sich um. Er hatte sie gebeten, zum selben Strandkorb wie gestern zu kommen. Der am Morgen noch blaue Himmel hatte sich zugezogen, grau-weiße Wolken hingen tief über der Nordsee. Passend zu ihrer Stimmung. Da sie ihn nicht entdeckte, setzte sie sich in den Strandkorb, kuschelte sich in ihre Jacke und ließ den Blick schweifen.

»Danke, dass du hergekommen bist«, begrüßte er sie wenig später und ließ sich neben ihr nieder. Peinlich genau achtete er diesmal darauf, sie nicht zu berühren.

»Ich danke dir, dass du dich gemeldet hast«, antwortete sie mit leiser Stimme und sah ihn an.

Er wich ihrem Blick aus und starrte aufs Meer. »Um es gleich vorwegzunehmen: Ich habe noch nicht mit meiner Frau gesprochen, habe es einfach nicht geschafft. Und deswegen bitte ich dich inständig, nichts zu unternehmen. Wenn sie es nicht von mir erfährt, zerstört das alles. Vielleicht tut es das eh, aber ich möchte mich wenigstens noch im Spiegel anschauen können.« Er warf ihr einen geringschätzigen Blick zu. »Kannst du das? Dich selbst im Spiegel ertragen?«

»Ich habe in all den Jahren verdrängt, was ich getan habe«, versuchte sie nach einem kurzen Schweigen zu erklären. »Am Anfang war ich wie paralysiert, aber im Laufe der Zeit wurde es selbstverständlicher, und irgendwann habe ich gar nicht mehr allzu viel darüber nachgedacht. Ich habe versucht, meine Kinder zu glücklichen Menschen zu erziehen und ...«

»Und du glaubst, dass dir das gelungen ist?«, ätzte er nun. »Ich habe immer gehört, dass Nele nicht gut mit deinem Mann ausgekommen ist und auch keinen guten Draht zu ihren Geschwistern hat. Ist es das, was du wolltest? Sie war ein Fremdkörper in eurer Familie. Das macht sie wohl nicht unbedingt zu einem glücklichen Menschen, oder? Wahrscheinlich hat Heiko geahnt, dass sie nicht von ihm ist, und hat sie es spüren lassen. Aber keiner von euch hatte den Mut, es auszusprechen. Das ist so erbärmlich!«

Sie war unter seinen Worten zusammengezuckt. Er hatte recht und doch auch wieder nicht. Sie glaubte nicht, dass Heiko etwas geahnt hatte. Er hatte mit Nele einfach nichts anfangen können und das nicht weiter hinterfragt. War Nele unglücklich? Hatte sie darunter gelitten, dass sie bei den Geschwistern und dem Vater eine Außenseiterin war? Oder hatte ihre Liebe und Fürsorge das ausgleichen können? Sie hoffte es mit ganzem Herzen, ansonsten würde sie sich wohl tatsächlich nicht mehr im Spiegel anschauen können.

»Das bringt uns nicht weiter«, antwortete sie leise. »Ich verstehe deine Wut und Enttäuschung, aber ich kann es nicht ungeschehen machen. Ich habe dir die

Wahrheit gesagt, weil ich mir große Sorgen um unsere Tochter mache, und dachte, es wäre richtig, das mit dir zu teilen. Vielleicht verrenne ich mich total, aber irgendetwas sagt mir, dass es noch nicht vorbei ist. Heiko und Manon sind tot. Laut der Polizei vom selben Täter ermordet. Die Verbindung zwischen ihnen ist Nele, sie muss der Dreh- und Angelpunkt sein. Manon wusste von meinem Geheimnis und hat Heiko unter Druck gesetzt. So sehr, dass er das erste Mal seit Jahren völlig ausgerastet ist.« Sie berührte kurz die überschminkte Schwellung in ihrem Gesicht, die mit jedem Tag mehr zurückging. Die letzte greifbare Erinnerung an ihren Mann. »Erst dachte ich, dass Manon für seinen Tod verantwortlich ist, weil er sich nicht erpressen lassen wollte, aber jetzt ist auch sie tot.« Tränen sammelten sich in ihren Augen. »Ich muss mit der Polizei reden.«

»Bitte warte, bis ich mit meiner Frau gesprochen habe.« Er strich sich die Haare aus dem Gesicht. »Nele wäre doch nur in Gefahr, wenn irgendjemand um jeden Preis dieses Geheimnis bewahren wollen würde. Und du und ich wären dann ebenfalls bedroht. Wer weiß überhaupt noch davon?«

»Manon könnte es einer ihrer Freundinnen erzählt haben.«

»Und die läuft dann los und bringt Menschen um?« Er lachte auf. »Das ist lächerlich.«

»Ich weiß es doch auch nicht. Mir fällt sonst niemand ein.«

»Und deswegen siehst du bestimmt Gespenster, und keiner von uns muss sich Sorgen machen.«

Anne schwieg einen Moment. »Wie viel Zeit brauchst du?«

»Bis morgen, spätestens übermorgen, denke ich. Ich fühle mich gerade wie auf einer Achterbahn. In meinem Kopf dreht sich alles, und ich kann keinen klaren Gedanken fassen. Ich muss es erst einmal für mich selbst sortieren, dann mit meiner Frau und meinen Kindern sprechen. Hast du es Nele mittlerweile erzählt?«

Anne schüttelte den Kopf. »Ich wollte unser Gespräch abwarten. Aber ich bin fest entschlossen, reinen Tisch zu machen und Nele die Wahrheit zu sagen, weil ich mit dieser Lüge nicht weiterleben kann. Das hätte ich schon vor Jahren tun sollen, vielleicht wäre das alles dann nicht passiert.«

32

Es war schon fast 18 Uhr, als Kerrins Handy klingelte. Hark parkte den Wagen gerade auf dem Hof der Mommensens in Midlum.

Der Nachmittag war arbeitsreich gewesen. Fabian und Jan hatten die Profilabdrücke diverser Fahrzeuge genommen und nach Flensburg übermittelt. Hark und Kerrin hatten mit Elena telefoniert. Nach der Obduktion von Manon Oltmann hatten sich die ersten Einschätzungen der Rechtsmedizinerin aus Kiel bestätigt: Die junge Frau war an einer Kohlenmonoxidvergiftung gestorben, und die Brandmarken an ihrem Körper stammten von einem Elektroschocker. Damit bestand nun eigentlich kein Zweifel mehr daran, dass der von ihnen gesuchte Täter sowohl Heiko als auch Manon umgebracht hatte.

Nach diesem Gespräch hatten Hark und Kerrin lange über den Fall diskutiert. Es musste einen Zusammenhang zwischen den Taten geben, aber sie fanden den Ansatz einfach nicht. Kerrins Intuition sagte ihr, dass Anne der Schlüssel zum Durchbruch sein könnte. Die Witwe wusste etwas, was sie nicht verraten wollte. »Dann lass uns noch einmal mit ihr sprechen«, hatte

Hark schließlich vorgeschlagen. »Und diesmal machen wir es auf die harte Tour.«

»Iwersen«, meldete Kerrin sich und warf Hark einen entschuldigenden Blick zu. Als sie die ersten Worte gehört hatte, wurde ihr Gesicht bleich, und sie schaltete den Lautsprecher ein. »Warte bitte, ich stelle auf laut, dann kann Hark mithören. Wir stehen gerade auf eurem Hof und wollten mit deiner Mutter sprechen.«

»Sag ihr bloß nichts, sie kommt ja um vor Sorge, und wahrscheinlich ist das alles falscher Alarm«, sprudelte es aus Sina heraus. »Aber weil meine Mutter doch so seltsame Andeutungen von sich gegeben hat, mache ich mir jetzt wirklich Gedanken.«

Hark schaute Kerrin fragend an.

»Sina war um halb fünf mit Nele verabredet. Aber Nele ist nicht erschienen, und ihr Handy ist ausgeschaltet.«

»Was gar nicht zu ihr passt«, mischte Sina sich mit sich überschlagender Stimme wieder ein. »Sie hat es normalerweise immer an. Wir haben uns schon oft darüber lustig gemacht, dass es wie ihr verlängerter Arm ist.«

»Könnte sie die Verabredung vergessen haben?«, fragte Hark mit ruhiger Stimme nach. »Es ist ja so viel los bei Ihnen, dass sie vielleicht einfach nur nicht daran gedacht hat, Ihnen Bescheid zu geben, dass sie ihre Pläne geändert hat.«

»Wir hatten es erst eine Stunde vorher ausgemacht«, widersprach Sina. »Sie hatte mich angerufen, weil sie noch einmal über unsere Mutter sprechen wollte. Sie war sich sicher, dass sie uns nicht die Wahrheit sagt oder uns zumindest etwas verschweigt, und sie hatte eine Idee, wie wir sie zum Reden bringen könnten. Als sie nicht kam, wollte ich sie anrufen und habe gesehen, dass sie um Punkt halb fünf versucht hatte, mich zu erreichen. Als ich zurückgerufen habe, war ihr Telefon ausgeschaltet.«

»Wie wollte sie eure Mutter zum Reden bringen?« Kerrin war trotz der Kühle des Abends warm geworden. Tief in ihrem Inneren hatte sie ein ganz schlechtes Gefühl, auch wenn sie sich bemühte, erst einmal rational an die Sache heranzugehen.

»Das wollte sie nicht am Telefon besprechen. Es war ihr ungemein wichtig, dass wir uns noch heute treffen. Eigentlich passte es mir gar nicht, aber ich wollte sie nicht enttäuschen.« Zu Kerrins Überraschung brach Sinas Stimme. »Wir haben uns nie gut verstanden, aber wir sind trotz allem Schwestern, und auf irgendeine Art liebe ich sie. Wenn ihr jetzt tatsächlich etwas zugestoßen sein sollte, wäre das furchtbar und ...«

»Sina, beruhige dich bitte«, bat Kerrin mit sanfter Stimme. »Noch wissen wir gar nichts, und es kann gut sein, dass Nele tatsächlich etwas dazwischengekommen ist. Kannst du zu deiner Mutter kommen? Vielleicht mit Olaf zusammen? Wir gehen jetzt rein und sprechen mit ihr. Vielleicht klärt sich alles ganz schnell auf.«

Das tat es leider nicht. Kerrin und Hark fanden Anne im Kälberstall, wo sie gerade dabei war, die Gerätschaften zu verstauen, um dann Feierabend zu machen. Als sie hörte, dass Nele zu einer Verabredung mit Sina nicht erschienen war, wurde sie kreidebleich und ließ sich auf einen Strohballen sinken.

»Das muss erst einmal gar nichts heißen«, versuchte

Kerrin sie zu beruhigen. »Wissen Sie, was Nele heute vorhatte?«

Anne schüttelte den Kopf und starrte blicklos vor sich hin.

»Wir haben Ihre Kinder gebeten herzukommen«, erklärte Kerrin. Das Gefühl der Beklemmung in ihr wuchs, und sie warf Hark einen raschen Blick zu. Auch er sah besorgt aus und schien ihre Befürchtungen zu teilen. »Lassen Sie uns ins Haus gehen und dort auf Sina und Olaf warten.«

»Ich gehe in den Kuhstall und bitte Klaas, so schnell wie möglich zu uns zu stoßen.«

Eine halbe Stunde später waren alle um den Küchentisch versammelt. Auch Klaas und Olaf hatten den ganzen Tag nichts von Nele gehört und konnten sich ihr Verschwinden nicht erklären. Anne saß in sich zusammengesunken auf ihrem Stuhl und beteiligte sich nicht an den Mutmaßungen ihrer Kinder.

Kerrin und Hark beobachteten die Szene eine Weile, bevor Kerrin sich einschaltete. »Wenn ich mal kurz zusammenfassen dürfte.« Alle verstummten und blickten sie gespannt an. »Nele ist zu einem Treffen mit Sina heute Nachmittag nicht erschienen. Wir nehmen bis auf Weiteres erst einmal nicht an, dass sie es vergessen hat, weil die beiden sich auf Neles Initiative hin erst kurz davor verabredet hatten. Sina hat auf ihrem Handy einen Anruf in Abwesenheit von Nele, seitdem ist ihr Telefon ausgeschaltet, was untypisch für sie ist.« Sie blickte ernst in die Runde. »Normalerweise würden wir in einem solchen Fall bei einer erwachsenen Frau keine Suche starten, aber unter den gegebenen Umständen tun wir das. Hark und ich sind gleich zurück.«

Eine halbe Stunde später hatten sie alles in die Wege geleitet. Die Verstärkung aus Flensburg würde heute nicht mehr auf die Insel kommen, da die letzte Fähre in Kürze ablegen würde. Die Kollegen auf dem Festland waren aber dabei, von Neles Netzbetreiber den letzten Standort ihres Handys herauszubekommen. Gleichzeitig schrieben sie die junge Frau zur Fahndung aus. Ein Bild von Nele war schon übermittelt worden und sollte bereits heute Abend veröffentlicht werden. Mit etwas Glück würden sie noch in der Nacht erste Hinweise aus der Föhrer Bevölkerung erhalten. Tom, Christian, Fabian und Jan waren alarmiert und hielten sich zur Verfügung. Sie würden in der Nacht abwechselnd den Telefondienst in der Dienststelle übernehmen.

Als sie in die Küche zurückkamen, saß Anne Mommensen mit gesenktem Kopf am Tisch, während Klaas laut auf sie einredete. Er verstummte, als er die Beamten erblickte.

»Es geht nun alles seinen Gang«, informierte Kerrin die Familie und wandte sich dann an Anne. »Frau Mommensen, ich gehe mal davon aus, dass Ihre Kinder Sie schon gebeten haben, uns endlich zu offenbaren, was Sie die ganze Zeit mit sich herumtragen. Ihre Befürchtung, dass auch Ihrer Tochter etwas geschieht, könnte jetzt Realität geworden sein. Wäre es da nicht an der Zeit, endlich mit uns zu reden? Ich versichere Ihnen, dass nichts zu abstrus sein kann, wir beschäftigen uns nur damit und behandeln alles, was Sie uns erzählen, so vertraulich wie möglich.«

»Genau darum bitten wir sie die ganze Zeit.« Sina blickte Kerrin verzweifelt an, bevor sie sich wieder an ihre Mutter wandte. »Ich verstehe dich einfach nicht.

Warum hilfst du uns nicht? Sie war doch immer dein Lieblingskind, warum lässt du sie jetzt hängen?«

Tränen schimmerten in Annes Augen. »Ihr könnt das nicht verstehen«, stieß sie kaum hörbar hervor. »Es steht mir nicht zu.« Mit diesen Worten sprang sie auf und rannte aus dem Raum. Olaf wollte ihr nachlaufen, aber Kerrin hielt ihn mit einer Handbewegung zurück, stand auf und folgte Anne.

Auf dem Flur blickte sie sich suchend um und hörte schließlich aus dem Wohnzimmer ein leises Schluchzen. Durch die halb geschlossene Tür sah sie Anne auf einem Sessel sitzen, ihr Handy in der Hand. Immer wieder drückte sie die Tasten, hatte aber keinen Erfolg. Die Person, mit der sie anscheinend so dringend sprechen wollte, nahm nicht ab.

»Wen versuchen Sie denn so verzweifelt zu erreichen?«, fragte Kerrin mit leiser Stimme, um sie nicht zu erschrecken.

Trotzdem zuckte Anne zusammen. »Spionieren Sie mir nach?« Ihre Stimme bebte.

Kerrin schüttelte den Kopf. »Ich mache mir Sorgen, um Sie und um Ihre Tochter, und wollte noch einmal mit Ihnen sprechen. Ohne Ihre Kinder. Vielleicht ist es dann einfacher für Sie.«

Tränen liefen Annes Wangen herunter, sie wischte sie mit einer fahrigen Bewegung weg. »Ich habe so eine unfassbare Angst«, flüsterte sie kaum hörbar. »Wenn Nele etwas passiert ist, wäre das mein Ende.«

»Versuchen Sie bitte, positiv zu denken. Noch haben wir nur einen vagen Verdacht. Und wir werden alles in unserer Macht Stehende tun, um sie schnell zu finden.« Kerrin hörte selbst, wie schwach ihre Worte klangen.

»Ich habe auf ganzer Linie versagt, und ich kann es nicht wiedergutmachen, weil …« Anne brach ab.

»Warum haben Sie versagt? Was meinen Sie damit?« Kerrin schaute sie eindringlich an. »Bitte, reden Sie mit mir. Ich möchte Ihnen und Ihrer Tochter helfen. Für Ihren Mann ist es zu spät und für Manon auch, aber für Ihre Tochter vielleicht nicht.«

»Er wird mich hassen, wenn ich noch nicht einmal jetzt seinen Wunsch respektiere.«

Kerrin blickte sie verständnislos an. »Wer wird Sie hassen? Und warum? Was haben Sie getan, dass Sie uns jetzt nicht ins Vertrauen ziehen können? Es geht um Ihre Tochter. Warum ist diese Person wichtiger als sie?«

Anne schien Kerrins Worten keine Beachtung zu schenken. Sie wählte erneut eine Nummer auf ihrem Handy und lauschte. Keine Antwort. Verzweifelt schaute sie zu Kerrin auf. »Ich kann nicht mehr warten«, stieß sie hervor. »Es ist eh zu spät, er wird mich verachten – für immer.« Sie richtete sich auf und sah Kerrin in die Augen. Ihre Tränen waren versiegt. Sie schien eine Entscheidung getroffen zu haben. Ihre Stimme war immer noch leise, als sie anfing zu sprechen, aber fest.

»Nele ist nicht Heikos Tochter. Sie ist das Ergebnis einer Affäre, die ich vor neunundzwanzig Jahren hatte.«

Kerrin blickte sie entgeistert an. Sie hatte mit vielem gerechnet, denn es gab wenig, was ihr im Laufe ihrer Dienstjahre noch nicht begegnet war. Aber die Enthüllung dieser ruhigen und zurückhaltenden Frau überraschte sie doch.

»Bis vor Kurzem war ich die Einzige, die davon wusste«, fuhr Anne fort. »Doch dann hat Manon es herausgefunden. Bei einer Blutentnahme, die ich vor einem knappen Monat machen musste. Wir sind alle bei Dr. Scholz, die ganze Familie. Sie ist wohl über meine Untersuchung gestolpert und hat sich dann alle Karteikarten angesehen. Dabei fiel ihr bei Heikos, Neles und meiner Blutgruppe auf, dass Heiko unmöglich Neles leiblicher Vater sein kann. Warum es sie überhaupt interessiert hat, weiß ich nicht. Vielleicht war es ein Zufall.« Anne zog die Schultern hoch. Sie schien zu frösteln.

Stumm stand Kerrin auf und reichte ihr eine Decke, die auf dem Sofa lag.

Nachdem Anne sich darin eingekuschelt hatte, redete sie weiter. »Ich war nie ein Fan von Manon. Meiner Ansicht nach war sie schon als Jugendliche berechnend und klettete sich nur an Nele, weil sie so beliebt und unabhängig war.« Sie seufzte. »Mit dieser Meinung stand ich allerdings allein da. Heiko hat sich für solche Themen nicht interessiert, und Nele ließ nichts auf Manon kommen. Wahrscheinlich hat sie es genossen, eine Freundin zu haben, die ihr so ergeben war.«

»Das kann ich mir gut vorstellen«, stimmte Kerrin ihr zu. »Wenn ich an Nele in der Schule zurückdenke, sehe ich sie immer als Mittelpunkt eines Pulks von Mädchen. Sie war irgendwie cool und strahlte diese Unabhängigkeit aus. Das ist sogar uns Älteren aufgefallen.«

Ein Lächeln erschien kurz auf Annes Gesicht, erlosch aber schnell wieder. »Manon stand vor knapp zwei Wochen plötzlich bei mir im Kälberstall. Erst dachte ich, sie sei auf der Suche nach Nele, aber das war sie nicht. Sie wollte mit mir sprechen und knallte mir ohne lange Vorrede an den Kopf, dass Nele nicht Heikos Tochter sei, ich ihn betrogen hätte, anders wären unsere Blutgruppen nicht zu erklären. Ich war kurz davor, sie rauszuschmeißen, sagte ihr, dass es sie gar nichts anginge, wie wir unser Leben führten. Sie hielt dagegen, dass sie Neles Freundin sei und es sie daher sehr wohl etwas angehen würde.« Anne lachte bitter auf. »Freundin trifft es meiner Ansicht nach nicht wirklich. Nele hat Manon einmal mehr oder weniger unwissentlich einen Freund, der ihr viel bedeutet hat, ausgespannt, und ich bin mir sicher, dass sie es ihr nie verziehen hat. Keine Ahnung, warum sie die Freundschaft damals nicht konsequent beendet hat. Sie war bloß eine Zeit lang sauer, und dann hat es sich zwischen den beiden wieder eingerenkt.«

»Ja, davon haben wir gehört. Was wollte Manon von Ihnen?«

»Anfangs dachte ich, sie wolle sich mit dieser sensationellen Erkenntnis rächen, indem sie Nele ernsthaft verletzte. Wenn Nele davon erfahren hätte, hätte es ihre Welt natürlich auf den Kopf gestellt. Und unsere gute Beziehung zueinander gefährdet.«

»Aber das war nicht ihr Motiv?«

Anne sah sie fast belustigt an. »Nein, das war es nicht. Manon wollte sich ihr Schweigen versilbern lassen.«

»Sie hat Geld von Ihnen verlangt?« Kerrin sah sie entgeistert an. Damit hatte sie nicht gerechnet.

»75 000 Euro in bar, dann würde sie mein Geheimnis für immer bewahren.«

»Was haben Sie getan?«

»Was hätte ich tun sollen? Ich habe nicht so viel Geld, ich hätte es nicht zahlen können, selbst wenn ich gewollt hätte. Mein Mann und ich hatten ein gemeinsames Konto. Wir haben zusammen gearbeitet, und unser Einkommen und alle Ausgaben sind über ein Konto gegangen. Selbst wenn diese Summe darauf gewesen wäre, wie hätte ich das erklären sollen?«

»Wie hat Manon darauf reagiert?«

»Sie hat mir nicht geglaubt. Rixa Oltmann ist eine nette und tüchtige Frau, aber sie hat sich als alleinerziehende Mutter, die kaum Unterhalt von Manons Vater erhalten hat, immer einschränken müssen und konnte Manon in finanzieller Hinsicht nicht viel bieten. Bei uns ist alles größer, was natürlich auch daran liegt, dass wir ein landwirtschaftlicher Betrieb sind und hier früher mit den Auszubildenden acht Menschen gelebt haben. Manon hat unsere Situation wahrscheinlich völlig falsch eingeschätzt. Wir können gut leben, arbeiten dafür aber auch extrem hart. Einen derartigen Betrag auf der hohen Kante haben wir nicht. Unser Geld steckt in dem Betrieb, in dem Land, den Tieren, dem Futtermittel, den Maschinen und dem Dünger. Es liegt nicht auf einem Konto herum.«

»Und das hat sie akzeptiert?«

Anne zuckte mit den Schultern. »Sie ist einfach abgedampft, hat zum Abschied nur gesagt, dass das letzte Wort noch nicht gesprochen sei. Von dem Moment an habe ich in der Angst gelebt, dass sie es Nele sagen würde.«

»Aber das ist nicht geschehen?«

Anne schüttelte den Kopf. »Nele hat sie es nicht verraten, dafür aber am letzten Dienstag Heiko. Sie hat wohl gehofft, dass wir dann zahlen würden.«

»Und Ihr Mann ist ausgeflippt, als er es erfahren hat«, schlussfolgerte Kerrin langsam. »Der Bluterguss war also doch von ihm.«

»Er ist komplett ausgerastet. So wütend habe ich ihn

noch nie erlebt.« Tränen sammelten sich wieder in ihren Augen. »Ich konnte es verstehen. Kann man seinem Ehemann etwas Schlimmeres antun?«

Kerrin ging auf diese rhetorische Frage nicht ein. In ihrem Kopf rasten die Gedanken. »Ist Ihr Mann auf die Forderung eingegangen?«

»Nein, er hat sie vom Hof gejagt.«

»Wer ist Neles Vater? Wusste Ihr Mann, wer es war? Und weiß er selbst von seiner Vaterschaft?«

Anne schluckte die Tränen herunter. »Heiko hat erst von mir abgelassen, als ich es ihm erzählt habe. Und Neles Vater habe ich es nach Heikos Tod gesagt. Er hat all die Jahre gedacht, das Kind sei von Heiko. Sie können sich vorstellen, dass er zurzeit nicht sonderlich gut auf mich zu sprechen ist. Er hat mich inständig gebeten, erst einmal mit niemandem darüber zu reden, bis seine Frau und seine Kinder Bescheid wissen.«

»Wer ist es? Ein Insulaner?«

»Sie werden diese Information vertraulich behandeln, oder?« Anne sah sie zweifelnd an. »Er befürchtet, dass es sonst bald jeder auf Föhr weiß. Und ich möchte ihm nicht noch mehr Ärger machen, als ich es ohnehin schon getan habe. Vor allem möchte ich seine Ehe und sein Verhältnis zu seinen Kindern nicht gefährden.«

»Natürlich werden wir die Angelegenheit vertraulich behandeln, aber ich gehe davon aus, dass wir mit ihm sprechen werden. Ob wir auch seine Familie involvieren müssen, kann ich Ihnen zum jetzigen Zeitpunkt nicht sagen. Das hängt von dem Fortgang der Ermittlungen ab. Versprechen kann ich da leider nichts.«

»Verstehe.« Anne gab sich einen Ruck. »Friedrich. Friedrich Riewerts.«

»Der Vater von Lia und Peter?« Kerrin sah sie überrascht an. »Dann waren Sie über Ihre Kinder ja all die Jahre miteinander verbunden.«

»Und das war schwer.« Ein wehmütiger Zug erschien auf Annes Gesicht. »Friedrich ist die Liebe meines Lebens. Es hat uns damals beide umgehauen, und wir hatten ein wundervolles halbes Jahr zusammen.« Ihre Züge verdunkelten sich. »Aber dann hat Frauke herausgefunden, dass wir uns trafen. Und sie hat ihm die Pistole auf die Brust gesetzt: Wenn er sich nicht augenblicklich von mir trennt, nimmt sie die Kinder und verlässt die Insel. Frauke ist keine Insulanerin, sie kommt aus einem kleinen Dorf in Niedersachsen. Lia war damals drei und Peter erst ein Jahr alt. Es hätte Friedrich zerstört, wenn sie ihm die Kinder genommen hätte, er hängt sehr an ihnen.«

»Also hat er sich für seine Familie entschieden«, stellte Kerrin fest.

»Das hat er. Ich dachte damals, ich würde sterben. Aber das Leben geht immer weiter, nicht wahr? Als ich ein paar Wochen nach unserer Trennung bemerkte, dass ich schwanger war, habe ich kurz mit dem Gedanken gespielt, es ihm zu sagen. Unser Baby gegen seine Kinder.« Sie verstummte für einen Augenblick. »Ich habe es nicht getan. Aus Liebe. Wahrscheinlich hätte er sich für mich entschieden, ich vermute, seine Gefühle für mich waren genauso stark wie meine für ihn. Aber es hätte auch bedeutet, dass Lia und Peter nicht mit ihm zusammen auf Föhr aufgewachsen wären. Und dafür wollte ich nicht verantwortlich sein.« Sie lächelte traurig. »Ich habe diese Entscheidung für ihn und gegen meine Gefühle getroffen, und trotzdem wird er mir das wohl niemals verzeihen.«

Kerrin hatte ihr erschüttert zugehört. Es fiel ihr nicht schwer, sich in Heikos Witwe einzufühlen, trotzdem kam es ihr nicht richtig vor, ein Kind in dem Unwissen aufwachsen zu lassen, wer sein wahrer Vater war. Doch wie passten diese neuen Erkenntnisse zu ihrem Fall? Hatten sie überhaupt etwas damit zu tun? Manons Tod könnte mit ihrem Erpressungsversuch zusammenhängen. Anne hätte ein Motiv gehabt, konnte sie doch nur so sicher verhindern, dass Manon es nach Heiko auch noch Nele oder anderen Familienmitgliedern offenbaren würde. Aber wie passte Heiko ins Bild? Hatte er Nele die Wahrheit sagen wollen und Anne hatte dies mit allen Mitteln verhindern wollen? Oder hatte sie ihn umgebracht, weil sie in ihrer Ehe unglücklich gewesen war und er sie erneut geschlagen hatte? Letzteres konnte Kerrin sich eigentlich nicht vorstellen. Sie hatte den Eindruck gewonnen, dass die beiden sich arrangiert und recht friedlich nebeneinanderher gelebt hatten. Allerdings könnte der neuerliche Gewaltausbruch von Heiko Anne gegenüber etwas daran geändert haben. War ihr eine Sicherung durchgebrannt, ein altes Trauma hochgekommen? Aber hätte sie ihn dann nicht eher im Affekt und nicht so geplant umgebracht? Allerdings kannte sich niemand besser als sie auf dem Hof aus. Sie hätte genau gewusst, wie sie es anstellen musste, dass die Bullen ihren Ehemann angriffen. Und ein echtes Alibi hatte sie auch nicht. Aber wie passte Neles Verschwinden dazu? Kerrins Intuition sagte ihr, dass sie mit Anne als Täterin auf dem Holzweg war.

Sie seufzte. So kam sie erst einmal nicht weiter. »Sie sollten jetzt mit Ihren Kindern sprechen«, sagte sie leise und erhob sich. »Meinen Sie nicht, dass Sie es ihnen schuldig sind, sie einzuweihen?« Mit diesen Worten ging sie zurück in die Küche. Aus den Augenwinkeln nahm sie wahr, dass Anne ihr folgte.

Hark und die drei erwachsenen Kinder blickten ihnen stumm entgegen, als sie eintraten und sich wortlos an den Tisch setzten. Kerrin spürte, wie schwer es Anne fiel, den Anfang zu machen, und so beschloss sie, ihr zu helfen. »Ich verstehe nun, wo die große Befürchtung eurer Mutter liegt. Wie diese neuen Tatsachen einzuordnen sind, ob sie für unsere Ermittlungen überhaupt relevant sind, weiß ich noch nicht.«

»Welche neuen Tatsachen?« Sina blickte von Kerrin zu Anne. »Nun spann uns doch nicht weiter auf die Folter, sondern rede endlich.«

Anne blickte starr auf den Tisch, als die ersten Worte langsam aus ihr heraussprudelten. »Nele ist nicht Heikos Tochter. Manon hat es herausgefunden und hat dann versucht, erst mich allein und dann auch Papa damit zu erpressen.«

Man hätte eine Stecknadel fallen hören können. Sina, Olaf und Klaas starrten ihre Mutter mit offenen Mündern an.

Sina war die Erste, die die Sprache wiederfand. »Das ist jetzt nicht dein Ernst«, war das Einzige, was sie herausbrachte.

Tränen standen in Annes Augen, aber ihre Stimme war fest, als sie ihren Kindern erklärte, was vor neunundzwanzig Jahren geschehen war. »An meiner Liebe zu euch und meiner Ehe mit eurem Vater hat das nie etwas geändert. Unser Zusammenleben wäre auch ohne diese Affäre nicht inniger gewesen. So war Heiko einfach nicht. Und ich habe mich im Laufe der Jahre damit arrangiert.«

»Friedrich Riewerts«, stieß Klaas hervor. »Wie konntest du das tun? Habt ihr euch all die Jahre totgelacht über Papa und uns?«

»Ganz sicher nicht. Wir haben seit diesem Sommer keinerlei Kontakt mehr zueinander gehabt«, erläuterte Anne mit leiser Stimme. »Wenn ich seine Frau gesehen habe, hatte ich anfangs immer ein schlechtes Gewissen. Sie wusste es ja und muss mich gehasst haben. Aber mit den Jahren ist es einfacher geworden.«

»Ich kann nicht glauben, dass Manon so etwas getan hat.« Sina starrte vor sich hin. »Ich habe sie oft mit Lia bei Peter getroffen, wir kannten uns. Außerdem war sie doch eine von Neles engsten Freundinnen.«

»Sie war schon immer berechnend und auf ihren Vorteil bedacht«, widersprach Klaas ihr.

Sina hatte Tränen in den Augen, als sie ihre Mutter ansah. »Wir haben von klein auf gespürt, dass Nele dein Liebling war. Kannst du dir eigentlich vorstellen, wie das für uns war?«

Anne hob hilflos die Schultern. »Ich habe von Anfang an gemerkt, dass Nele und Heiko keinen Draht zueinander hatten, und ich habe versucht, das auszugleichen, weil ...«

»Und dafür hast du uns vernachlässigt? Papa war kein liebevoller Vater, der uns mal in den Arm genommen hätte, das wäre deine Aufgabe gewesen. Aber du warst bei Nele oder den Tieren. Uns hast du so oft übersehen.« Sinas Wangen schimmerten feucht, sie schluchzte auf. »Auch mein Verhältnis zu meiner Schwester hast du auf dem Gewissen. Ich war all die Jahre eifersüchtig auf sie, weil sie deine ganze Liebe abbekommen hat. Keine Gelegenheit habe ich ausgelassen, sie zu ärgern. Und jetzt ist sie weg und …« Ihre Stimme brach, und sie schlug die Hände vors Gesicht.

Olaf setzte sich neben sie und nahm sie in die Arme. Sanft strich er ihr über den Rücken. »Versuch, positiv zu bleiben. Nele ist stark und unerschütterlich. Wir werden sie bestimmt bald wieder bei uns haben, und dann wird alles gut«, flüsterte er in ihr Haar. »Wir reden miteinander und machen es zukünftig besser. Wir alle, auch Klaas und ich.« Seine Stimme klang rau.

»Und Lia und Peter«, fügte Klaas mit tonloser Stimme hinzu. »Sie gehören jetzt ja wohl auch zur Familie.«

33

Es war bereits halb neun, als Kerrin und Hark mit Anne im Fond vor dem Haus von Friedrich Riewerts in Alkersum anhielten.

Anne hatte noch einige Male versucht, Friedrich telefonisch zu erreichen, aber keinen Erfolg gehabt.

»Dann können wir es nicht ändern«, hatte Kerrin schließlich festgestellt. »Wir müssen mit ihm reden. Es geht um das Schicksal eines jungen Mädchens. Wir fahren zu ihm und können nur hoffen, dass seine Frau nicht da ist oder zumindest keinen Verdacht schöpft.«

Anne hatte sich gefügt. In der letzten Stunde schien jede Energie aus ihr entwichen zu sein, sie hatte anscheinend keine Kraft mehr, sich aufzulehnen. Als Kerrin und Hark ausstiegen, blieb sie im Auto sitzen.

Nach mehrmaligem Klingeln öffnete ihnen Peter Riewerts. Als er Kerrin und Hark erkannte, wurde sein Blick besorgt. »Was wollt ihr? Ist etwas mit meinen Eltern?«

»Nein, keine Sorge. Reine Routine und schnell erledigt«, beeilte Hark sich zu sagen. »Wir möchten nur mit Ihrem Vater sprechen. Er ist wohl nicht zu Hause?«

Peter schüttelte den Kopf.

»Wo finden wir ihn?«

Er zuckte mit den Schultern. »Keine Ahnung. Meine Eltern machen abends oft einen Spaziergang, meist in Nieblum am Strand. Lieb gewonnenes Ritual einer langen Ehe, aber sicher weiß ich es nicht. Ruft sie doch an, ich kann euch die Nummern geben.«

»Von deinem Vater haben wir sie, aber er geht nicht an sein Telefon. Gib uns gerne die Nummer deiner Mutter, vielleicht haben wir bei ihr mehr Glück. Wann erwartest du sie zurück?«

»Spätestens um 9 Uhr, denke ich. Sie haben noch nicht zu Abend gegessen.«

»Weißt du zufällig, wo Nele gerade ist?«

»Nein, warum?«

»Egal.« Kerrin reichte ihm ihre Karte. »Dein Vater soll uns bitte sofort anrufen, wenn er nach Hause kommt«, bat sie. »Es ist dringend.«

»Jetzt machst du mir Angst. Geht es um Heiko Mommensen? Oder um Manon? Was hat mein Vater mit den beiden zu tun?«

»Dazu kann ich dir nichts sagen. Aber mach dir keine Sorgen, wir brauchen nur eine Information von ihm«, versuchte Kerrin ihn zu beruhigen, bevor sie sich verabschiedeten.

»Wahrscheinlich sagt Friedrich Riewerts es gerade seiner Frau«, vermutete Hark, als sie wieder im Auto saßen.

»Vielleicht ist er nach dem Gespräch heute Mittag auch spontan zu Nele gefahren und hat mit ihr geredet. Möglicherweise sind sie immer noch zusammen«, spann Kerrin den Faden weiter.

»Ausgeschlossen ist das nicht«, erwiderte Anne fast erleichtert. »Ich hatte tatsächlich das Gefühl, dass eine

Aussprache mit Nele ihm nicht so viel Sorge bereitet wie die mit seiner Frau. Und wenn er ohne mich mit ihr redet, kann er mir schaden, was ihn zurzeit bestimmt freut. Nele wird furchtbar enttäuscht von mir sein«, fügte sie leise hinzu. »Doch das ist egal, Hauptsache, sie kommt zurück.«

»Aber warum sollte er seine Frau zu dem ersten Gespräch mit seiner Tochter mitnehmen?«, wandte Hark ein. »Das ergibt keinen Sinn.«

»Vielleicht hat er es erst Frauke erzählt, und die beiden haben dann entschieden, zusammen mit Nele zu reden«, mutmaßte Kerrin und wählte die Nummer von Frauke Riewerts. Vergeblich, sie nahm nicht ab. »Das würde auch erklären, warum alle drei nicht erreichbar sind. Bei solch einem ersten Treffen würden sie bestimmt nicht gestört werden wollen. Lasst uns nach Nieblum fahren«, schlug sie dann vor. »Mit ein wenig Glück finden wir sie dort.«

Der Parkplatz an der Nieblumer Surfbude lag verlassen vor ihnen. Die Dämmerung hatte sich zu einem Halbdunkel gewandelt, nicht mehr lange und es würde schwarze Nacht sein.

»Kein Auto zu sehen. Das spricht nicht unbedingt dafür, dass sie hier sind.« Kerrin öffnete die Tür. »Wir schauen uns trotzdem kurz um«, entschied sie dann.

Ein frischer Wind empfing sie, es war empfindlich kalt geworden. Fröstelnd zog Kerrin die Schultern hoch und griff nach ihrer Jacke, die im Auto lag.

Nacheinander gingen sie über den ausgetretenen Bohlenweg durch die Dünen, deren Halme sich im Wind wiegten und leise raschelten. Der Mond, eine schmale Sichel, stand bereits am Himmel, verströmte aber kaum

Licht. Ein paar Möwen, die am Rande des langen Grases gelegen hatten, stoben auf und flogen davon. Ihr lautes Kreischen hallte durch die Stille.

»Herr Riewerts!«, rief Hark laut und durchdringend über den Strand.

»Nele!«, schrie Anne. »Bist du hier? Nele!«

Keine Antwort.

Am Ende des Holzweges blieben sie stehen und blickten sich suchend um. Die Umrisse der Strandkörbe ragten vor ihnen auf, ansonsten war es schwer, noch etwas zu erkennen. »Wir teilen uns auf«, entschied Kerrin. »Hark geht ein Stück nach rechts und wir nach links. Wenn auf unser Rufen niemand reagiert, fahren wir zurück nach Alkersum. Wenn Peter seine Eltern um 9 Uhr zurück erwartet, werden wir auch da sein.«

34

Voller Zorn starrte sie ihn an. »Alles läuft falsch!«, schrie sie und schlug die Hände vors Gesicht. »Du hast mir nicht zugehört.« Er sah, wie sie tief ein- und ausatmete, um sich zu beruhigen.

Nachdem sie den ganzen Vormittag fahrig durchs Haus getigert war und dann am Mittag in Eile gegangen und etwas von einem Termin gemurmelt hatte, hatte er ihre Sachen durchsucht. Erschrocken hatte er festgestellt, dass sie ihre Tabletten nicht genommen hatte. Wie lange das schon so ging, wusste er nicht. Wut war in ihm hochgekrochen, als ihm klar wurde, dass er schon wieder seinen Teil der Abmachung nicht eingehalten hatte. Hoch und heilig hatte er versprochen, darauf zu achten, dass sie die Medizin nicht noch einmal eigenmächtig absetzte.

Mittlerweile wusste er, woher seine Gleichgültigkeit rührte. Und dieses Wissen machte es noch schlimmer, wenn das überhaupt möglich war.

Vor einer Viertelstunde war sie zurückgekehrt. Er hatte im Wohnzimmer auf sie gewartet, voller Sorge, in welchem Zustand sie sein würde. Zuerst hatte sie gar nichts gesagt, sich an den Tisch gesetzt und vor sich hin gestarrt. Erst als er sie zum vierten Mal gefragt hatte, was los sei, war sie aus ihrer Erstarrung erwacht und hatte zu schreien begonnen.

»Du hast nicht genug getan«, wimmerte sie schließlich und sackte in sich zusammen. »Es geht alles kaputt, das kann ich nicht aushalten. Niemand könnte das.« Sie schluchzte laut auf.

Sein Herz brach. Wieder einmal. Er beugte sich zu ihr und schloss sie sanft in seine Arme. »Was soll ich tun?«, flüsterte er in ihr Haar. »Ich habe es doch erledigt. Reicht das nicht?«

Sie schob ihn von sich und blickte ihn mit tränennassen Augen an. »Das kann es doch nicht.« Erstaunen lag in ihrer Stimme. »Noch nicht. Es ist zu wenig.«

Und da verstand er. Ihm wurde flau im Magen, aber er wusste, er würde es schaffen. Alles würde er schaffen, um sie zu schützen. Morgen Abend würde alles vorbei sein.

35

Um Punkt 21 Uhr hielten Kerrin, Hark und Anne erneut vor dem Haus der Familie Riewerts in Alkersum.

Diesmal hatten sie Glück. Friedrich Riewerts öffnete ihnen. Erstaunt blickte er die Beamten an. Als er Anne auf der Rückbank des Autos entdeckte, verhärteten sich seine Gesichtszüge. Hastig schloss er die Tür hinter sich und zischte: »Was wollen Sie hier?«

»Wir müssen dringend mit Ihnen sprechen. Gerne auch in unserem Wagen, dann muss Ihre Frau uns nicht sehen.«

»Warten Sie an der Straße, ich bin gleich da«, erwiderte er knapp und verschwand im Haus.

Wenige Minuten später saß Friedrich auf dem Beifahrersitz. Kerrin hatte sich neben Anne im Fond niedergelassen. Sie wollte ihr nicht zumuten, unter diesen Umständen neben ihrer einstigen Affäre Platz nehmen zu müssen. »Du hattest mir dein Wort gegeben, dass du mir Zeit gibst. Willst du jetzt auch noch meine Familie zerstören?«, stieß er verbittert in Annes Richtung hervor, bevor er sich zu Hark wandte. »Was wollen Sie von mir? Ich habe wenig Zeit, meine Frau hat das Essen gleich fertig und wird bestimmt misstrauisch, wenn ich nicht schnell zurück bin.«

»Haben Sie Ihre Tochter heute gesehen, vielleicht mit ihr gesprochen?«, fiel Hark gleich mit der Tür ins Haus.

Friedrich schüttelte verwundert den Kopf. »Wenn Sie Nele meinen, natürlich nicht. Wie ich Anne heute Mittag schon gesagt habe, will ich erst mit meiner Frau reden.«

Kerrin spürte, wie Anne bei diesen Worten in sich zusammensackte. Das Fünkchen Hoffnung in ihr war jäh erloschen.

»Nele ist seit heute Nachmittag verschwunden. Wir haben sie zur Fahndung ausgeschrieben, weil wir befürchten, dass ihr etwas zugestoßen sein könnte.«

»Wie bitte?« Friedrich blickte Hark erschüttert an. Seine Hand zitterte, als er sich einige Haarsträhnen hinter die Ohren schob. »Ich weiß seit gestern, dass ich eine neunundzwanzig Jahre alte Tochter habe, ein Mädchen, das ich vom Sehen kenne. Bevor ich mich auch nur ansatzweise an diesen Gedanken gewöhnen kann, höre ich von ihrer Mutter, dass sie in Gefahr sein könnte, und jetzt von ihnen, dass sie verschwunden ist.« Seine Stimme zitterte. »Was wollen Sie von mir? Ich kann Ihnen bei Ihrer Suche nicht weiterhelfen. Ich kenne Nele nicht, und ich weiß nicht, was ich ihr gegenüber empfinden soll. Sie ist mein Kind, aber es fühlt sich nicht so an. Bevor ich mich ihr stelle, muss ich doch erst selbst irgendwie mit der Situation klarkommen. Und jetzt ist sie weg?« Er wurde lauter. »Ich muss doch die Möglichkeit bekommen, sie kennenzulernen, alles andere geht nicht. Aber ich kann dabei meine Frau und meine beiden Kinder nicht außer Acht lassen. Auch für sie wird alles anders sein. Die Kinder kennen sich über Freunde und sind plötzlich Halbgeschwister? Wie werden sie damit zurechtkommen? Und wie wird sich ihr Verhältnis zu mir ändern? Von meiner Frau ganz zu schweigen. Aber wenn Nele jetzt etwas zugestoßen sein sollte, dann kann ich gar nicht mehr ...« Er brach ab und schlug die Hände vors Gesicht.

Anne hatte bei diesem Ausbruch stocksteif neben Kerrin gesessen, aus dem Fenster gesehen und unablässig ihre Hände geknetet. »Es tut mir so leid, dass ich dir das antue, aber ich habe so eine schreckliche Angst um sie«, flüsterte sie kaum hörbar und fing an zu schluchzen.

Kerrin seufzte lautlos. Es war eine menschliche Katastrophe, die sich hier gerade abspielte. Zögernd drehte sich Friedrich Riewerts nach hinten um.

»Das weiß ich«, sagte er mit rauer Stimme. »Und ich verspreche, dich bei der Suche zu unterstützen, egal, wie. Ich möchte meine Tochter kennenlernen, um jeden Preis. Und dafür müssen wir sie nach Hause bringen.«

Einen Moment war es ganz still im Auto.

»Ihre Frau weiß von Ihrer damaligen Affäre, aber noch nicht von Nele«, fasste Kerrin den Stand schließlich zusammen.

Friedrich nickte.

»War dies in den letzten Jahren noch ein Thema zwischen Ihnen?«

»Es ist so lange her«, begann Friedrich. »Nachdem Frauke es herausgefunden hatte, war es schlimm, aber im Laufe der Jahre wurde unser Verhältnis wieder besser und vertrauensvoller. Ich habe sie seitdem nie wieder betrogen, habe mich um die Kinder gekümmert, unseren Lebensunterhalt verdient. In all diesen Dingen konnte sie sich auf mich verlassen.«

»Führen Sie eine glückliche Ehe?«

»Warum wollen Sie das wissen? Es hat mit Neles Verschwinden doch nichts zu tun, wie Frauke und ich miteinander klarkommen.«

»Natürlich nicht, entschuldigen Sie bitte«, erwiderte Kerrin schnell. »Haben Ihre Kinder von Anne Mommensen und Ihnen gewusst?«

»Sie waren damals noch viel zu klein, als dass sie es mitbekommen hätten.«

»Eine Frage habe ich noch«, mischte Hark sich ein. »Ihr Sohn sagte uns, Sie seien eben mit Ihrer Frau in Nieblum spazieren gegangen. Stimmt das?«

Friedrich schaute ihn verständnislos an. »Da muss er etwas durcheinandergebracht haben. Wo Frauke war, weiß ich nicht. Ich war allein im Watt.«

Nachdem klar geworden war, dass Friedrich Riewerts nichts zum Auffinden seiner Tochter beitragen konnte, hatte er sich schnell verabschiedet.

Kerrin und Hark hatten Anne zurück auf den Hof nach Midlum gebracht. Sina und Olaf saßen noch im Wohnzimmer und nahmen ihre Mutter in Empfang, Klaas war mittlerweile zu seiner Familie gefahren.

Bevor sie Feierabend machten, fuhren sie noch einmal zur Dienststelle und informierten Fabian und Jan über die jüngsten Entwicklungen. Die beiden Beamten bewachten das Telefon. Es waren schon einige Anrufe im Zusammenhang mit dem Fahndungsaufruf eingegangen, aber etwas Brauchbares war nicht darunter gewesen. Sie versprachen Kerrin, sie sofort anzurufen, wenn es etwas Neues gab. Um ein Uhr würden sie Tom und Christian, die dann für den Rest der Nacht übernehmen würden, auf den neuesten Stand bringen.

Es war bereits nach 11 Uhr, als Hark Kerrin vor dem Haus von Nils absetzte.

»Schlaf gut, mien Deern, es wird bestimmt ein anstrengender Tag morgen. Mein Junge soll dich nicht mehr so lange wach halten.« Er grinste sie verschmitzt an.

»Richte ich ihm aus.«

Und das tat Nils dann auch nicht. Er briet Kerrin schnell ein Spiegelei, und dann gingen sie zu Bett. Kerrins Kopf hatte das Kopfkissen kaum berührt, da war sie schon eingeschlafen. Der Stress des Tages und die Sorge um Nele forderten ihren Tribut. Sie spürte nicht mehr, wie Nils mit einem liebevollen Lächeln die Bettdecke fest um sie zog und sich dann an sie kuschelte.

36

Am nächsten Morgen um 8 Uhr hatten sich alle mit dem Fall befassten Beamten im Besprechungszimmer versammelt. Ida hatte kannenweise Kaffee gekocht und ihn Tom und Christian, die kleine Augen hatten und völlig übernächtigt wirkten, sogar eingeschenkt. »Damit ihr uns in der nächsten Stunde nicht vom Stengel fallt«, hatte sie lächelnd gesagt.

»Nele ist nicht wieder aufgetaucht, und wir gehen jetzt bis auf Weiteres davon aus, dass es sich bei ihrem Verschwinden um eine Entführung oder Schlimmeres handelt. Dass sie freiwillig untergetaucht ist, glaube ich nicht. Außerdem nehmen wir erst einmal an, dass derselbe Täter für die Morde an Heiko und Manon und das Verschwinden von Nele verantwortlich ist. Einen Beweis dafür haben wir zwar nicht, aber es wäre aus meiner Sicht ein zu großer Zufall, wenn es sich anders verhalten würde.«

Die Beamten in der Runde nickten zustimmend. Ida war an der Tür stehen geblieben und hörte aufmerksam zu.

Kerrin war an die Tafel getreten und hatte einen Stift in die Hand genommen. »Wir haben jetzt drei Opfer, damit verändert sich der Kreis unserer Verdächtigen. Lasst uns einmal genau auflisten, wer als Täter infrage kommt und warum.«

»Anne Mommensen!«, rief Fabian sofort. »Sie hatte ein Interesse daran, ihr Geheimnis zu bewahren. Manon und Heiko wussten beide davon, und sie wollte verhindern, dass es weitergetragen würde.«

»Ihre Ehe mit Heiko war nicht glücklich, und auf diese Weise hätte sie Friedrich Riewerts schützen können. Sie scheint immer noch etwas für ihn zu empfinden«, spann Hark den Faden weiter.

»Friedrich Riewerts?«, fragte Ida erstaunt.

Die anderen nickten. »Anne Mommensen und er hatten vor knapp dreißig Jahren eine Affäre, und Nele ist seine Tochter«, erklärte Kerrin.

»Das ist ja der Hammer«, murmelte Ida nachdenklich. »Da du das jetzt sagst, klingelt etwas bei mir. Meine Schwester Freda hat mir vor Ewigkeiten von einer Affäre der beiden berichtet, das hatte ich total vergessen.«

»Wieso wusste sie davon? Sind sie so eng befreundet?« Kerrin sah Ida verwundert an. »Die beiden sind damit ja nicht gerade hausieren gegangen.«

»Freda und Friedrich kennen sich schon ewig, wir sind alle in Alkersum aufgewachsen, und die beiden leben dort noch immer. Aber von ihm weiß sie nicht davon, wenn ich mich recht erinnere. Ich meine, sie hat Anne und ihn damals eines Nachts eng umschlungen und küssend am Strand gesehen und sich ihren Teil gedacht.«

»Gib uns doch mal ihre Nummer, dann können wir später selbst mit ihr sprechen«, schlug Kerrin vor. »Vielleicht kann sie uns etwas Erhellendes mitteilen.«

»Aber wie passt Nele bei Anne ins Bild?«, kam Hark auf das Thema zurück. »Ich kann mir beim besten Willen nicht vorstellen, dass sie ihrer Tochter etwas angetan hat.«

»Ich eigentlich auch nicht«, stimmte Kerrin zu. »Obwohl ich in meinen Jahren bei der Kripo gelernt habe, dass nichts unmöglich ist. Anne könnte Nele die Wahrheit gesagt haben. Nele wird nach dieser Eröffnung höchstwahrscheinlich aufgebracht und schockiert gewesen sein, nicht ausgeschlossen also, dass es zu einem Handgemenge zwischen ihnen gekommen ist, in dessen Verlauf Anne sie im Affekt ernsthaft verletzt oder gar getötet hat.«

»Und dann soll Anne nicht den Krankenwagen oder die Polizei gerufen, sondern die Leiche ihrer Tochter entsorgt haben?« Hark sah Kerrin skeptisch an.

»Wenn sie nur verletzt war, könnte sie sie irgendwo versteckt haben, um weiter mit ihr zu sprechen«, mischte Jan sich ein.

»Das glaube ich nicht«, widersprach Christian. Nach der Tasse Kaffee schienen seine Lebensgeister zurückgekehrt zu sein. »Dann hätte sie euch doch niemals erzählt, dass Friedrich Neles Vater ist.«

»Halten wir fest, dass wir Anne zwar nicht als Verdächtige streichen können, aber Zweifel haben, ob sie etwas mit Neles Verschwinden zu tun hat. Sollte es allerdings doch zwei Täter geben, steht sie im Hinblick auf die Morde ganz oben auf unserer Liste«, fasste Kerrin zusammen. »Was ist mit den Geschwistern?«

»Wenn sie tatsächlich erst gestern von Anne und Friedrich erfahren haben, sehe ich kein Motiv. Sina und Klaas hatten zwar Auseinandersetzungen mit ihrem

Vater, aber nach unseren bisherigen Erkenntnissen nicht so ernsthaft, dass wir daraus ein Mordmotiv herleiten könnten. Und im Hinblick auf Manon und Nele sehe ich gar kein Motiv«, antwortete Hark.

»Du vergisst, dass Manons Handy zuletzt in der Nähe von Olaf Mommensen eingeloggt war«, bemerkte Christian. »Das sollten wir nicht außer Acht lassen. Wenn das auch für Neles Handy gelten sollte, macht ihn das verdächtig.«

»Stimmt«, gab Hark zu. »Neles Netzbetreiber meldet sich mit Glück heute, dann wissen wir mehr. Was ist mit Friedrich? Wir haben bisher nur seine Aussage, dass er nichts von seiner Vaterschaft wusste. Was wäre, wenn er doch schon vorher davon erfahren hätte?«

»Zum Beispiel von Manon«, ergänzte Christian aufgeregt. »Wer sagt uns denn, dass sie nur bei den Mommensens versucht hat, Geld zu erpressen? Sie könnte doch auch Friedrich Riewerts die Pistole auf die Brust gesetzt haben. Er hat mindestens genauso viel zu verlieren wie Anne und ...«

»Und er kannte Nele eigentlich nicht und hätte daher bestimmt weniger Hemmungen gehabt, sich auch ihrer zu entledigen«, vervollständigte Tom seinen Satz. »Allerdings wusste Manon nicht, dass er Neles leiblicher Vater war.«

»Sie könnte es irgendwie herausgefunden haben«, entgegnete Christian. »Haben wir seine Alibis für die Zeitpunkte der Morde und des Verschwindens von Nele überprüft?«

Kerrin schüttelte den Kopf. »Ich wollte gleich mit Hark zu ihm und seiner Frau fahren. Wir müssen eh alle Beteiligten fragen, wo sie gestern Nachmittag waren. Der Zeitraum, in dem Nele verschwunden ist, ist ja leider etwas größer. Was ist mit Frauke Riewerts? Sie hätte auch ein Motiv, ihr wird schließlich nicht daran gelegen sein, dass jeder auf der Insel weiß, dass ihr Mann sie betrogen und ein uneheliches Kind gezeugt hat.«

»Wenn sie es denn wusste. Was ist mit Lia und Peter, ihren Kindern?«, fragte Hark weiter.

»Die Alibis checken wir auch, ein Motiv sehe ich aber nicht.« Kerrin, die eifrig mitgeschrieben hatte, sah in die Runde. »Habt ihr weitere Kandidaten?«

»Aiko Meißner, Manons Ex-Freund, können wir wohl ausschließen, oder?«, fragte Jan zögernd. »Ich sehe kein Motiv für den Mord an Heiko und das Verschwinden von Nele.«

»Denke ich auch«, stimmte Kerrin zu. »Auch Meik Schwattke und seine Frau scheinen mir allenfalls einen Grund gehabt zu haben, Heiko zu beseitigen. Wir konzentrieren uns also auf die Familien Mommensen und Riewerts.«

Nach der Besprechung waren Tom und Christian nach Hause entlassen worden. Sie sollten sich ein paar Stunden ausruhen und dann zurückkommen. Jan und Fabian würden sich mit den Flensburger Kollegen in Verbindung setzen, um in Erfahrung zu bringen, ob es weitere Erkenntnisse der Spusi gab. Außerdem standen sie bereit, um alle weiteren Alibis zu überprüfen. Kerrin und Hark würden eine Rundtour durch Föhr machen und noch einmal mit allen Beteiligten sprechen. Kerrin war sich sicher, dass der Schlüssel zur Lösung des Falles im privaten Umfeld der Opfer lag. Sie mussten nur tief genug graben, um auf das Motiv zu stoßen.

Sie beschlossen, über Nieblum und Alkersum nach Midlum zu fahren. Olaf in Süderende würde der Letzte auf ihrer Liste sein.

Der Ponyhof lag ruhig in der Sonne. Es war 9 Uhr, und die Ferienkinder saßen noch beim Frühstück. Als Sina sie durch das Küchenfenster kommen sah, wechselte sie ein paar Worte mit Patrick und kam dann zu ihnen nach draußen.

»Habt ihr Nele gefunden?«, fragte sie leise. Die Furcht vor der möglichen Antwort war ihr deutlich ins Gesicht geschrieben.

Kerrin schüttelte den Kopf. »Wir würden gerne mit dir über die Familie Riewerts sprechen. Du bist eine gute Freundin von Lia und kennst sie bestimmt gut, oder?«

»Klar, aber warum? Ihr glaubt doch nicht, dass Friedrich oder Frauke etwas mit den Morden und Neles Verschwinden zu tun haben, oder?«

»Wir ermitteln jetzt in alle Richtungen«, erklärte Kerrin vage und sah Sina ernst an. »Alles könnte uns helfen, deine Schwester zu finden.«

Sina sah sie zweifelnd an. »Friedrich ist ein netter, eher ruhiger Mann. Früher habe ich Lia oft um ihn beneidet. Mein Vater hat sich wenig um uns gekümmert, aber Friedrich hat viel mit seinen Kindern unternommen. Radtouren, Wattwanderungen, Krebse suchen, was man hier auf der Insel halt so macht. Und nun soll er Neles Vater sein, das ist schon verrückt.« Sie lächelte schief, aber Kerrin spürte deutlich, wie tief der Schock des gestrigen Abends in ihr saß.

»Und seine Frau?«

»Mit ihr bin ich nie richtig warm geworden. Sie hatte

immer wieder depressive Phasen, in denen sie sich um nichts kümmern konnte. Lia und Peter waren ihr dann egal. Irgendwann wurde es wieder besser, und alles ging seinen gewohnten Gang, so lange, bis es von vorn begann.«

Kerrin horchte auf. Das hörten sie zum ersten Mal. »Was meinst du mit depressiven Phasen? Wie lange dauerten die?«

»Manchmal nur ein paar Tage, manchmal auch länger. Lia ist dann immer ziemlich wütend auf ihre Mutter gewesen und war viel bei ihren Großeltern. Und nach seiner Arbeit hat sich ihr Vater um sie gekümmert.«

»Und Peter?«

»Um den auch, denke ich. Sie haben eine wirklich nette Oma gehabt, die alles für sie getan hat. In den Zeiten wurden sie ordentlich verwöhnt, deswegen war es wahrscheinlich auch nicht ganz so schlimm für sie. Und es passierte ja auch nicht ständig. Manchmal nur einmal im Jahr, manchmal ein bisschen öfter, so genau weiß ich das nicht mehr. Da müsstet ihr Lia oder Peter fragen.«

»Wie ist Friedrich damit umgegangen? Hat er sich um seine Frau gesorgt und versucht, ihr zu helfen?«

»Das hat er, obwohl er auch ziemlich genervt davon war. Außerdem hat er sich sehr bemüht, in diesen Phasen viel mit den Kindern zu unternehmen und sie auf andere Gedanken zu bringen.«

»Ich könnte mir vorstellen, dass das die Ehe der beiden belastet hat, oder?«

»Kann sein, das weiß ich nicht. Ich war zu der Zeit noch ein Kind. Aber Frauke hat es ja nicht mit Absicht gemacht, es war eine Krankheit, und die kann man ihr wohl nicht vorwerfen. Auf jeden Fall scheint die Ehe der beiden zumindest damals eh nicht doll gewesen zu sein, sonst hätte er schließlich nichts mit meiner Mutter angefangen und ...« Sie stockte und hob die Hand zum Gruß.

Als Kerrin sich umdrehte, sah sie Lia auf das Haus zueilen. Tränen rannen ihre Wangen herunter. Sina lief einige Schritte auf sie zu und wollte die Freundin wortlos in die Arme ziehen, aber Lia stieß sie weg.

»Hast du das gewusst?«, fragte sie mit bebender Stimme. Kerrin und Hark beachtete sie überhaupt nicht.

Sina schüttelte den Kopf. »Erst seit gestern Abend. Nachdem Nele verschwunden war, ist meine Mutter mit der Wahrheit herausgerückt.« Sie unternahm einen zweiten Versuch, Lia in die Arme zu schließen, und nun ließ diese es zu. »Ich wollte dich die ganze Nacht anrufen und es dir sagen, aber ich wusste nicht, wie«, flüsterte sie in ihr Haar. »Und ich dachte, dass es eigentlich Aufgabe deines Vaters sei. Wir sind jetzt über Nele irgendwie miteinander verwandt, und ich habe keine Ahnung, was ich davon halten soll und wie das alles werden wird und ...« Sie brach ab.

Kerrin sah, dass Sinas Schultern bebten. Sie warf Hark einen Blick zu, und sie verständigten sich wortlos, dass sie die beiden Frauen für einen Moment in Ruhe lassen würden.

Als Lia sich schließlich von Sina löste und sich über die Augen wischte, nahm sie Kerrin und Hark wahr. »Entschuldigt bitte meinen Auftritt, aber ich habe es gerade erst erfahren und bin völlig durcheinander.«

»Das verstehen wir gut«, erwiderte Kerrin. »Hat dein Vater mit deiner Mutter, Peter und dir gesprochen?«

Lia nickte. »Es kam mir schon seltsam vor, dass er

mich gebeten hat, heute Morgen um halb neun bei ihnen zu sein. Normalerweise ist er spätestens um 8 Uhr bei der Arbeit.« Sie schniefte. »Und dann platzte die Bombe.« Tränen sammelten sich wieder in ihren Augen. »Ich bin erwachsen und selbst Mutter, und trotzdem haut es mich total um«, sagte sie leise. »Diese Lügen all die Jahre, mein ganzes Leben lang.«

»Nach unserem jetzigen Kenntnisstand wusste dein Vater nicht von Nele«, sagte Hark mitfühlend. »Dass er eine Affäre hatte, ist natürlich nicht schön, aber das geschieht in vielen Ehen und ...«

»Seid ihr euch sicher, dass er es nicht wusste?« Lia klang nun bitter. »Das sagt er jetzt. Vielleicht ist es wahr, vielleicht eine Schutzbehauptung, wer weiß. Meine Mutter ist jedenfalls völlig fertig, sie hat nur noch geschrien und geweint, konnte sich überhaupt nicht beruhigen. Ich habe im Augenblick keine Ahnung, wie sie damit fertigwerden soll, ob die Ehe meiner Eltern das überstehen wird. Peter ist jetzt bei ihr. Ich musste dort raus, um den Kopf freizubekommen. Nachher wechseln wir uns ab, wir wollen beide nicht, dass sie jetzt allein ist.«

»Ihre Mutter hatte also keine Ahnung?« Hark sah sie ernst an.

Lia schüttelte den Kopf. »Niemals hätte sie das von ihm gedacht.«

»Von der Affäre damals wusste sie aber«, warf Sina leise ein.

Lia sah sie verdutzt an. »Bist du dir sicher? Ich hatte nicht den Eindruck. Aber es ging auch drunter und drüber, sie war völlig hysterisch und hat meinen Vater erst einmal rausgeschmissen.«

»Das ist harter Tobak«, meinte Hark, als sie kurz darauf im Auto saßen. Sie hatten noch die Alibis der Freundinnen erfragt und sich dann verabschiedet. Als Heiko starb, war Lia mit ihrer Familie zu Hause gewesen und hatte geschlafen. Und am Samstagabend hatten sie und ihr Mann Freunde zum Essen eingeladen. Das Paar war gegen ein Uhr aufgebrochen, und sie waren zu Bett gegangen. Gestern Nachmittag war sie mit ihren Kindern am Strand gewesen. Sina hatte um 15 und 16 Uhr zwei Reitstunden gegeben. Danach hatte sie sich um das Abendessen für die Ferienkinder gekümmert. Patrick hatte nachmittags einen weiteren Großeinkauf gemacht, war gegen 17 Uhr zurück gewesen, hatte erst die Ponys versorgt und dann im Haus mitgeholfen. Kerrin würde Fabian und Jan bitten, alle Alibis zu überprüfen, aber sie zweifelte erst einmal nicht an deren Richtigkeit.

»Ja, die Affäre und ihre Folgen sind schon schlimm, und nun sind auch noch Heiko und Manon tot und Nele verschwunden.« Kerrin schaute eine Weile aus dem Fenster. »Gut, dass Frauke Riewerts bereits Bescheid weiß und wir sie nicht aufklären müssen.«

»Sie scheint unter Depressionen gelitten zu haben«, meinte Hark. »Es wäre interessant zu wissen, ob sie damit in Behandlung war und wie schlimm es tatsächlich gewesen und vielleicht immer noch ist.«

»Das werden wir herausfinden.« Den Rest der Fahrt telefonierte Kerrin mit Fabian. »Der Dreck an den Gummistiefeln von Aiko Meißner ist untersucht. Er stammt nicht von der Lembecksburg. Damit spricht kaum noch etwas für ihn als Täter.«

Sie mussten dreimal klingeln, bevor Peter Riewerts ihnen die Tür öffnete. Bei seinem Anblick erschrak Kerrin. Sein Gesicht war fahl, die Augen lagen dunkel in ihren Höhlen, und er blickte sie gequält an. »Geht es um Nele?«, fragte er leise und schloss die Haustür hinter sich. Er wollte offensichtlich vermeiden, dass Frauke sie hörte.

Kerrin nickte. »Auch wenn ihr nach den Eröffnungen dieses Morgens bestimmt eure Ruhe haben möchtet, müssen wir leider mit dir und deiner Mutter sprechen.«

»Natürlich. Meine Schwester«, fügte er fast verwundert hinzu und bat sie mit einer Handbewegung einzutreten.

»Wir haben gerade in der Küche gesessen und einen Tee getrunken.« Er ging ihnen voran. »Mama, die Polizei ist hier und möchte mit uns sprechen«, warnte er seine Mutter schon vom Flur her vor.

Frauke blickte ihnen aus ihren großen dunklen Augen ernst entgegen. Von der von Lia geschilderten Aufgelöstheit war allerdings nichts mehr zu erkennen, sie schien sich beruhigt zu haben. Nur einige rote Flecken im Gesicht zeugten davon, dass sie heftig geweint haben musste. »Sie kommen wegen der Tochter meines Mannes«, stellte sie statt einer Begrüßung fest. Ihre Stimme troff vor Sarkasmus.

»Es tut uns leid, dass wir Sie belästigen müssen, aber Sie können sich sicherlich vorstellen, dass wir keine Zeit zu verlieren haben.«

»Selbstverständlich. Ich kenne die junge Frau und ihre Familie natürlich, hätte allerdings nicht im Traum damit gerechnet, dass wir uns einmal …«, sie suchte einen Moment nach den passenden Worten, »näherstehen würden.«

»Sie wussten von der Beziehung Ihres Mannes zu Anne Mommensen, hatten aber keine Ahnung von Nele?«

»Beziehung würde ich es nicht nennen«, widersprach Frauke und schob eine Strähne ihres braunen Haares hinter ihre Ohren. »In den wenigen Wochen, in denen die beiden sich getroffen hatten, war es um unsere Ehe nicht allzu gut bestellt. Lia war drei und Peter erst ein knappes Jahr alt, da ist uns kaum Zeit zu zweit geblieben. Wir waren ständig müde und erschöpft, und ein Wort gab schnell das andere.« Sie seufzte. »Da kam ihm diese Frau wahrscheinlich gerade recht. Entspanntheit, Leichtigkeit, keine Verpflichtungen, das hat er damals wohl gebraucht. Als ich durch einen blöden Zufall davon erfahren habe, hat er es sofort beendet. Es stand nie zur Debatte, dass er mich und die Kinder verlassen würde.«

»Sie haben ihm das einfach so verzeihen können?« Kerrin sah sie interessiert an. Sie hatte spontan beschlossen, Frauke nicht mit weiteren Nachfragen zu quälen. Sollte sie tatsächlich einen Hang zu Depressionen haben, war der Umstand, dass ihr Mann ein uneheliches Kind hatte und dadurch nun für immer an Anne gebunden sein würde, für sie mit Sicherheit schon schwer genug zu ertragen. Da musste sie nicht noch Öl ins Feuer gießen und sie daran erinnern, dass Friedrich die Affäre damals nur unter dem Druck, seine Kinder zu verlieren, beendet hatte.

»Einfach so natürlich nicht. Es hat schon eine Weile gedauert, bis wir uns davon erholt hatten. Aber wir haben es auch als Chance empfunden, an unserer Ehe zu arbeiten. Als wir uns wieder zusammengerauft hatten, wusste ich, dass uns nach dieser Erfahrung nichts auf der Welt mehr auseinanderbringen konnte. Ihm ging es genauso.«

»Ändert Nele etwas daran?«

Frauke dachte einen Augenblick nach. »Heute Morgen dachte ich, die Welt geht unter, aber jetzt sehe ich es etwas pragmatischer. Friedrich hat es nicht gewusst und ist genauso überrascht wie ich. Er hat in meinen Augen nichts falsch gemacht, und wir werden die Situation gemeinsam schon meistern.«

»Wie siehst du das?«, wollte Kerrin von Peter wissen, der die ganze Zeit aufmerksam zugehört hatte.

»Keine Ahnung«, antwortete er zögernd. »Ich wusste ja nichts von Anne und meinem Vater und bin von ihm schon ziemlich enttäuscht. Aber eigentlich ist es eine Sache zwischen meinen Eltern. Lia und ich haben ja nur am Rande damit zu tun.« Er warf seiner Mutter einen kurzen Blick zu. »Ich glaube auch, dass eure Ehe dadurch keinen Schaden nehmen wird.«

»Aber Lia und du, ihr habt jetzt eine Schwester«, wandte Kerrin ein. »So ganz unbeteiligt seid ihr also nicht.«

»Halbschwester«, stellte Peter richtig. »Ich kenne Nele schon ewig, sie ist ein angenehmer Mensch. Wir werden sehen, was das alles mit uns macht.«

»Wo waren Sie gestern Nachmittag?«, fragte Hark.

»Ich war gegen 15 Uhr hier und habe mit meiner Mutter einen Tee getrunken. Das machen wir fast jeden Tag. Im Büro ist gerade nicht so viel los, deswegen haben wir das Wetter ausgenutzt und danach noch einen Strandspaziergang gemacht.«

»Wir waren gegen 17:30 Uhr zurück. Ich bin immer

gerne hier, wenn Friedrich nach der Arbeit nach Hause kommt.«

»Und in der Nacht von Samstag auf Sonntag?«

»Mein Mann, Peter und ich haben abends zusammen gekocht und danach einen Film geschaut. Gegen Mitternacht waren wir im Bett.«

»Wo ist Ihr Mann jetzt?«

»In seiner Werkstatt. Ich habe ihn gebeten, erst am Abend zurückzukommen. Ich brauche diesen Tag, um die Dinge für mich zu ordnen, und habe ehrlicherweise keine Lust, ihm heute sein Mittagessen zu kochen.«

Als Kerrin und Hark kurz darauf an der Werkstatttür klopften, öffnete ihnen niemand. »Friedrich Riewerts braucht wahrscheinlich auch eine Auszeit«, vermutete Hark trocken.

»Seine Frau hat einen gefassten Eindruck auf mich gemacht.«

»Nach dem ersten Schock hat sie seine Vaterschaft anscheinend rational eingeordnet. Wenn man es nüchtern betrachtet, ist es halb so schlimm. Von dem Betrug weiß sie seit Langem. Und wegen Nele hat ihr Mann sie nicht angelogen. Sie scheint ihn zu lieben. Ich kann mir nicht vorstellen, dass sie wegen Nele ihre Ehe infrage stellen wird.«

»Ich auch nicht«, stimmte Hark ihr zu. »Nele ist erwachsen, und damit fallen etwaige Absprachen mit der Ex-Affäre weg. Friedrich und Anne müssen auch weiterhin keinerlei Kontakt miteinander haben.«

»Es sei denn, das Feuer ist neu entfacht und sie wollen es.«

37

Da Kerrin Friedrich Riewerts auch telefonisch nicht erreichen konnte, machten Hark und sie sich auf den Weg nach Alkersum. Idas Schwester war zu Hause und hatte ihnen angeboten, auf einen Kaffee vorbeizukommen.

Freda war das ganze Gegenteil von ihrer quirligen, immer bunt und grell gekleideten Schwester. Sie trug Jeans und einen schlichten dunkelblauen Strickpullover und an den Füßen Gesundheitssandalen. Ihre dunklen Haare hatte sie zu einem strengen Pferdeschwanz gebunden.

»Kommt rein«, bat sie sie mit einem warmen Lächeln. »Wir kennen uns ja, Hark, und von dir, Kerrin, hat Ida schon viel erzählt.«

»Das überrascht mich nicht.« Hark grinste. »Unsere Ida hat einen absoluten Narren an Kerrin gefressen.«

Freda hatte den Tisch schon gedeckt. Eine Kanne Tee stand auf einem Stövchen, daneben ein Pott mit Kandiszucker und ein Teller Kekse. »Bedient euch. Wie kann ich euch helfen? Ich habe natürlich von den Morden und dem Verschwinden der kleinen Mommensen gehört, aber ich verstehe nicht, was ich da tun kann. Oder geht es um etwas anderes?«

Nachdem Kerrin sie zunächst um Vertraulichkeit gebeten und ihr dann erläutert hatte, warum sie da waren, sah Freda sie schockiert an. »Natürlich werde ich Stillschweigen über unser Gespräch wahren. Dass Friedrich und Anne ein gemeinsames Kind hatten, habe ich nicht gewusst. Ich habe sie einmal zusammen gesehen, es aber außer Ida, die das eh nicht interessiert hat, niemandem erzählt. Wir kennen uns alle, und da wollte ich nichts lostreten. Da die beiden Ehen weitergingen, habe ich angenommen, dass es sich um eine kurze Affäre gehandelt hatte. Das ist nicht toll, kann aber ja mal passieren.«

»So war es ja auch. Neu ist für einige Beteiligte jetzt nur, dass aus dieser Verbindung Nele entstanden ist. Was kannst du uns zu der Familie Riewerts sagen?«

»Friedrich kenne ich schon ewig, wir sind beide hier aufgewachsen«, fing Freda langsam an. »Er ist fünf Jahre jünger als ich, zu Schulzeiten unüberwindbar, jetzt natürlich nicht mehr. Er ist ein feiner Kerl, ein super Tischler, der sich meist vor Aufträgen kaum retten kann. Er macht seinen Job mit Herzblut, und das sieht man dann auch.« Sie stockte einen Moment. »Für seine Kinder tut er alles, aber sein Leben war nicht immer leicht.«

»Wie meinst du das?«

Freda sah sie nachdenklich an. »Das hört sich jetzt hart an, aber er hat die falsche Frau geheiratet«, antwortete sie schließlich. »Versteht mich nicht falsch, ich habe nichts gegen Frauke, wir haben keinen Streit oder Ähnliches. Aber ich bin davon überzeugt, dass er mit einem anderen Typ Frau glücklicher geworden wäre.«

»Zum Beispiel mit Anne?«

Freda nickte. »Anne ist eine zupackende Frau, die mit

beiden Beinen im Leben steht. Sie muss nicht umsorgt werden, sondern ist selbst sehr patent.«

»Und das ist Frauke Riewerts nicht?«

Freda schüttelte den Kopf. »Ganz sicher nicht. Friedrich geht in seiner Arbeit auf, arbeitet oft bis spätabends. Er hätte eine Frau gebraucht, die ihm den Rücken freihält, auf die er sich verlassen kann und die sich an Absprachen hält. Das heißt nicht, dass er nicht seinen Teil im Haushalt und mit den Kindern übernommen hätte, aber er hätte Verlässlichkeit gebraucht. Und die hat er von Frauke nicht bekommen. Es gab immer Zeiten, in denen sie gut drauf war und ihren Teil gewuppt hat. Aber dann gab es auch wieder Phasen, in denen alles an ihm hängen geblieben ist. Er wusste nur nie, wann. Und das war das Problem.«

»Ist sie berufstätig?«

»Nicht mehr. Als sie wegen Friedrich nach Föhr zog, hatte sie gerade ihren Abschluss gemacht und hat als Grundschullehrerin in Föhr-Land gearbeitet. Nach den Geburten von Lia und Peter hat sie jeweils drei Jahre Elternzeit genommen und war damit insgesamt über fünf Jahre raus. Als sie schließlich wieder anfing, ist es nicht lange gut gegangen, vielleicht zwei, drei Jahre, genau weiß ich das nicht mehr. Sie hatte sehr viel gefehlt und irgendwann wohl selbst eingesehen, dass das den kleinen Würmern gegenüber nicht fair gewesen ist. Geld war bei den beiden nie ein Problem, Friedrich verdient genug. Seitdem macht sie die Buchhaltung für ihn und ist ansonsten Hausfrau und Mutter und jetzt Oma.«

»Warum hat sie so viel gefehlt? War sie ernsthaft krank?«

»Das bleibt alles unter uns, richtig?« Freda schaute Kerrin ernst an. »Ich schätze Friedrich sehr, und ich möchte keine Dinge ausplaudern, die er gerne hinter verschlossenen Türen halten würde. Außerdem bin ich ihm zu großem Dank verpflichtet. Er war eng mit meinem verstorbenen Mann befreundet. Seit Thorsten vor zwei Jahren überraschend verstorben ist, haben wir uns regelmäßig gesehen. Wenn du so willst, hat er sich meiner ein wenig angenommen.« Sie lächelte wehmütig.

»Und Frauke war damit einverstanden?«

Freda zuckte mit den Schultern. »Ich denke, schon. Ob er es immer erzählt, wenn wir uns treffen, weiß ich nicht, aber sie hat mich alte Schachtel wahrscheinlich eh nie als Konkurrenz betrachtet.«

»Wir werden alles, was du uns erzählst, diskret behandeln. Unsere Kollegen werden natürlich davon erfahren, aber jeder von ihnen ist verpflichtet, über Dienstliches nicht mit Außenstehenden zu sprechen«, erklärte Kerrin.

»Okay.« Freda räusperte sich kurz und fuhr dann fort: »Frauke hatte in regelmäßigen Abständen depressive Verstimmungen, die mitunter so extrem waren, dass sie nicht aus dem Bett kam. Angefangen hat es nach den Geburten der Kinder.«

»Vielleicht auch erst nach der Affäre ihres Mannes?«, mutmaßte Hark.

»Kann sein, zeitlich könnte es hinkommen. Die Phasen waren unterschiedlich lang und hörten irgendwann wieder auf. Friedrich war immer davon ausgegangen, dass es sich um Depressionen handelte, und irgendwann hatte er Frauke so weit, dass sie zu einem Arzt auf dem Festland gegangen ist und sich Antidepressiva hat verschreiben lassen.«

»Aber sie hat es trotzdem nicht in den Griff bekommen?«

»Nein, das hat sie nicht, und die Tabletten haben es teilweise sogar schlimmer gemacht. Es hat leider Jahre gedauert, bis die richtige Diagnose gestellt wurde. Frauke hatte keine klassische Depression, sondern eine manische.«

»Was ist der Unterschied?« Hark beugte sich interessiert vor.

»Die manische Depression wird auch als bipolare Störung bezeichnet. Einfach ausgedrückt, wechseln sich Depression und Manie ab, also Phasen der Niedergeschlagenheit und Phasen der Euphorie.«

»Davon habe ich gehört.« Hark erinnerte sich an einen Artikel, den er vor langer Zeit gelesen hatte. »Auch in den manischen Phasen geht es den Betroffenen nicht gut, sondern sie handeln völlig übertrieben, richtig?«

Freda nickte. »Diese Phasen sind auf ihre Art genauso schlimm wie die Niedergeschlagenheit, allerdings merkt man es zunächst nicht unbedingt. Die Betroffenen sind extrem gut drauf, haben ständig neue Ideen, wollen alles gleichzeitig umsetzen, schlafen kaum noch, so in der Art. Nach der depressiven Phase sind die Angehörigen natürlich erst einmal froh, wenn die erkrankte Person wieder fröhlich ist.«

»Und das ändert sich irgendwann?«

»Bei Frauke nahm die gute Laune immer seltsamere Züge an. Friedrich hat es schließlich nicht mehr ausgehalten und sich einem Arzt anvertraut, der ihn auf das richtige Krankheitsbild gestoßen hat. Er hat Frauke dann gezwungen, sich behandeln zu lassen.«

»Wie hat er sie denn gezwungen?«

»Er hat die Kinderkarte ausgespielt, an ihre Verantwortung als Mutter appelliert. Man kann über Frauke denken, wie man will, aber sie liebt ihre Kinder.« Freda schaute einen Augenblick aus dem Fenster. »Sie gingen zu einem Psychiater auf dem Festland, der Frauke medikamentös ruhigstellte. Das ist anscheinend nicht ganz einfach, weil man sowohl die depressiven als auch die manischen Phasen behandeln muss. Bei Frauke hat es recht gut angeschlagen, die Intensität hat deutlich abgenommen, und sie bekam ihr Leben wieder in den Griff.«

»Wie alt waren die Kinder da?« Hark beugte sich vor. Er hatte den Eindruck, dass Freda noch nicht fertig war.

»Vielleicht zehn und acht oder zwölf und zehn, so genau weiß ich das nicht mehr.«

»Bis dahin mussten die kleinen Kinder mit den extremen Stimmungsschwankungen ihrer Mutter klarkommen?«, fragte Kerrin betroffen.

Freda nickte.

»Und ab dem Zeitpunkt der Diagnose ging es Frauke besser, und die vier konnten wieder ein normales Familienleben führen?«

»Leider nicht. Eine Nebenwirkung der Tabletten war eine ziemlich starke Gewichtszunahme. Das hat Frauke wohl sehr zu schaffen gemacht. Da es ihr nach einigen Wochen der regelmäßigen Einnahme besser ging, hatte sie außerdem das Gefühl, dass sie geheilt sei.«

»Und hat die Tabletten abgesetzt?«, riet Hark.

»Genau. Mit der Folge, dass sich dieser Kreislauf immer wiederholt hat.«

»Was für ein Horror für die Kinder«, stellte Kerrin leise fest. »Sie konnten sich nie auf ihre Mutter verlassen.«

»Genau das war das Problem. Friedrich hat getan, was er konnte, hat in den schlimmen Phasen Aufträge verschoben und auch mal abgesagt, um bei den Kindern sein zu können. Und er hat Frauke wieder und wieder gezwungen, erneut mit der Behandlung anzufangen.«

»War sie in Therapie?«

»Immer wieder mal. Aber da sie sich aus Angst vor Gerede geweigert hat, zu einem Föhrer Therapeuten zu gehen, war sie nie so oft da, wie es sinnvoll gewesen wäre.«

»Wie sind Lia und Peter damit umgegangen?«

»Das weiß ich nicht so genau. In den schlimmen Zeiten waren sie viel bei ihrer Oma und haben sich sehr auf Friedrich fokussiert. Aber es muss furchtbar belastend für sie gewesen sein.«

»Genauso wie für Friedrich«, meinte Hark.

»Er hat sich damals selbst einen heimlichen Rückzugsort geschenkt. Einen alten Wohnwagen, den er sich hergerichtet hat und in den er sich zurückgezogen hat, wenn es ihm zu viel wurde.«

»Gute Idee. Steht er auf dem Hof in Alkersum?«

»Da stand er anfangs, aber jetzt ist er irgendwo in der Marsch im Westen der Insel abgestellt. Wo genau, ist ein Geheimnis, das er fast obsessiv hütet. Auch wenn er ihn wohl nur noch selten nutzt, will er auf keinen Fall, dass ihn dort jemand besucht.«

38

Er machte sich ganz klein und drückte sich tief in das lange Gras. Hass loderte in ihm wie ein schwelendes Feuer und drohte, ihn von innen aufzufressen. Das ging nun schon seit Tagen so, und es kostete ihn unglaublich viel Energie, nach außen ruhig und freundlich zu wirken.

Das Schlimmste war eingetreten, und er wusste nicht, ob er es schaffen würde, es einzudämmen. Trotz all seiner Bemühungen. Er konnte nur hoffen, dass es nicht zu spät war.

Der Stall ragte bedrohlich vor ihm in den Himmel, nur das Klappern der Gatter und das Stapfen der Tiere war dann und wann zu hören. Ansonsten war es still.

Er hatte sie an sich vorbeigehen sehen, grobe, verdreckte Stiefel an den Füßen, Jeans und ein beflecktes Sweatshirt.

Voller Anspannung biss er sich auf die Lippen und schmeckte Blut. Warum war er es nicht richtig angegangen? Warum hatte er die falsche Reihenfolge gewählt? Sie hätte die Erste sein müssen, nicht die Letzte. Sie war der Ursprung des Bösen, das in ihr Leben eingedrungen war. Das, was geschehen war, hatte er nicht kommen sehen. Das war seine Schuld, und dafür mussten sie jetzt leiden.

Aber er würde alles tun, um seinen Patzer auszumerzen. Auch wenn sie die Letzte wäre, würde sie es am meisten zu spüren bekommen. Das Liebste auf der Welt hatte sie bereits verloren, aber es würde noch furchtbarer werden. Sie musste büßen für das, was sie getan hatte. Aus Egoismus, vielleicht sogar aus purer Bosheit. Sie hatte keinen Gedanken daran verschwendet, was sie anderen damit antat. Aber er würde sie noch heute lehren, dass das ein großer Fehler gewesen war.

Ein tödlicher Fehler.

Leise robbte er sich näher an den rückwärtigen Eingang des Kälberstalles, der hinter dem Kuh- und Bullenstall stand. Von hier aus gelangte man direkt zu den Ackerflächen. Er hatte Glück. Dieses Jahr hatte Heiko Mais gesät, der noch nicht geerntet war. Die hochgewachsenen Stauden wiegten sich sanft im Wind. Er würde sie sich jetzt schnappen. Niemand würde sie in dem weitläufigen Feld stören. Er würde alle Zeit der Welt haben, um mit ihr abzurechnen.

39

Kerrin und Hark hatten sich gerade von Freda verabschiedet, als Fabian anrief.

»Moin, ich habe Neuigkeiten«, fiel er gleich mit der Tür ins Haus. Kerrin aktivierte den Lautsprecher, damit Hark mithören konnte. »Neles Netzbetreiber hat sich gemeldet. Ihr Handy war ebenso wie Manons zuletzt in Süderende eingeloggt. Bisschen viel Zufall, wenn du mich fragst.«

»Süderende liegt im Westen von Föhr«, entgegnete Kerrin langsam und drehte sich zu Hark.

»Und dort lebt nicht nur Olaf, sondern irgendwo in der Marsch soll auch der Wohnwagen von Friedrich Riewerts stehen«, vollendete Hark den Satz und startete den Wagen.

»Was für ein Wohnwagen?«, wollte Fabian wissen.

Kerrin erklärte ihm, was sie soeben von Idas Schwester erfahren hatten. »Wir müssen so schnell wie möglich wissen, wo sich dieser Wohnwagen befindet, setzt euch da bitte sofort dran. Wenn Nele noch lebt, könnte sie dort gefangen gehalten werden. Und Manon könnte in ihm gestorben sein.« Sie merkte selbst, dass ihre Stimme schrill geworden war. Adrenalin schoss durch ihren Körper, sie spürte, dass sie auf der richtigen Spur waren. »Und versucht noch einmal, alles über Friedrich in Erfahrung zu bringen, was es zu finden gibt. Und über seine Familie. Wir können nicht ausschließen, dass einer von ihnen doch weiß, wo sich sein Rückzugsort befindet.«

»Möglich«, brummte Hark. »Allerdings bezweifle ich es. Er scheint ja gerade von den familiären Problemen Abstand gebraucht zu haben.«

Kerrin versuchte erneut, Friedrich Riewerts zu erreichen, jedoch ohne Erfolg. Auch Frauke, Lia und Peter gingen nicht ans Telefon. »Wir fahren nach Alkersum, Frauke ist bestimmt zu Hause«, entschied sie schließlich. »Gib Gas.«

»Du glaubst also, dass Friedrich etwas mit den Morden und Neles Verschwinden zu tun haben könnte?«, wollte Hark mit ruhiger Stimme wissen.

»Nehmen wir einmal an, er hätte schon früher von seiner Vaterschaft erfahren. Ich könnte mir vorstellen, dass er einiges tun würde, um zu verhindern, dass das an die Öffentlichkeit dringt, um so seine Frau zu schützen.«

»Und deswegen begeht er zwei Morde?« Hark sah sie von der Seite an.

»Wenn er damit einen Rückfall seiner Frau ausschließen kann, möglicherweise«, bejahte Kerrin. »Die Frage ist nur, wie er davon erfahren haben könnte.«

»Es sollen nur Anne, Manon und dann auch Heiko gewusst haben.«

»Heiko könnte zu Friedrich gegangen sein und ihn zur Rede gestellt haben«, spann Kerrin den Faden weiter. »Er könnte ihm in seiner Wut gedroht haben. Und er könnte erwähnt haben, dass Manon den Stein ins Rollen gebracht hatte.«

»Aber wird man deswegen zum Mörder?« Hark sah sie zweifelnd an. »Was hätte ihm denn gedroht? Seine Kinder sind erwachsen, seine Frau kann sie ihm nicht mehr wegnehmen.«

»Diese Enthüllungen könnten einen neuen schweren Schub bei seiner Frau auslösen. Wir wissen doch gar nicht, wie ihr Zustand tatsächlich ist, was so etwas für sie und damit auch für seine Familie bedeuten würde. Vielleicht hat er seit fast dreißig Jahren ein schlechtes Gewissen, weil er glaubt, dass seine Affäre die Krankheit ausgelöst hat. Und tut jetzt alles, damit er nicht wieder verantwortlich ist.«

Frauke war tatsächlich zu Hause. Sie öffnete ihnen die Haustür, wirkte allerdings nicht sonderlich erfreut, sie so schnell wiederzusehen. Ihre bei ihrem letzten Besuch zur Schau gestellte Fassung schien sie gerade zu verlieren. Ihre Augen huschten unruhig von einem zum anderen, und sie bat die Beamten mit einer fahrigen Geste ins Haus.

»Der olle Wohnwagen?«, fragte sie mit tonloser Stimme. »Was wollen Sie denn damit? Keine Ahnung, wo Friedrich ihn hingestellt hat. Er nutzt ihn kaum noch.« Ihr Blick verdüsterte sich. »Früher war das anders, da war er ständig dort. Ich habe ihn damals oft gefragt, ob er mich mal mitnimmt, wäre bestimmt romantisch gewesen, nur wir beide in der Natur. Aber das wollte er nicht. Er sei das Einzige, was nur ihm gehört, hat er immer gesagt.«

»Ist Peter da?«, fragte Kerrin ungeduldig weiter.

Frauke tat ihr leid, aber sie hatten jetzt keine Zeit, sich mit ihr zu unterhalten.

»Er ist einkaufen gegangen. Lia kommt gleich her.« Sie klang nun weinerlich.

»Und Ihr Mann ist zwischenzeitlich nicht wieder aufgetaucht?«

Frauke schüttelte langsam den Kopf. »Er wird sich irgendwo den Kopf frei pusten lassen, ist ja auch für ihn alles nicht einfach.«

Zurück im Wagen, beschloss Kerrin, zu Sina zu fahren. »Sie ist eine enge Freundin von Lia. Wenn wir Glück haben, ist Lia noch bei ihr, ansonsten weiß sie vielleicht etwas, was uns weiterhelfen kann.«

Doch Lia war nicht mehr bei Sina Mommensen. »Sie ist kurz nach euch gegangen«, erklärte Sina leise, nachdem Kerrin ihr gesagt hatte, dass es immer noch keine Spur von Nele gab. »Ich habe sie gebeten, zu bleiben, aber sie war völlig durch den Wind, meinte, sie müsse allein sein und über alles nachdenken.«

»Wo wollte sie hin?«

Sina zuckte mit den Schultern. »Keine Ahnung, aber mit Sicherheit nicht nach Hause. Ich denke, dass sie irgendwo einen Spaziergang macht.«

»Weißt du etwas von Friedrichs Wohnwagen?« Kerrin sah Sina ernst an.

»Wie kommst du darauf? Was hat der mit Nele zu tun?«, entgegnete sie ein wenig verwundert.

»Weißt du, wo er steht?«, überging Kerrin Sinas Frage.

»Keine Ahnung, aber ich verstehe nicht, was ...«

»Gibt es jemanden, der wissen könnte, wo er sich befindet?«

»Weiß ich auch nicht. Was ist denn ...?«

»Es tut mir leid, aber wir haben jetzt keine Zeit, es dir zu erklären.« Kerrin sah Sina entschuldigend an. »Sobald wir etwas Neues in Erfahrung bringen, melden wir uns. Versprochen.«

»Das ist doch zum Verrücktwerden. Wir leben auf einer Insel mit beschränktem Raum, und keiner weiß, wo sich dieser Camper befindet. Ich könnte …«

Das Klingeln ihres Handys unterbrach Kerrins wütenden Wortschwall.

»Wir haben ihn«, fiel Fabian gleich mit der Tür ins Haus. »Auf den Campingplätzen in Nieblum und Alkersum steht er nicht, aber davon war ja auch nicht auszugehen, weil …«

»Könntest du bitte zum Punkt kommen«, fiel Kerrin ihm genervt ins Wort.

»Selbstverständlich«, gab Fabian völlig ungerührt zurück. »Wir haben die Landwirte im Westen von Föhr abgeklappert und sind schon beim dritten Hof fündig geworden. Familie Struwe hat Friedrich Riewerts erlaubt, seinen Wagen in einem kleinen Wäldchen am Rande eines Feldes im Dreieck zwischen Oldsum, Dunsum und Süderende, das zu ihrem Besitz gehört, abzustellen. Ich sende dir die genauen Koordinaten auf dein Handy.«

»Du bist super!«, rief Kerrin aus. »Schick bitte Tom, Christian, weitere Verstärkung und einen Krankenwagen dorthin. Sie sollen alle ohne Blaulicht kommen. Keiner weiß, wo Friedrich gerade ist. Sollte er tatsächlich dort sein, wollen wir ihn nicht aufschrecken.«

Hark hatte während des Telefonats bereits gewendet und fuhr zurück Richtung Nieblum. »Wir nehmen die Strecke über Borgsum, das geht schneller«, bestimmte er.

Das Piepen von Kerrins Handy verriet ihnen, dass sie den Standort des Wohnwagens von Fabian bekommen hatte.

»Wir fahren nach Dunsum rein und dann links raus auf die Felder. Von dort ist es nicht mehr weit.«

Der Rest der Fahrt verlief schweigend. Kerrin hatte das Fenster geöffnet und streckte ihre Nase hinaus in den Wind. In ihrem Inneren herrschte Aufruhr. Ihr Gefühl sagte ihr, dass sie auf der richtigen Fährte waren. Nach all dem Herumgestochere der letzten Tage verfolgten sie endlich eine handfeste Spur. Auch wenn es ihr schwerfiel, in dem ruhigen und sympathischen Friedrich einen Doppel- oder gar Dreifachmörder zu sehen, wusste sie aus ihrer Erfahrung als Kriminalbeamtin, dass jeder Mensch unter bestimmten Umständen zum Mörder werden konnte.

Wie mochte es sein, mit einem psychisch kranken Ehepartner zusammenzuleben, nie zu wissen, was der nächste Tag bringen würde? Freda hatte das Bild einer abgekühlten Ehe gezeichnet. Konnte es sein, dass Friedrich sich in seinen Schuldgefühlen seiner Frau gegenüber heillos verstrickt hatte? Hatte er es sich nicht verzeihen können, dass seine Affäre zumindest ein Mitauslöser ihrer Krankheit gewesen sein könnte? Und er damit auch dafür verantwortlich war, dass seine Kinder keine behütete und sorgenfreie Kindheit gehabt hatten? Tat er jetzt alles, um nicht erneut Schuld auf sich zu laden?

Kerrin sog die Luft ein. Ihre Gedanken wanderten zu Nele. Sie hoffte inständig, dass sie die junge Frau wohlbehalten in dem Wohnwagen anfinden würden. Nicht auszudenken, wenn auch sie nicht mehr lebte.

Hark hatte den Wagen zügig durch Oldsum gelenkt und war nun auf den Marschweg westlich des Dorfes abgebogen. Kerrin zog ihr Handy hervor. »Hier weiter geradeaus und an der nächsten Gabelung rechts ab.« Sie blickte auf. »Er müsste sich hinter dem dichten Knick dort drüben am Rande des Feldes befinden.«

Und so war es auch. Nachdem Hark abgebogen war, lag der Wohnwagen still und verlassen vor ihnen. Es war ein Oldtimer-Modell, weiß angestrichen mit abgerundeter Form.

Von den Kollegen war noch nichts zu sehen, aber Kerrin war sicher, dass sie in den nächsten Minuten eintreffen würden. Sie blickte zu Hark hinüber. »Wir steigen aus und sehen uns um«, entschied sie.

Seit sie Oldsum hinter sich gelassen hatten, waren sie niemandem begegnet. Kerrin zog ihre Dienstwaffe aus dem Holster. Hark tat es ihr nach. Langsam gingen sie auf den Wagen zu. Er war klein, vielleicht sechs bis sieben Meter lang, schätzte Kerrin, und hatte an der ihnen zugewandten Seite ein Fenster, dessen bunt geblümter Vorhang zugezogen war. Daneben befand sich eine geschlossene Tür.

Außer gelegentlichem Vogelgezwitscher war kein Laut zu hören. Kerrin griff vorsichtig nach der Klinke und versuchte, die Tür zu öffnen. Ohne Erfolg, sie war verschlossen.

Sie warf Hark einen schnellen Blick zu. »Herr Riewerts!«, rief sie dann mit lauter Stimme und klopfte an die Tür. »Sind Sie da? Hier ist Kerrin Iwersen, wir würden gerne kurz mit Ihnen sprechen.«

Einen Moment blieb es ruhig, doch dann hörten sie ein Geräusch aus dem Inneren des Wagens. Ein Poltern, als würde ein Gegenstand auf den Boden fallen. »Herr Riewerts.« Kerrin klopfte noch einmal. »Machen Sie bitte auf.«

Zunächst blieb alles still, dann ertönte ein Scharren.

»Da will jemand, der anscheinend nicht die Tür öffnen kann, auf sich aufmerksam machen.« Hark sah Kerrin besorgt an.

»Nele, bist du das?«, rief Kerrin nun.

Ein lautes Stampfen war die Antwort.

Hark ging einen Schritt zurück und bedeutete Kerrin, zur Seite zu treten. »Ich verschaffe uns Zutritt«, raunte er leise, bevor er sich mit Wucht gegen die Tür schmiss. Diese hatte seiner geballten Kraft nichts entgegenzusetzen und sprang nach innen auf. Kerrin warf einen schnellen Blick über die Schulter, von den Kollegen immer noch keine Spur, und folgte Hark dann mit gezückter Waffe ins Innere des Wagens.

Ein bestialischer Gestank schlug ihnen entgegen, sodass Kerrin kurz innehielt und würgen musste. Doch dann durchströmte sie eine Welle der Erleichterung, als sie Nele auf dem Boden hockend entdeckte. Ihre Hände waren hinter dem Rücken gefesselt, und auch die Beine waren mit einen strammen Seil verknotet. Ihren Mund verschloss ein Klebeband, und die Augen waren mit einem Tuch verbunden. Aber sie lebte, bewegte sich und gab stöhnende Laute von sich.

»Hier drinnen ist alles sauber«, stieß Hark gepresst hervor, nachdem er die Tür zu der kleinen Nasszelle aufgerissen und den Innenraum inspiziert hatte.

»Pass bitte draußen auf. Wer immer Nele das angetan hat, kann jederzeit zurückkommen«, bat Kerrin mit leiser Stimme und versuchte, durch den Mund zu atmen.

»Und lass die Tür offen.« Sie kniete neben der jungen Frau nieder. »Hab keine Angst, ich bin es, Kerrin. Du bist in Sicherheit.« Vorsichtig entknotete sie die Augenbinde und zog dann das Klebeband mit einem schnellen Handgriff ab. Nele stöhnte auf. Ihre Augen sprangen panisch hin und her. »Habt ihr ihn?«, fragte sie mit rauer Stimme. »Was ist, wenn er …?«

»Beruhige dich. Hark ist draußen und passt auf. Verstärkung und ein Krankenwagen sollten jeden Moment eintreffen.« Sie strich Nele beruhigend über den Arm und machte sich dann daran, die Fesseln an den Händen und Füßen zu lösen.

Nele wimmerte leise, als sie sich bemühte, ihre Extremitäten zu bewegen. Sie versuchte aufzustehen, aber die Beine wollten ihr nicht gehorchen.

»Wer hat dir das angetan?«

»Ich weiß es nicht.« Tränen rannen über ihre Wangen, und sie wischte sie mit zitternden Händen weg. »Es war ein Mann, aber ich habe ihn nicht gesehen und auch seine Stimme nicht gehört.«

»Woher weißt du dann, dass es keine Frau war?«

»Keine Ahnung, ich weiß es einfach.« Sie schluchzte auf. »Ich habe so einen Durst. Hast du etwas zu trinken für mich?«

Bevor Kerrin antworten konnte, hörten sie draußen Autos vorfahren. Türen gingen auf und wurden wieder zugeschlagen, und dann stürmten zwei Rettungssanitäter herein. »Bitte verlassen Sie den Wagen, wir übernehmen«, forderte der eine Kerrin auf und kniete sich neben Nele.

Bereits wenige Minuten später führten die beiden Nele aus dem Inneren des Wagens. Sie stützten sie an beiden Seiten, da ihre Beine immer wieder unter ihr wegknickten. Der eine hielt einen Tropf in den Händen, aus dem ihr beständig Flüssigkeit zugeführt wurde.

»Wir nehmen sie mit ins Krankenhaus«, erklärte einer der Rettungssanitäter. »Vor einer Befragung muss sie gründlich untersucht werden. Ich kann jetzt schon sagen, dass sie dehydriert ist. Sie hat anscheinend seit gestern Morgen weder gegessen noch getrunken. Außerdem hat sie die ganze Zeit in dieser gebückten Haltung verbracht, sodass ihre Muskeln erst einmal wieder aktiviert werden müssen. Und sie wird sich waschen wollen. Wer auch immer sie hier eingesperrt hat, hat ihr keinen Toilettengang ermöglicht.«

Nele schüttelte den Kopf. »Ich will nicht ins Krankenhaus, ich will zu meiner Mutter.« Sie blickte sich gehetzt um.

»Wir können sie abholen und zu dir bringen«, schlug Kerrin vor.

»Nein, ich will auf den Hof. Mir fehlt nichts, ich brauche nur etwas Ruhe, eine Dusche und etwas zu trinken und zu essen.« Ihre Stimme wurde schrill. »Ich gehe nirgendwo anders hin und …«

»Das verstehe ich«, versuchte Kerrin sie zu beruhigen. »Ich mache dir einen Vorschlag: Du fährst mit dem Krankenwagen ins Krankenhaus, und wir sorgen dafür, dass du sofort untersucht wirst. Meine Kollegen fahren hinter dir her und bringen dich von dort direkt zu deiner Mutter. Ich rufe sie in der Zwischenzeit an, damit sie vorbereitet ist. Du kannst dir sicher vorstellen, dass sie sich große Sorgen um dich gemacht hat. Wir kommen ebenfalls nach Midlum und können uns dann in Ruhe unterhalten. Einverstanden?«

Nele sah sie einen Augenblick unschlüssig an. Angst lag in ihren Augen.

»Unsere Kollegen Tom und Christian bleiben an deiner Seite. Bei ihnen bist du sicher, sie passen auf dich auf.« Zu Kerrins Erleichterung nickte Nele schließlich und ließ sich von den Sanitätern ohne weiteren Widerstand mitnehmen.

40

Seine Geduld war auf eine harte Probe gestellt worden. Damit niemand zu schnell Verdacht schöpfen würde, hatte er sich dazu entschlossen, sie ihre Arbeit beenden zu lassen. Und das hatte gedauert.

Aber schließlich hatte sie die Gerätschaften verstaut und die Stallgasse notdürftig gefegt. Zeichen dafür, dass alles erledigt war.

Wieder setzte er seine Mütze auf, die außer einem Schlitz für die Augen das ganze Gesicht bedeckte. Er hatte sie vor vielen Jahren beim Kartfahren auf dem Festland bekommen und behalten. Zum Glück, denn nun kam sie schon das vierte Mal innerhalb kurzer Zeit zum Einsatz.

Langsam betrat er den Stall und stellte sicher, dass er sich an der Wand fortbewegte, vor ihren Blicken durch die aufgestapelten Heuballen ein wenig geschützt.

Sie checkte wie schon einige Male zuvor ihr Handy und schob es zurück in ihre Hosentasche. Erschöpft strich sie sich die Haare hinter die Ohren und bückte sich dann, um etwas vom Boden aufzuheben.

Diese Gelegenheit nutzte er. Mit einem Satz war er hinter ihr, presste ihr die Hand auf den Mund, um sie am

Schreien zu hindern, und schleifte sie mit festem Griff hinter sich her.

Im ersten Augenblick war sie so perplex, dass sie sich nicht wehrte, doch dann kehrten ihre Lebensgeister zurück. Sie trat nach hinten aus und versuchte, ihn in die Hand zu beißen. Damit hatte er gerechnet. Er ärgerte sich ein wenig, dass er den Viehtreiber nicht dabeihatte, um sie erst einmal ruhigzustellen, aber es würde auch so gehen. Er verstärkte den Druck um ihren Hals und zog sie ein wenig nach oben. Dadurch musste sie sich auf die Zehenspitzen stellen, wenn sie verhindern wollte, dass er ihr die Luft abschnitt. Das wirkte. Ihre Gegenwehr ließ nach, er spürte, wie sie nach Sauerstoff rang.

Er lachte leise an ihrem Ohr. »Brav, ich wusste, dass du keine Scherereien machen würdest. Anders als deine Tochter.« Bei seinen Worten spannte sie sich an und versuchte, etwas zu sagen. Nicht nur wegen des Hinweises auf ihre Tochter, sondern weil sie seine Stimme erkannt hatte. Der Schock, den das langsame Verstehen auslösen würde, geschah ihr nur recht. Damit hatte sie mit Sicherheit nicht gerechnet. Brutal drückte er ihr die Hand fester auf den Mund. Er wollte nichts von ihr hören. Sie sollte einfach verschwinden. Danach müsste niemand mehr auch nur einen Gedanken an sie verschwenden. Sie hatte es verdient, vergessen zu werden.

Mit eisernem Griff zog er sie weiter in Richtung des Maisfeldes. Wieder wunderte er sich über sich selbst. Sein ganzes Leben lang war er der ruhige und sympathische Mann von nebenan gewesen, der niemandem etwas zuleide tun konnte. Und nun plötzlich bahnte sich eine lang aufgestaute Aggression ihren Weg nach draußen, und er genoss es fast, Schmerzen und Angst zu verursachen.

Sie tippelte neben ihm, versuchte, mit ihm Schritt zu halten. Es waren noch ungefähr fünfzehn Meter, bis sie das rettende Feld erreicht hätten, als er das Vibrieren des Handys in ihrer Hosentasche spürte. Nach einer Weile legte der Anrufer anscheinend auf, versuchte es kurz darauf aber zwei weitere Male.

Wer wollte sie erreichen? Er hatte jetzt keine Zeit, das zu überprüfen. Jemand schien ein dringendes Anliegen zu haben. Er musste sich also beeilen und mit ihr verschwinden.

Sobald sie im Schutz des Feldes waren, würde er sie verschnüren wie ihre Tochter. Danach hatte er alle Zeit der Welt. Fast freute er sich darauf, mit ihr allein sein zu dürfen. Und wenn er mit ihr fertig war, würde er mit Nele weitermachen. Die Zeit des Zögerns war vorbei. Heute würde es zu Ende gehen. Für beide.

41

Sie geht nicht ans Telefon.« Kerrin hatte mehrfach bei Anne angerufen, aber ohne Erfolg. »Ich verstehe das nicht. Ihre Tochter ist verschwunden, da muss sie doch rund um die Uhr erreichbar sein.«

»Wenn mich nicht alles täuscht, ist gerade die Zeit der Kälberfütterung. Wahrscheinlich hat sie ihr Handy für eine halbe Stunde zur Seite gelegt, um die Tiere zu versorgen.«

»Möglich.« Kerrin hatte bereits eine neue Nummer gewählt. »Friedrich geht auch immer noch nicht dran.«

»Lass uns auf dem Weg nach Midlum in Alkersum halten und schauen, ob er mittlerweile zu Hause oder in seiner Werkstatt angekommen ist.«

»Wenn nicht, schreiben wir ihn zur Fahndung aus.«

Zwanzig Minuten später hatten sie die Suche nach Friedrich Riewerts eingeleitet. Heyden würde darüber hinaus über die Staatsanwaltschaft schnellstmöglich die Ortung seines Handys veranlassen. Fabian und Jan waren in der Zwischenzeit bei dem Wohnwagen angekommen. Sie würden ihn sichern, bis Hauke und Lukas, die wieder einmal im Auto Richtung Föhr saßen, eintreffen würden.

Bei den Riewerts hatte Lia ihnen die Tür geöffnet und sie ins Wohnzimmer gebeten. Fraukes Zustand hatte sich weiter verschlechtert. Sie hatte apathisch auf dem Sofa gesessen und kaum Notiz von ihnen genommen. Als Kerrin sie angesprochen hatte, hatte sie sie nur mit einem leeren Gesichtsausdruck angesehen.

Auch Lia wusste nicht, wo ihr Vater war. Auf ihren Bruder war sie wütend. »Er sollte sich um sie kümmern und sie ablenken, bis ich da bin, und nicht einkaufen gehen. Nun ist sie in diesen Zustand abgerutscht, und ich weiß nicht, wie ich sie da wieder rausbekommen soll.« Ihre Stimme hatte gezittert, und Kerrin hatte gespürt, wie sehr sie sich zusammenriss, um vor ihrer Mutter stark zu sein und nicht in Tränen auszubrechen. »Wenn ihr meinen Vater erreicht, dann sagt ihm bitte, dass er sofort nach Hause kommen soll«, raunte sie Kerrin zu, als Hark und sie sich verabschiedeten.

Nach Nele hatte Lia nicht gefragt. Dass sie sie in dem Wohnwagen ihres Vaters gefunden hatten, verschwieg Kerrin ihr. Auch wenn sie nicht glaubte, dass Lia etwas mit den Morden und der Entführung zu tun hatte, konnten sie zum jetzigen Zeitpunkt niemanden aus der Familie Riewerts als Täter ausschließen.

Tom hatte Kerrin informiert, dass Nele noch im Untersuchungszimmer war und sie spätestens in einer halben Stunde aufbrechen würden.

»Passt auf, dass niemand von den Riewerts in ihre Nähe kommt«, ordnete Kerrin noch an, bevor sie auflegte. Ein weiterer Versuch, Anne auf ihrem Handy zu erreichen, blieb erfolglos. »Lass uns nach Midlum fahren. Sie ist bestimmt zu Hause.«

Hark stellte das Blaulicht an, und so rollten sie kurze Zeit später auf den Hof der Mommensens.

Klaas trat mit ängstlichem Gesicht aus dem Stall, als er die Sirene hörte. »Habt ihr Nele gefunden?«

»Das haben wir«, überbrachte Kerrin die gute Nachricht. »Es geht ihr den Umständen entsprechend gut. Sie ist jetzt im Krankenhaus zur Untersuchung. Meine Kollegen sind bei ihr und bringen sie danach hierher.«

Eine riesengroße Erleichterung breitete sich auf seinen Zügen aus. »Was ist mit ihr geschehen? Weiß unsere Mutter schon Bescheid?«

Kerrin schüttelte den Kopf. »Das berichten wir euch nachher in Ruhe, wenn Nele da ist. Deine Mutter geht nicht an ihr Telefon, deswegen sind wir ...«

»Wieso das denn nicht? Seit Nele verschwunden ist, legt sie es nicht zur Seite.«

»Das hat uns auch gewundert«, gab Hark zu. »Wo finden wir sie jetzt?«

Klaas sah auf die Uhr. »Sie sollte mit den Kälbern durch sein und das Abendbrot vorbereiten. Kommt mit, sie soll keine Sekunde länger Angst haben müssen.« Mit diesen Worten ging er ihnen voran in Richtung des Wohnhauses.

»Mama, Nele ist wieder da«, rief er schon an der Eingangstür laut in den Flur. Keine Antwort. Verwundert schaute Klaas Kerrin und Hark an und lief dann in die Küche. Der große Raum lag verwaist vor ihnen. »Das verstehe ich nicht.« Sorge breitete sich auf Klaas' Gesicht aus. »Ich schaue oben nach, vielleicht duscht sie kurz.«

Aber auch dort war Anne nicht.

Kerrin beschlich ein mulmiges Gefühl. »Vielleicht

hat es heute mit der Kälberfütterung länger als sonst gedauert?«

Wortlos machte Klaas auf dem Absatz kehrt und eilte aus dem Haus in Richtung Stall. »Mama!«, schrie er schon auf dem Hof. »Wo bist du?«

Kerrin und Hark hatten Mühe, mit ihm Schritt zu halten. Doch auch im Kälberstall war außer den Tieren niemand zu sehen.

»Sie ist hier fertig«, stellte Klaas nach einem Blick auf die Kälber fest. »Das verstehe ich nicht.« Voller Angst sah er Kerrin an.

»Könnte sie irgendwohin gefahren sein?« Kerrin bemühte sich, die in ihr aufsteigende Furcht niederzukämpfen und professionell mit der Situation umzugehen.

»Nein, dann hätte sie auf jeden Fall Bescheid gegeben. Niemals würde sie einfach weggehen, ohne Abendbrot für die Auszubildenden gemacht zu haben.« Er war schon wieder auf dem Weg nach draußen. »Ich frage Fenja, ob sie etwas anderes verabredet haben. Bin gleich zurück.«

»Das gefällt mir gar nicht«, sagte Hark, nachdem Klaas den Stall verlassen hatte.

»Mir auch nicht.« Ein Grummeln breitete sich in Kerrins Magen aus. Sie hatten die Tochter befreien können. War nun die Mutter in die Fänge des Täters geraten? War mit Neles Entführung noch nicht Schluss gewesen?

Wenige Minuten später kam Klaas zurück. »Fenja und Tobi wissen von nichts«, stieß er außer Atem hervor. »Was machen wir jetzt? Wo kann sie sein?« Panik stand in seinen Augen.

»Ruf bitte Olaf an und frag ihn, ob er etwas von ihr

weiß«, forderte Kerrin ihn auf und griff nach ihrem Handy, um bei Sina nachzuhaken. Ohne Erfolg. Sie hatte den ganzen Tag nichts von ihrer Mutter gehört.

»Ich muss kurz auf Patrick warten, dann komme ich zu euch auf den Hof.« Ihrer Stimme waren sowohl die Erleichterung über das Auffinden von Nele als auch die Sorge um Anne deutlich anzuhören.

Olaf hatte am Mittag mit Anne telefoniert und danach ebenfalls keinen Kontakt mehr mit ihr gehabt. Auch er wollte sich sofort auf den Weg nach Midlum machen.

»Was ist das denn?« Klaas bückte sich und hob etwas auf. Er war kreidebleich. »Dieser Armreif gehört meiner Mutter. Sie trägt ihn so gut wie immer, nimmt ihn nur manchmal beim Füttern ab. Gerade wenn sie Kälber mit dem Fläschchen füttert, will sie nicht, dass sie daran herumschlecken.«

Kerrin betrachtete das Schmuckstück nachdenklich. Sie erinnerte sich daran, es an Annes Handgelenk gesehen zu haben. »Könnte es sein, dass sie ihn abgelegt hat, er heruntergefallen ist und sie ihn dann vergessen hat?«

Klaas schüttelte den Kopf. »Kann ich mir nicht vorstellen. Sie hängt sehr an ihm, und ich kann mich nicht daran erinnern, dass sie ihn jemals hätte suchen müssen.« Er stockte einen Moment. »Vielleicht hat sie ihn damals von Friedrich bekommen und hält ihn deswegen so in Ehren.« Sein Gesicht verzog sich. »Wenn er hier auf dem Boden liegt, ist das kein gutes Zeichen.« Er blickte sich um und ging dann langsam in Richtung Hintereingang. Kerrin und Hark folgten ihm.

»Könnten das hier Schleifspuren sein?« Hark zeigte auf den Boden. Wenn man sich bemühte, konnte man in dem auf dem Boden liegenden Stroh zwei schmale Streifen ausmachen.

»Fordere bitte Verstärkung an, irgendetwas ist hier passiert«, bat Kerrin Hark leise. »Wo geht es von hier aus hin?«, fragte sie dann Klaas.

»Auf die Felder. Wir benutzen den Eingang eigentlich nicht, aber ...«

»Hark und ich schauen uns dort um.« Kerrin zog gerade ihre Waffe aus dem Holster, als ihr Handy klingelte. Tom. Sie drückte den Anruf weg. Er wollte ihr bestimmt mitteilen, dass sie mit Nele auf dem Weg waren, aber dafür hatten sie jetzt keine Zeit. »Du kümmerst dich bitte um deine Geschwister, wenn sie eintreffen«, bat Kerrin Klaas. »Geht ins Haus und wartet dort. Keiner folgt uns, das ist zu gefährlich.«

Mit schnellen Schritten verließen Hark und sie den Stall und gingen auf das Feld zu. Groß und fast bedrohlich bauten sich die Stauden vor ihnen auf. »Wir bleiben zusammen«, bestimmte Kerrin. »Alles andere ergibt keinen Sinn und ist zu riskant.«

Bereits nach wenigen Metern hatte das Feld sie verschluckt. Außer Mais konnten sie nichts mehr sehen. Leise und vorsichtig liefen sie voran, darauf bedacht, sich durch die dicht gesetzten Stauden zu schlängeln und so wenig Geräusche wie möglich zu machen. Sie wollten das Überraschungsmoment auf ihrer Seite haben. Die Pistolen hatten sie im Anschlag und lauschten angestrengt auf jeden Laut.

Kerrin hatte den Eindruck, schon eine halbe Ewigkeit durch den Mais gelaufen zu sein, als sie plötzlich meinte, etwas Verdächtiges zu hören. Abrupt blieb sie stehen. »Pst.« Sie legte einen Finger auf den Mund. »Hörst du das auch?« Sie hatte den Eindruck, auf ihrer rechten Seite ein lautes Knacken vernommen zu haben.

Hark legte angestrengt seinen Kopf schief. »Hört sich an, als würde jemand die Stauden knicken«, flüsterte er.

Kerrin wandte sich in die Richtung der Geräusche. Sie waren einige Meter gegangen, als ganz deutlich ein unterdrückter Schrei ertönte, gefolgt von einem weiteren lauten Knacken. Kurz darauf schrie eine Frauenstimme gellend um Hilfe. Kerrin und Hark sahen sich für einen Sekundenbruchteil an und liefen dann mit gezückten Pistolen los.

»Wer ist da?«, schrie Kerrin. »Polizei! Bleiben Sie, wo Sie sind. Das Feld ist umstellt. Sie haben keine Chance.«

»Hier bin ich, ich …« Die Stimme brach ab, und sie hörten lautes Atmen, einen erstickten Schrei und zwei dumpfe Schläge. Dann war es still.

»In die Richtung.« Hark zog Kerrin, die einen Moment wie erstarrt stehen geblieben war, nach links und übernahm die Führung. Furcht vor dem, was sie erwartete, krallte sich in ihr Herz. Sie hatte unzweifelhaft Anne Mommensens Stimme erkannt.

Hark hatte einen guten Riecher. Obwohl die Stauden ihnen bis zum Schluss die Sicht versperrten, stolperten sie schließlich fast über die beiden Personen, die reglos am Boden lagen.

42

Nur Minuten nachdem Kerrin und Hark im Maisfeld verschwunden waren, waren Tom und Christian mit Nele auf den Hof gefahren. Klaas erwartete sie bereits. Mit Tränen in den Augen fiel er Nele um den Hals und drückte sie fest an sich.

»Habt ihr es schon gehört?«, fragte er dann, nachdem er sie aus seiner Umarmung gelassen hatte.

»Was gehört?«, wollte Nele wissen. Sie war immer noch schwach, stand aber nach der Infusion und dem Bewegen der Arme und Beine wieder fest auf dem Boden. Auch Tom und Christian sahen Klaas fragend an.

»Mama ist verschwunden. Die Polizei sucht sie im Maisfeld hinter dem Kälberstall.«

Innerhalb von Sekunden war alle Farbe aus Neles Gesicht gewichen, wortlos drehte sie sich um und wollte losrennen, aber Klaas hielt sie fest.

Weitere Polizeiautos und ein Krankenwagen rasten mit Blaulicht heran und stoppten mit quietschenden Reifen neben ihnen. Polizisten sprangen heraus.

»Was ist hier los?« Christian hielt einen Kollegen am Ärmel fest.

»Hark und die Iwersen sind im Feld und suchen die

vermisste Person«, erklärte Benno Nissen, ein junger Kollege. »Wir gehen da jetzt rein.«

»Mama!«, schrie Nele und versuchte, sich aus Klaas' eiserner Umarmung zu befreien. »Warum stehst du hier und tust nichts und ...?« Sie verstummte, als sie einen Schrei aus der Richtung des Maisfeldes hörten.

Entsetzt sahen sie sich an. »Das war Mama«, stieß Nele hervor und riss sich los.

»Jetzt bitte nichts überstürzen.« Geistesgegenwärtig griff Christian nach ihrem Arm. »Deiner Mutter hilfst du am besten, wenn du uns nicht im Wege bist und mit deinem Bruder ins Haus gehst. Kerrin Iwersen ist eine der fähigsten Ermittlerinnen, die ich kenne. Sie wird deine Mutter finden und nach Hause bringen.«

Kerrin kniete neben dem Mann, den sie die letzten Tage gesucht hatten, am Boden und bettete seinen Kopf auf ihrem Schoß. Ihre Jeans und der Pullover waren voller Blut. Er hatte die Augen geschlossen, nur das kaum wahrnehmbare Heben und Senken seiner Brust zeigte, dass er am Leben war. Neben ihnen kauerte Anne Mommensen. Sie hatte ihren Blick von dem Mann abgewandt und ihre Arme um sich selbst geschlungen. Sanft wiegte sie sich hin und her, unfähig, sich zu erheben.

Obwohl sie bereits wusste, dass sie Nele wohlbehalten gefunden hatten, hatte sie keinerlei Anstalten gemacht, zum Hof zurückzugehen und sie in die Arme zu schließen. Der Schock der letzten Stunde saß zu tief. Sie würde ein Beruhigungsmittel bekommen müssen.

Mit unbarmherziger Wucht hatte sie erfahren müssen, was für grauenhafte Folgen ihre einsame Entscheidung vor neunundzwanzig Jahren nach sich gezogen hatte. Es war schwer vorstellbar, dass sie sich das jemals würde verzeihen können. Nicht genug damit, dass Nele nun erfahren musste, dass der Mann, den sie für ihren Vater gehalten hatte, es gar nicht gewesen war, und zwei Familien mit der geänderten Konstellation würden leben müssen. Weitaus schlimmer als das wog, dass zwei Menschen gewaltsam gestorben waren und sich das Leben der Riewerts für immer ändern würde. Die Auswirkungen der unseligen Affäre von Friedrich und Anne konnten nicht mehr ungeschehen gemacht werden.

Mit einem leisen Stöhnen bewegte Peter sich. Er schien langsam aus seiner Bewusstlosigkeit zu erwachen.

»Pst«, flüsterte Kerrin. »Der Krankenwagen ist auf dem Weg.«

»... für sie getan«, flüsterte er leise. »Immer alles für sie.«

»Alles gut, Peter, sprich besser nicht«, bat Kerrin leise.

Doch er hörte nicht auf sie und versuchte, sich aufzurichten. »Ich muss zu ihr.« Sein Blick brach, und seine Augen schlossen sich wieder. »Hilf mir, bitte ...«

43

Die Stimmung war gedrückt, als sich alle mit dem Fall befassten Beamten spät in der Nacht im Besprechungszimmer versammelt hatten. Keiner hatte bisher den Drang verspürt, nach Hause zu gehen. Kerrin berichtete mit leiser Stimme, was sich in den letzten Stunden ereignet hatte.

Nachdem Peter von einem Krankenwagen ins Krankenhaus gebracht worden war und Anne ein Beruhigungsmittel bekommen hatte, hatten sich Hark und Kerrin mit den Mommensens im Haus zusammengesetzt. Die Erleichterung über die Rückkehr von Nele und das Überleben von Anne war mit Händen greifbar gewesen, trotzdem hatte der Schock über die Geschehnisse der letzten Tage alles überschattet.

Nur mühsam hatten Kerrin und Hark sich aus den wirren Aussagen von Anne zusammenreimen können, was geschehen war. Nachdem Peter sie aufs Maisfeld hinausgezogen hatte, hatte sie sich in einem Moment der Unaufmerksamkeit aus seinem Würgegriff befreien können. In ihrer Not hatte sie nach einem größeren Stein gegriffen, der zu ihrem Glück auf dem Boden gelegen hatte. Ohne nachzudenken, hatte sie ihn Peter mit aller

Kraft an den Kopf geschlagen. Zweimal. Und die Schläge hatten gesessen, der junge Mann war in sich zusammengesackt.

Nele hatte auf die Eröffnung, dass Friedrich Riewerts ihr leiblicher Vater war, fast gar nicht reagiert. Sie war ihrer Mutter nicht von der Seite gewichen, der Schock über ihre eigene Entführung und die Todesangst um sich selbst und Anne forderten ihren Tribut. Die Auseinandersetzung über diese große Lüge und ihre Folgen würde kommen, aber Kerrin war sich sicher, dass das Band zwischen Nele und Anne so fest war, dass sie mit der Zeit einen Weg finden würden, um damit umzugehen. Wie das bei Klaas, Sina und Olaf, die ja auch ihren Vater verloren hatten, sein würde, vermochte sie nicht zu sagen.

Von den Mommensens waren Kerrin und Hark weiter nach Alkersum gefahren, um Peters Eltern zu informieren.

Friedrich Riewerts war bei den Neuigkeiten zusammengebrochen. Der Notarzt hatte kommen müssen, um ihm ein Beruhigungsmittel zu geben. Lia würde die Nacht in ihrem Elternhaus in Alkersum bleiben und auf ihn aufpassen.

Frauke hatte die Nachricht gar nicht richtig wahrgenommen. Sie hatte auf dem Sofa gelegen und teilnahmslos zugeschaut, als ihr Mann weinend auf dem Boden niedergesunken war und von seiner Tochter gehalten werden musste.

Lia war in einem Modus gewesen, in dem sie nur noch reagierte. Der Absturz würde kommen, da war sich Kerrin sicher.

Noch während sie bei den Riewerts waren, war der Anruf aus dem Krankenhaus gekommen, dass Peter außer einer Platzwunde am Kopf, die bereits genäht worden war, und einer Gehirnerschütterung keine ernsthaften Verletzungen davongetragen hatte und vernehmungsfähig war.

Friedrich und Lia hatten sofort hinfahren wollen, aber das war ihnen von Kerrin untersagt worden. Auch wenn Peter im Krankenhaus war, stand er unter polizeilicher Bewachung und durfte vorerst keinen Besuch empfangen. Ein Beamter saß vor seinem Zimmer und passte auf. Am nächsten Morgen sollte er nach Flensburg gebracht werden. Die Staatsanwaltschaft hatte ihre Arbeit bereits aufgenommen. Ob er in Untersuchungshaft ins Gefängnis oder in eine psychiatrische Einrichtung gebracht werden würde oder bis zum Prozessbeginn auf freiem Fuß bleiben durfte, musste der Haftrichter entscheiden.

»Und dann seid ihr bei Peter Riewerts gewesen«, stellte Christian fest. »Hat er ausgesagt?«

Kerrin schaute in die Runde. »Ich glaube, er war fast erleichtert, endlich sein Herz ausschütten zu können«, begann sie. »Er hat gestanden, Heiko und Manon umgebracht zu haben, um so zu verhindern, dass die Affäre und das uneheliche Kind seines Vaters öffentlich bekannt werden.«

»Weil er seine Mutter schützen wollte?« Tom sah Kerrin erschüttert an.

»Genau deswegen. Er ist mit einer bipolaren Mutter groß geworden und hat sich, anders als seine Schwester, immer für den Gesundheitszustand seiner Mutter verantwortlich gefühlt. Er hat von klein auf versucht, sie von allen negativen Einflüssen abzuschirmen, damit es nicht zu einem erneuten Ausbruch, ob depressiv oder manisch, kommt.«

»Aber woher wusste er von Friedrich, Anne und Nele?«, fragte Tom weiter.

»Von Manon. Nachdem sie versucht hatte, Heiko dazu zu bewegen, ihr Schweigen zu bezahlen, und er sie vom Hof gejagt hatte, hatte sie sich auf die Lauer gelegt. Sie kannte Heikos aufbrausendes Temperament und war sich sicher, dass er direkt zu Anne laufen und sie damit konfrontieren würde, und genau das ist geschehen. Sie hat die Auseinandersetzung zwischen den beiden belauscht und so erfahren, dass Friedrich Neles Erzeuger war.«

»Und mit dieser Information ist sie zu Peter gegangen?«

Kerrin nickte. »Sie dachte wohl, er müsse es wissen, da Nele seine Halbschwester ist. Was sie damit lostreten würde, hat sie nicht erkannt. Peters krankhaftes Verhältnis zu seiner Mutter muss sie vollkommen unterschätzt haben. Und das ist ihr zum Verhängnis geworden.«

»Aber warum Heiko und sie?«

»Heiko muss vor Anne völlig ausgeflippt sein und damit gedroht haben, es Nele zu erzählen. Wenn das geschehen wäre, hätten Friedrich und auch seine Mutter davon erfahren. Und das wollte Peter um jeden Preis verhindern. Er war früher mit Olaf oft bei den Mommensens und kannte sich mit den Stallzeiten aus. Auf einem Hof ändert sich normalerweise wenig an den Abläufen. Außerdem wusste er, dass Klaas' Sohn Geburtstag hatte. Er konnte sich also ausrechnen, dass Heiko wie üblich der Erste im Stall sein würde.«

»Das leuchtet ja noch irgendwie ein. Aber warum Manon? Sie war doch seine Freundin.«

»Nach dem Tod von Heiko hatte sie Peter sofort im

Verdacht, und sie hatten einen furchtbaren Streit. Er hat versucht, sie ins Boot zu holen, aber war sich nicht sicher, ob das geklappt hatte. Und er wollte kein Risiko eingehen. Also hat er sie gebeten, sich vor dem Frühstück mit Nele kurz mit ihm zu treffen, hat sie mit dem Viehtreiber außer Gefecht gesetzt und dann zum Wohnwagen seines Vaters gebracht.«

»Woher wusste er, wo der stand? Das war doch ein streng gehütetes Geheimnis.« Christian sah Kerrin erstaunt an.

»Er ist seinem Vater schon vor Jahren dorthin gefolgt. Da Friedrich ihn kaum noch nutzt, kam er ihm ideal vor. Anfangs hoffte er wohl noch, dass er Manon überzeugen konnte. Als das nicht funktionierte, sah er schließlich keinen anderen Ausweg mehr, als sie umzubringen.«

»Wie hat er das gemacht?«

»Er hat den kleinen Holzkohlegrill seines Vaters in den Wohnwagen gestellt und entzündet.«

Die anderen am Tisch schauten sich entgeistert an, keiner sagte ein Wort.

»Danach hat er sie in seinem Wagen zur Lembecksburg gebracht und dort abgelegt.«

»Und wie ist Nele dann in sein Visier geraten?« Christian beugte sich vor.

»Da kommt nun seine Mutter ins Spiel. Bisher hatte sie von alldem nichts mitbekommen, er hat die Taten aus eigenem Antrieb begangen. Und war sich sicher, dass er damit alles Notwendige getan hatte, um sie zu schützen. Anne hatte dieses Geheimnis fast dreißig Jahre bewahrt, und nun waren die beiden einzigen Menschen, die davon wussten, tot.«

»Er hat nicht damit gerechnet, dass Anne sich Friedrich anvertrauen würde«, übernahm Hark. »Leider hatte Frauke von der Verabredung Wind bekommen und war ihrem Mann gefolgt. Nachdem sie alles mit angehört hatte, ist sie vor Peter zusammengebrochen und hat ihm das Versprechen abgenommen, dass er das Problem für sie beseitigt.« Hark stockte kurz. »Er dachte, sie rede von Nele. Mit einem Vorwand hat er sie in sein Auto gelockt, sie überwältigt und in den Wohnwagen gesperrt. Sofort vergiftet hat er sie nicht. Er sagte uns, er habe es nicht gekonnt, weil die ganze Zeit in seinem Kopf herumgegeistert sei, dass sie seine Halbschwester ist.«

»Und warum hat er heute versucht, Anne umzubringen?«

»Zum einen ging es seiner Mutter immer um sie. Zum anderen hat sie auch ein zweites Treffen von Friedrich und Anne belauscht und gehört, dass sie plante, zur Polizei zu gehen. Das sollte Peter verhindern.«

»Was für eine grauenvolle Geschichte.« Ida hatte Tränen in den Augen. »Es ist schrecklich, was er getan hat, aber er tut mir auch leid. Er hat sein ganzes Leben lang seine Mutter geschützt. Und keiner hat gemerkt, welche Last er damit getragen hat.«

Kerrin nickte. »Lia hatte ihre Großeltern, die sie aufgefangen haben. Sie hat es anscheinend geschafft, sich dem Sog ihrer Mutter zu entziehen. Peter ist das nicht geglückt.«

»Hätte der Vater das nicht sehen müssen?« Auch Fabian schien betroffen.

»Eigentlich schon. Und er hätte dafür sorgen müssen, dass sein Sohn nicht in eine Rolle gerät, die er nicht ausfüllen kann. Aber das ist nicht geschehen.« Kerrin zuckte mit den Schultern. »Von außen ist oft leicht zu erkennen, was schiefläuft, aber wenn man in einer Situation drinsteckt, mit all den eigenen Empfindungen, Verletzungen und Schuldgefühlen, ist es sehr viel schwerer.«

»Wir sollten nicht über ihn urteilen«, stimmte Hark ihr zu. »Er liebt seine Kinder und hat bestimmt alles getan, was er konnte. Es war nur leider nicht genug.«

»Was geschieht jetzt mit Frauke Riewerts?«, fragte Christian mit belegter Stimme. »Zu der Entführung von Nele und dem Angriff auf Anne hat sie ihren Sohn angestiftet.«

»Das wird der Richter entscheiden müssen.« Kerrin sah ernst in die Runde. »Sie ist krank, wer weiß, ob sie im juristischen Sinne überhaupt schuldfähig ist.« Sie seufzte.

Stille senkte sich über den Raum. Schließlich erhob sich Kerrin. »Wir sollten jetzt alle Feierabend machen. Die Berichte und alles andere hat Zeit bis morgen.«

Hark hatte angeboten, Kerrin zu Nils zu bringen. »Willst du nach diesem Tag noch auf einen Absacker mit reinkommen?«, hatte Kerrin angeboten, aber er hatte dankend abgelehnt.

»Meine Süße«, hatte Nils nur gesagt und sie in seine Arme gezogen. Als er gefragt hatte, ob er ihr noch etwas zu essen machen sollte, hatte Kerrin abgewinkt.

»Ich brauche ein Glas Wein und deine Arme. Und danach ein paar Tage Ruhe.« Sie kuschelte sich an ihn. »Ich habe Heyden schon darüber informiert, dass ich in den nächsten zwei Tagen Überstunden abbauen werde. Da ich Freitag eh frei habe, bleibe ich also bis Samstag auf der Insel. Und bekoche zur Abwechslung mal dich.«

»Das sind ja wunderbare Aussichten.« Nils zog sie enger an sich heran. »Wie es der Zufall so will, kann ich mich die nächsten Tagen auch ein wenig freischaufeln«, flüsterte er in ihr Haar. »Keiner meiner Mandanten will etwas Dringendes von mir. Wir könnten also zusammen kochen.« Seine Lippen suchten ihre. Er küsste sie sanft, dann immer fordernder, und kurz darauf hatte Kerrin zumindest für den Moment die Ermittlungen des heutigen Tages und das Glas Wein vergessen.